目录

第一章　赴任

我出生在奥尔塞纳地方的一个古老家族。我记得童年是在圣多明各街的旧式府邸和赞塔附近的农舍间度过的，那段岁月平静、安宁而又富足。每年夏天我们来到这里，我已能陪伴父亲、骑着马在他的领地里漫游或者查核管家的账簿。在奥尔塞纳城著名的老牌大学里我完成了学业。不乏幻想的天性和母亲过世后留给我的财产使我无须急着寻求职业。过去的几个世纪以武力战胜非基督徒建立的战功和从与东方贸易中获取的巨额收益，使奥尔塞纳这个城市共和国在这种庇荫下得以生存：她犹如一位苍老而又高贵的长者，远离尘世，尽管财源枯竭，一蹶不振，其声望依然足以抵御债主的冒犯。她行动迟缓但举止安详，虽饱经风霜但看上去俨然精神矍铄，使人无法相信死亡在向她迫近。奥尔塞纳古代贵族的戍国激情仅只具有传奇色彩，公共事务如今面临岌岌可危的境遇，对沸沸扬扬、无拘无束的青年人不再有什么吸引力。人愈是步入暮年，愈能胜任国家高级职务。某种带有浪漫色彩而又未曾被利用过的东西在闲散的生活里飘逸，从许多方面看，这种生活对城里年轻贵族后裔很少具有教益。我心甘情愿地和他们一道寻欢作乐，一天一个兴致，一个星期一种狂热——过早地玩世不恭，这便是历来高高在上的贵族阶层所尝到的恶果，我很快便溺于逸乐，那是一种被城里的纨绔子弟们诩为自寻**高级烦恼**的欢乐。我的时光是在读诗与乡间独自漫步中打发的。夏日的夜晚，暴风骤雨降临时，奥尔塞纳城像是蒙上了一层铅衣。我喜欢在这时钻进城郊那片林子里去。经常自由自在地骑行能给人带来不少乐趣，时间越长，我的兴致越浓，宛如一匹骏马并不因疲惫不堪而放慢奔跑速度，夕阳西下时分我才掉转缰绳。我喜爱在沉沉暮霭冉冉升起时踏上归途：天幕下旌旗顶端仿佛为我们增添了无与伦比的荣光，因为这荣光是从几个世纪的雾色中升起的，奥尔塞纳城里的拱穹和屋顶只有在雾色中才显得更为清晰。这时坐骑载着我返回城里，它那舒缓的步子在我看来，仿佛是由于受到某一秘密的胁迫，才显得这般沉重起来。晚上我的消遣很无聊：与同龄的年轻人展开柏拉图式的辩论。由于上议院对此缺乏热情，这种经院式的辩论在奥尔塞纳越来越活跃。我对爱情游戏颇为关注，激情与放纵并不比别人逊色。有时情人会离我而去，起初我只是有些不快，而当我突然发觉自己几乎没有另觅新欢的愿望时，才真正惊诧起来。在我生活的大网中仿佛被钩破了一个不起眼的裂缝，那些脱线的网眼日见松弛，而我却丝毫没有察觉。骤然间，裂缝就把我不久前还认为可以接受的现实都撕成了碎片：在我看来，生活变得百无聊赖，无可救药，我漫不经心地构筑的那片土地正在我脚下塌陷。我突然间萌发了远行的念头，于是便向市政议会申请在边远地区谋求一个职位。

奥尔塞纳政府，与所有商业性的城市共和国一样，对其官员甚至军队和舰只的下级军官向来抱有戒备心理并不信任。在战事频繁时期，奥尔塞纳政府不得不在前沿地带部署强大的军事力量，据此，在奥尔塞纳的贵族们看来，即使让军官们完全听任市政权力的调遣，也远远不足以防范军事政变和阴谋。很久以来，最有声望的家族把自己的后裔安排在军事长官身旁，从事一种极其近似间谍活动的使命，以达到将军事阴谋扼杀在萌芽状态的目的，对此他们绝不认为会有损声誉。因此，市政议会便有了这些著名的“耳目”：他们的权力看来并不明确，但实际上得到心照不宣的认可：古老家族名望的支撑给他们带来难以估量的权力，即便在战场上也是如此；在奥尔塞纳的军事行动中，这些“耳目”的干预造成一种互不相信的气氛，使指挥优柔寡断，迟疑不决，从而对军事行动中的见解一致和战斗士气经常产生不良影响。尽管如此，人们反而认为，**人为的假象**正好可以使那些为市政议会充当耳目的人得以较早地增长政治见识和外交才干。长期以来，受派遣充任间谍，涉足这种身份不明的职业便能使那些贵族后裔在充任一段时期的耳目之后将来能派上大用场。如今奥尔塞纳的军事力量陷入衰颓不堪、一蹶不振的状态，它或许可以不冒多大风险，松弛一下疑虑丛生的警惕。然而，如同所有摇摇欲坠的帝国一样，当惰性在政府机构和经济生活中举足轻重的作用公开地显现出来时，习惯势力重新变得强大起来：他们将嫡系派往前方进行盯梢，这种做法和别的地方人们把孩子送到国外去旅游或参加规模盛大的猎狩活动一样习以为常。这种派遣从未中断。随着时间的流逝，这种仪式掺入了半滑稽的成分，但依然被人们恪守，甚至起着类似罗马人成年袍①的作用。我的父亲还未完全退出政界，常为我挥霍无度的生活担忧。他高兴地得知

① 成年袍：指古罗马年满 18 岁的男子所穿的宽外袍，又称“托加”。——译注（本书所有注释均为译注）

我的新想法，并利用他那依然很高的威望在市政议会里支持我的活动。不久他被告知已经做出对我有利的决定，即上议院将颁布一条指令，决定派我去城市共和国在西尔特海域设置的轻装部队所属的指挥所任观察员。

我父亲决意要我离开首都，使我习惯一种艰苦的生活，他的愿望正合我意，或许他的帮助超出了我所追求的改变现状的模糊目标。和奥尔塞纳领土上的于尔蒂马·图勒一样，西尔特省位于南方边陲。几条零星的坑洼不平的公路穿过一处半荒漠地区，将它与首都连接起来。海岸平坦，险滩遍布，根本无法营建有实用价值的港口。沿岸的海域空空荡荡，几处古代遗址和废墟更增添了它周围凄凉的景象。事实上，这片不毛之地曾经有过一段灿烂的文明盛世，那是在阿拉伯人入侵时期，他们用高超的灌溉技术使这一地区获得了繁荣，但是自那以后，生命便从这片遥远的土地销声匿迹了，仿佛一个木乃伊般的政权躯体那过分吝啬的血液流不到这里似的。此外，人们说，这里的气候逐渐变得干燥起来，极为罕见的几片绿色地带由于受到来自沙漠干热风的吞噬正在逐年缩小。国家公职人员通常都把西尔特当作因犯有过失而被发配去的地方。在那里，人们将常年忍受无尽烦恼的折磨；那些凭个人兴趣而坚持留在那里的人，其行为在奥尔塞纳被看作是未开化半野蛮之举——当有人不得不进行一次去“西尔特腹地”的旅行时，便成为一连串无休止的嘲笑的对象。在我临行前款待那些花天酒地的朋友们的告别晚宴上免不了会有这种取笑；然而，觥筹交错和欢声笑语间，宴席上有时笼罩着一种难以填补的沉寂，它像一种难以察觉的困扰，给这种沉寂蒙上了一层伤感的阴影：我的流放显得比当初想象的要严重得多，流放地似乎也变得更遥远，每个人都意识到生活对我来说真要改变模样了：西尔特这个粗俗的名字已将我排除在寻欢作乐的圈子以外。破天荒第一次，由纯真的友谊铸成的小圈子出现了致命的裂缝——裂缝早就有了——我使他人感到不安，甚至可以说自己已经成为多余的人。他们隐隐约约地希望，我的离去能够堵塞这一裂缝，使他们对这一切变得麻木。当我们在科学院门前道别时，奥尔朗多突然紧紧拥抱我，神情紧张而专注，与晚会上轻薄的言语迥然相异，他用严肃的语调祝我“在西尔特前沿交好运”。次日一早，我乘上去西尔特传送官方邮件的快车离开了奥尔塞纳。

黎明时分离别自己亲近的城市，踏上前程未卜的旅途别有一番情趣。奥尔塞纳冷清的大街上毫无生气，棕榈树那扇形的叶子在黑魆魆的墙上展得更大更宽；教堂打点的钟声在古老的建筑物间激起了一阵沉闷而又令人专注的颤动。我们行驶在熟悉的街道上，它们毫不犹豫地把我带向一个遥远的、不知其详的地方，这一切使我感到这些街道是多么异乎寻常。我对此次离别并不忧心忡忡：我需要领略那酸冷的气息和我的明亮的双眼离开昏睡万物所能感受的乐趣。我们按规定的时间启程。市郊的花园从我身边闪过，不再具有吸引力。冰冷的空气笼罩着潮湿的乡村，我蜷缩在汽车里兴致盎然地清理一个大皮夹，那是我前一天晚上宣誓就职后从市政府领到的。我手中拿的正是我新的重要性的具体标志。我太年轻了，一想到这些，不可能不感到一种孩童般的乐趣。皮夹里装有几份有关我的任命的官方文件——数量不少，对此我颇感欣慰，有一些关于我的职责以及岗位守则之类的说明，我打算从容不迫地读一下。最后一份，是一个用市政议会的徽章封口的黄色大信封，手写的笔迹一丝不苟的封面立刻吸住了我的目光：“一俟收到紧急的特别指示即可打开。”这是密令；我不自觉地挺了挺身，向地平线那边望去，目光坚定。我的心里涌起一阵既荒诞而又神奇的回忆，它自我被指定到那个偏远的地方任职以后一直令我激动不已：在我将要去的边界线上，奥尔塞纳处于临战状态。实际上，事情并非那么严重，因为三百年来，这种局面一直延续至今。在这个城市共和国，人们对法尔盖斯坦的情况所知甚少，它位于奥尔塞纳疆域的对岸，在西尔特海的那一端。自古以来屡遭入侵——最后一次是鞑靼人——使法尔盖斯坦这一地区的人口犹如流沙一般变迁，当一个沙滩刚刚形成时，随即便被另一个覆盖、吞没。它的文明史是一个粗糙的拼凑物，东方典雅的细腻与游牧民族的粗放混合的产物。在那片并不坚实的土地上，政治生活像跳动不齐的脉搏，变化急剧，令人困惑：忽而国家陷入争斗纠纷，自我削弱，趋于分裂，在那里，封建领主由于种族矛盾相互仇恨，尖锐对立；忽而来自沙漠之谷的一阵神秘浪潮又平息了一切狂澜，使法尔盖斯坦暂时成为某个雄心勃勃的战胜者手中高擎的火炬。在奥尔塞纳，人们对法尔盖斯坦的了解仅限于此——而且并不希望知道得更多，人们只知道存在着两个国家——这在小学里就学过了，它们处于正式的敌对状态。实际上，三百年前——当时在西尔特海域上的航行尚未绝迹，在法尔盖斯坦人沿着海岸线频繁的劫掠下，奥尔塞纳人决定予以反击，他们远征敌方的海岸，无情地轰炸他们的港口。随之小规模的冲突接踵而至，直至后来，相互敌视的局面不再使任何一方感兴趣，战火才烟消云散，趋于平息。各种势力之间的争斗使法尔盖斯坦的港口长年陷于瘫痪；与它一样，奥尔塞纳一方也进入了休眠状态：船只相继离开了不复重要的海面，贸易交往不知不觉地衰竭了。西尔特海因此逐渐变成了名副其实的死海，没有人再会想到穿越它。港口被沙漠吞噬，无法容纳靠岸船只，即便是载重量极小的船只也罢。如今，奥尔塞纳在其已经衰败的昔日基地上看上去仅有几艘威慑力微不足道的那种护卫舰，它们唯一的作用便是旺季时在沙滩上监视采集海绵。然而，在这种瘫痪局面下，双方既无依法结束冲突的愿望，亦无使用武力继续对峙的意图。奥尔塞纳与法尔盖斯坦两个城市共和国唯恐自己那段引为自豪的悠久而光荣的历史受到某种损害，更何况双方都认为，从前那些不惜任何代价加以维护的东西如今已变得无关紧要。因此，对于是否初步拟定和平协议，他们都保持缄默态度。要么关闭自守，要么孤芳自赏，双方对此心照不宣，彼此都小心翼翼地避免与对方发生任何联系。奥尔塞纳宣布禁止在海岸线以外水域航行的权利，不难相信，法尔盖斯坦一方也采取了相应的措施。由于多年来孕育着冷战的胚胎，在奥尔塞纳，人们普遍认为，采取外交程序不啻是一种无节制的活动，含有过于武断、强烈的动机，还会使许久以来已自行消亡的战争不幸死灰复燃。这种不确定的局面为奥尔塞纳毫不掩饰地替自己歌功颂德提供了极大方便，并且成为维持普遍和平的一大保障。尚未完全熄灭的战斗士气便从纪念大举轰炸周年的节日活动中找到恣意发泄的良机。上议院改弦易辙，决定拨出专款，该款原拟用于派遣一个外交使团，后被用来修建一尊塑像，以兹纪念战争时期指挥奥尔塞纳舰只的海军上将。奥尔塞纳人对此普遍赞同，称之为明智决定，他们认为通过这张铜嘴可以宣告，法尔盖斯坦战争奄奄一息，已经寿终正寝。

这是它欢快、平静甚至带着几分滑稽色彩的一面，奥尔塞纳人就是这样看待法尔盖斯坦问题的。

不过事情还有另外一面。如果读一下奥尔塞纳诗人的诗作，人们便会惊讶地发现：这场流产的战争，无论从哪方面说都极为平淡无味，没有任何生动的场面能够激起灵感，然而它在连篇累牍的诗集中所占有的位置却大大超过了历史教科书的论述。如果说在感情奔放的抒情诗中，诗人们执意描写战争已属奇谈，更令人诧异的则是他们对那些早已家喻户晓的事实极尽渲染之能事，使得对这场仅能视为末流战争的描绘烦琐、冗长，似乎诗人们在它身上找到了发挥天才的永不枯竭的源泉。这些饱学的诗人在民间广为流传的故事里找到了强烈的共鸣：博学之士们完全可以给涉及法尔盖斯坦战争的民间传说列一个目录。耐人寻味的是，日常官方活动所使用的刻板语言也不遗余力地谋求使这具历史僵尸的余烬完好无损；因此，市政议会以似是而非的逻辑推理为由，认定战争时期使用过的任何词语都不得加以变更。在官方语言中，西尔特海岸向来被称为“西尔特前沿”，我负责监视的那些可怜的船体骨架被视为“西尔特舰队”，而那些沿南方公路排列成块的小镇则叫作“西尔特驿站”。三个世纪以来，市政府文件中没有一张纸片遗失，按外交法律学院规定在行政部门实习期间，我对此深有体会：昔日指控法尔盖斯坦的备忘录仍躺在那里，其陈词之慷慨犀利无比。“总共有七十二条”，南方省的长官对我说。犹如清点一个多层甲板军舰上的炮口，我明白这七十二条说法不一的备忘录，被这位长官视为奥尔塞纳的国宝，他将与这稀世珍品生死与共。种种模糊的迹象表明，在人们的脑海中，这场战争甚至并未结束，事实上，所出现的只不过是无法医治的紧张状态的缓和信号，某些过于丰富的想象力在这种奇怪的局面里滋生：仿佛一场阴谋正在酝酿之中，一双手执拗地将已准备自行闭上的双唇强行撑开。看上去，人们对一起不该发生的历史事件显示出一种无法解释的钟爱，它的潜力和能量还远远没有释放出来。

我们正穿越奥尔塞纳南部林木繁茂的山区。罗马人修筑的石板路在这些狭窄的山路中时隐时现，间或被拱形的树荫所遮掩，在那里，葡萄缀满枝头。极目远眺，酷似大炮对准目标，披着蓝色晨光的远处山谷绵延不绝。奥尔塞纳富丽、成熟的光辉在秋日斑斓的乡村中升腾，在我们的头顶，一种清凉的气息从枝头溢出，恰如渐渐稀释的透明空气中的幽香，巨大的光柱透过叶隙照着山路。一种富足的宁静和青春的活力在晨光中荡漾。像品尝清淡的葡萄酒，我吮吸着穿越无遮拦的乡村带来的温馨，与其说未来在向我招手，不如说是一种可靠而又似曾相识的感觉已被蒙上阴影，它占据了我的心头：尽管全速前进的车子载着我离开了故土，我的整个身心所吸吮的依然是奥尔塞纳的空气。我想在这片土地上牵动着我心弦的纤维是多么深厚，如同被一位过于成熟与温柔的美貌女子所俘获，这种感觉在渐渐地发生变化。随后仿佛一个温馨的夜晚，被一阵警觉而又急促的叫声打破了沉寂，在带有一丝忧伤的温情中回荡着一个令人不安的字眼：“战争”。在我的四周，清纯的景色被染上了不易察觉的暴风雨来临前的色彩。这瞬息万变、令人紧张的幻想使我感到厌倦。我们一行到了迈尔冈扎，我开始更专注地打量起周围的景象来。

过了诺曼式古老城堡的围墙之后，草木倍显稀疏，这一迹象使人更易觉察这里长年吹拂着南风。曾经是云遮雾罩的奥尔塞纳阴湿的森林地带现在变得干燥、明亮和冷峻，相映着远处僻静农场里亮得晃眼的低矮的白墙。地面陡地平缓起来，在我们面前展开一大片光秃的草原，上面被道路划出的条痕显得有些刺目。疾驶的车辆卷起强大的气流，在我们耳边拍打着更为宽阔的声浪，从平原一扫而过。被风横扫过的地平线上聚集着大片白云，时而有散落在荒原上的诺曼人高耸的哨楼出现，这地平线更像是海平线，而监视着荒原的哨楼则宛如灯塔。一群群半驯化的水牛冲出淤泥地一路小跑，犄角高耸着，风突然激怒了这群庞大的兽群。这是一个更为自由和野蛮的国度，平整而纯净的大地在刺激我们加快速度的同时，促使我们变得敏感，就像是手指只能感知它那庄严的弯曲一样，它为了吸引我们全速行进的汽车向更远处去，不停地翻转着地平线。夜从东方升起，像一堵暴风雨的墙出现在我们头顶；我将头倚在软垫上，在黑暗深处长久地观望着静静的星座，带着默默的激奋：那些最后的星辰将为我们而闪耀在西尔特。

当我重温我在西尔特所度过的最初的时光，我在到达西尔特之后所感受到的过分强烈的思乡之情重又强烈而鲜明地笼罩在我的心头，它对于我总是出于一种偏爱与那次短暂的旅行联系在一起。我们好像滑行在一条清冷气流的河道上，尘土飞扬的道路划出暗淡的标志；在大道的两旁，浓密的黑暗紧闭着；沿着这些偏僻的小道走去，不会有任何相遇，只有那些模糊不定的影子在黑暗中转瞬即逝。由于失去任何看得见的标志，我感到一种方向感和距离感的逐渐的轻微的衰退，它使我们在任何迹象出现之前僵持不动，如同在迷失的路途中，由于紧张而不知所措。在这片昏睡不醒没有梦想的土地上，熠熠闪光的星星异乎寻常地倾泻着光芒，像是潮汐冲刷着地面，星光蓝色而干燥的火花噼啪作响，使得听觉病态般地警觉，如同人们在很远的地方聆听猜测中的大海。我被带入这令人兴奋的黑暗深处的旅行中，第一次沉浸在奥尔塞纳陌生的南方之夜，像是沉浸在入教的圣水中。某种东西给我允诺，某种东西向我显示，我毫无醒悟地进入一种让我焦虑不安的亲密之中，双目茫然，却又全都投入，像是有人被蒙住眼睛走向默启的地方。

黎明从荒野上多雨的灌木丛和低垂的云朵后面升起。汽车在一条满目疮痍的小道上剧烈地颠簸着，许多地方长满纤弱的小草。这条小道像是一道壕沟，两边被一人多高、密密麻麻、暗灰色的灯芯草的草海切成棱角，草海让人看得厌烦，道路无休止的拐弯每每使人感觉山穷水尽。目力所及，在流动的雾气中，看不到一棵树，一户人家。湿漉漉、软绵绵的黎明时而被微弱的光线洞穿，这光线在低矮的云堆里跛行，像是灯塔探寻的光束。雨点可疑而又富有穿透力的亲密，暴雨最初迟缓的雨滴的令人迷惑的碰面平息了淡淡的孤独，让湿树叶和腐水中的香气散发，在沙滩柔软的细毡上每滴雨珠清晰而精巧地留下痕迹，就像人们在雨中分辨出滴落在树叶上的粗大的雨珠。在左边，离大路不远，灯芯草的草海与被灰色箭形的沙滩封闭的淤泥潭和荒凉的环礁湖交界，浓雾中许多泡沫舌朦朦胧胧地向沙滩滑行。四下里，由于雨的突然停止和再次犹豫降落以及间隔的不等所传递的异常的悬念印象，可疑的沉寂变得更易于感知。在这朦胧的光亮里，在这湿润的阳光下与温暖的雨丝中，我们汽车更加小心翼翼地行驶着，像是给这不明确的旅行蒙上了瞬间的浸入的色彩。这噩梦后的慵懒的垫毡随着年代向后退去，在湿热的气息中重新找到有着陷阱般的高深的野草的原始时代的草场，找到它那粗犷的线条，它的不定与朦胧，它的神秘。

我们长时间地在沉睡的土地上行驶着。时而一只灰鸟从灯芯草丛中箭一般地蹿出，像是皮球在喷水柱上颤抖，带着单调的叫声，消失在高远的天空。雾的犄角在浅滩上搁浅，庞大的昏睡的风箱发出平静的两声声响，使雾气为之洞穿。一阵风悲哀地掠过灯芯草丛，转瞬间环礁湖水的蒸汽便在一块暗淡的镜面、一块无光的死皮上蒸发，像是嘴贴在枕头上面，某种东西在空地上的浓雾后面窒息。小径突然又变成大道，一个灰色的哨楼从渐浓的雾气中出现，环礁湖从四面八方向我们扑面而来，湖水将齐水高的堤岸磨滑，几座幽灵般的楼房映入眼帘：这就是我们此次旅行的终点。我们来到了海军指挥所。潮湿的道路闪着暗淡的光亮，雾墙中，在一个挥舞着信号灯引导汽车前进的身影旁，闪出一件水兵防水服、一顶破旧的制服帽和一团滴着水珠的粗短的唇髭：来人便是指挥着西尔特海军基地的马里诺长官。

在奥尔塞纳，人们很少和我谈起他，除非以一种确定某种暧昧的社交关系的令人不快的浅薄而又随便的口吻谈起——像是谈论某一个“乏味”的人（保密局的轻浮在此一目了然），这种简单的取消资格的做法将他推到一个模糊的背景里，现在他就在那里：雨中的一个宽阔的身影，在幻影般的浓雾里显得极为实在——我们将朝夕相处——我突然意识到我在握着一只陌生人的手。这只手有力、缓慢而友好，彬彬有礼的接待，嗓音中所透出的带着善意的嘲讽使我一进门，在这样一种微微令人尴尬的接触中顿生一种宾至如归的感觉。我从一开始就明白我们之间将不会为我的奇特的任务发生纠葛——这已很不错——但同时我也感到要想知道得更多需要相当的时间。在他迅速而犀利的眼风中有一种与他的粗厚、有力、沉稳的嗓音相左的潜在的洞察力，他平静的表情和有分寸的话语显示出一种明显的自制和矜持。被低低的帽檐挡住的一双眼睛呈冷海般的灰色。那只将我的手握了很久的手缺了两根手指。马里诺长官完全从雾中显现，这使我在内心深处产生某种预感，以后人们不会再像这样容易将他埋没。

就这样，在这片荒原上，在这空荡荡的海边，海军指挥所这个奇特的地方出现在幽灵般的雾中。在我们面前，越过一片被蒺藜丛侵占、两边建有一些参差不齐的房屋的旷野，雾夸张地勾画出一座摇摇欲坠的要塞的轮廓。在被年代填塞了一半的壕沟后面，它像是一座巨大沉重的灰色块堆，光滑的围墙被一些箭眼和稀少的炮眼穿透，雨水使这些石块闪着铁甲般的光泽，同时呈现出一种沉船被弃的寂静；泥泞的巡查道上，甚至听不见一个哨兵的脚步声；沾满水珠的草丛使长着灰色地衣的胸墙几处被穿破，在一直滑进壕沟的瓦砾堆里混杂着蜷曲的废铁片和碎碗块。进入要塞的暗门显示出城墙非凡的厚度：奥尔塞纳古代盛世在低矮而又庞大的拱门上留下它们的字母图案。一种古代强盛的气势和发霉的气息在空中流动。从贴近地面的敞开的炮眼望去，城中过去行政长官的部队的大炮在一个白雾缭绕的洞口挺立着，冰冷的雾气从洞底冒出。一种难忍的遭人遗弃的气氛在被墙壁留下长长的痕迹的空荡荡的走廊里荡漾。我们悄声不语，像是被卷入这瘫痪的巨人之中，这仍有人烟的废墟的凄凉梦境，如今已经显得可笑的海军指挥所的字样像是对这梦幻的遗产在进行嘲弄。这令人麻木的沉寂最后使我们在一个炮眼口站立不动，这里我回忆起当时对我具有强烈意味的一幕滑稽剧：我们各自避开对方的目光，只顾环视滔滔大海；马里诺嘲弄般地随便倚靠在一门巨大的大炮的炮架上，他从口袋里掏出烟斗，用它一直敲打着炮闩柄。一束黄色的光线透过雾层照在我们身上，内院里突然响起的一声平和的鸡啼使这独眼巨人的废墟可笑地变得易于亲近起来。此刻，我的耳朵仍能奇怪地听到一声短促而干脆的“就这样吧”的声音，马里诺当时似乎就以这句话宣告了参观的结束，打破了这种迷幻，他的靴子沉重地踏着地面。

雾色像是稀释的墨水：夜幕降临了。马里诺长官向我介绍他手下的三位军官：这就是西尔特舰队的全部军事官员。为我接风的晚宴已经准备停当，特地安排在要塞的一个地堡里进行；日常的惯例本能地退避，不敢搅乱清梦：好像是传说中的古堡吓着了习以为常的生活。在这发出令人不安的回音的拱穹底下，谈话很不投机，关于我前一天离开的奥尔塞纳，他们向我提出了许多问题——奥尔塞纳已经远去；我看着奢华的火把的烟雾笔直地上升到低矮光秃的石顶，呼吸着地窖和发霉的地面的寒气，听见沉重的钉门在走廊里响起的回声。在这富有戏剧性的微弱的光照下，仍有一层雾气飘荡在我分辨不清的面孔的周围；初次见面时的令人迟疑呆板的拘束更增加了我的古怪的虚幻的感觉；在马里诺无意打破的沉默中，宾客们的脸变得石塑一般，顷刻间，出现了奥尔塞纳宫殿所悬挂的英雄时代的陈旧画像上的生硬的轮廓和庄重的表情。祝酒的时刻来临了：最年轻的那位军官表示欢迎我来到“西尔特前沿”，马里诺合乎礼节地将酒杯举起，唇边现出讥讽的微笑。我的住处被安排在指挥楼里，它是那些简陋而低矮的房屋中的一间，同样的寒气和霉味飘荡在这狭长、潮湿、铺着粗糙的方砖，几乎没有什么陈设的房间里。向着黑夜我打开住室的窗户——这窗户面朝大海——一种微弱的气息穿过浓稠的黑暗从海面传来。随着摇晃不定的灯光在墙上跳跃的巨大的黑影让我吃惊，我吹灭灯，钻进粗糙发硬、散发着裹尸布淡淡霉味的被子里。在重现的黑暗中，海浪的轻轻拍打声传入我的耳际：我依然感到晚上那种轻微的麻木，我捏了一下胳膊：我确实是在西尔特。一声狗吠，一阵骚乱，家禽饲养场的一声啼鸣清晰地从寂静中传来。我很快进入了梦乡。

第二章　海图室

为市政议会服务的毫不足取的间谍政策早已没有必要，在海军指挥所对此要比在其他任何地方更易觉察。从信号塔上观察“西尔特基地”，其无可救药的衰败景象一览无余。要塞对面，有座行将坍塌的海堤，上面杂草丛生，它把小小的港口堵得严严实实，低潮时，港湾深处形成一片巨大的淤泥潭。在防波堤宽阔的一端耸立着一个金字塔形的煤堆，因为绝少有人挖取，一些荒草甚至小灌木早已侵占这片地盘，形成独特景观，看上去就像奇形怪状的废矿山矸石堆所形成的山岗一般。两艘小吨位的护卫舰陈旧不堪，早就在防波堤边搁浅了，三四只带马达的平底渔船退潮时便在泥潭里缓缓摇晃。小港口深处有一条斜坡，顺着斜坡可以将平底船抬起，一直通向修理船壳的库棚。一条航道沿着灰色的泥潭在大片长满灯芯草的地段间蜿蜒折行，汇入环礁湖的箭形出口，从峡口通往大海。港口以酣然沉睡的面貌出现：封港季节来临前，秋日的白昼依然很热，正值下午，一股热浪使得荒无人烟的防波堤的枯草发出阵阵颤动，长长的码头甚至听不到海浪击岸声；很难看到预示着出海巡逻的青烟从威武号巡航舰的烟囱中升起。在海军指挥所喜欢冷嘲热讽的人声称那是暴风雨来临前的信号——在西尔特海这是异乎寻常的，一向处世平和的马里诺指挥官对此并不介意。一小部分船员驻扎在陆地上掩护要塞侧翼的一些建筑物中。在这片荒漠地带，军事与劳务需要越来越少，多余的人员通常被派往西尔特迄今尚存、为数不多的农场，他们在那里饲养几乎野生的羊群。奥尔塞纳当局对这些与战事毫不相干的活动长期以来一直不闻不问，这种副业生产毕竟能给这片菲薄的土地带来收益，因此它对奥尔塞纳颇具吸引力。正是由于这种原因，人们经常看到马里诺长官不再待在威武号的驾驶台上，而是穿起长靴，上好马刺，一大早就出发，穿过茫茫草原，去找那些俗不可耐的农场主，就安顿食宿、支付佣金等棘手的问题和他们讨价还价。那时候，与其说他是一位老水兵，还不如说是一位从事垦殖的农场主。凡与经费预算、财务开支有关的问题，在海军指挥所的日常事务中无不占有举足轻重的地位：西尔特基地奇迹般地变成了一个有利可图的企业，在上级有关机构面前，它更多的是因经济收益而非显赫战功而洋洋自得。账目管理的优劣、劳力安排是否合理逐渐成为衡量当地军官才干的试金石。久而久之，奥尔塞纳的那些重商主义者便成功地把军队规范引向有利于其自身发展的方向，而本质上，此事本应遭到强烈反对。与此同时，哪怕是在小小的观察哨所，人们也能观察到在这股向往冒险生活的浪潮中，在这块面积有限、安居乐业的土地上升起的沉闷呼唤中，令人不安的麻木愈来愈甚。一个风平浪静的早晨——这也是西尔特秋日的美丽之处，我坐在要塞堡的雉堞上，一面观察空旷的大海和仿佛在阳光下被如患麻风病的淤泥啃啮着的荒凉港口，一面看着马里诺带领一支农场雇佣来的牧羊人小分队在乡间骑行。我用手摸了摸经历过枪林弹雨的沉重、炙人的石块，不禁感到愁绪满怀，仿佛觉得这位瞎眼巨人由于被人出卖正在痛苦地走向第二次死亡。

在这种停滞状态中，我所肩负的观察员的使命显得无足轻重。很快地，在海军指挥所似乎已经没有观察目标了。为了不使自己显得滑稽可笑和稍稍排除孤独带来的烦恼，我只能力图接近那些看上去微不足道的可疑分子。罗贝托、法布里齐奥、乔瓦尼这三位马里诺的副手是和我同龄的年轻人，他们对这种流放生活厌倦至极，对于例行休假早就心往神驰，时间一到，指挥所的车子就把他们载往最近的一座市镇——马雷马。充满神奇色彩的旅行是餐桌上没完没了的谈笑和讨论的主要话题：在海军指挥所见不到女人。我很快便与他们三个交上了朋友，尤其对新近从奥尔塞纳来的法布里齐奥抱有特殊的好感，他和我一样，听任这种牧羊人式的麻木的军旅生活摆布，感到困惑不已。罗贝托和乔瓦尼用大半天时光把整个身体埋进灯芯草里，醉心于射猎沼泽中的成群飞鸟。阳光下，我和法布里齐奥坐在城墙的炮眼上，摆上一本书，远远地望着他们在一片平静的枪响的掩护下前行；蓝色的青烟在静静的草丛中袅袅升起。晚秋金色的天空随着每一声枪响，回荡着成群结队的海鸟野性的、失常的嘶哑叫声。夜幕降临时分，从某处偏远农场归来的马里诺骑着马，在环礁湖堤上发出清脆的马蹄声；共进晚餐时，营房中飘荡出阵阵轻微的嘈杂声，给海军指挥所增添了最后一丝稍纵即逝的生气。夜晚把我们五个人会集在丰盛的、烤得焦黄的野味前。我们喜爱这种晚餐，桌边也笼罩着诚挚、和睦的气氛；四周越来越浓的夜色包围着我们，仿佛把我们更紧地连在一起，连在这片充满温馨的亲密感的小小空间里。具有修道士般审慎和恬静性格的马里诺被年轻人的这种朝气蓬勃同化了，他喜欢我们个个兴高采烈的样子。有雾的天气里，小港被雾气笼罩，使我们既心慌意乱又抑郁烦闷，这时他总是第一个提议喝上一罐别具一格的西尔特葡萄酒，人们至今仍然沿用古老的酿制方法，把酒储存在一层油下面。晚餐结束了，弥漫的烟雾使屋里的空气变得混浊，猎手乔瓦尼清了清嗓子，提议去防波堤上散步。一汪死水上沉沉地泛着咸涩的凉意；在防波堤的顶端，一盏信号灯闪着微弱的光亮，要塞的黑影倒映在环礁湖水中，在我们身后显得格外沉重，那黑影缠绕着我们，似乎就在眼前。我们跷起腿，坐在码头边，潮水勉强地维持着微弱的脉跳。马里诺点燃烟斗，眯缝着眼，注视着云层，以行家的口吻向我们预报第二天的天气情况。在他那屡验不爽的预言之后照例是一阵沉寂，仿佛降旗时的一刹那，人们突然陷于沉思一般。送别夜晚的仪式至此结束。在这以后，大家说话的声调开始变得有气无力，沿着荒原往回走，我们像少得可怜的葡萄一粒粒地坠落，接着便是此起彼伏的关门声在静悄悄的墙壁上回响。我推开窗户面对咸腥的夜空：沙岸方圆五十里万籁俱寂，防波堤上的信号灯枉然地照着那片死水，犹如地下室深处被遗忘的一支蜡烛。

我觉得这种闭塞的生活别有一番情趣。我从西尔特不时发往奥尔塞纳的报告通常只是寥寥数语，可写给朋友们的信却洋洋洒洒一发难收。风和日丽的午后时分，在沙漠的尽头，我内心深处常常感到令人倦怠的生活脉搏的隐隐跳动。城隅的罅隙处有几丛枯萎的野花，我用手臂撑着墙垛，放眼望去，四周轮廓尽收眼底；间或能发现小如蝼蚁的人踽踽而行。牲口套具的叮当声，货棚里清脆的锤击声，宛如悠扬的钟声回荡，在我听来格外清晰。这种习以为常的亲切氛围令我心旷神怡，然而，在这质朴的田园生活中分明隐含着一丝不安与一种召唤。我恍若置身云端，俯瞰着芸芸众生不足挂齿的往返奔波。这昏昏沉沉的一切仿佛都在梦幻的重压之下。当我打算继续这样观察下去时，我感到心头升起一种猎奇的欲望，它使我们屏息静观抬起的脚跟下一群蚂蚁纯属无意识的忙碌移动。这时我的思绪常常会回到马里诺身上和我第一次参观要塞的情景；马里诺用烟斗敲击炮闩以期驱邪的神态依然历历在目；我忽然发觉在他管辖的小小地域中，他的身躯是那样高大并且具有保护力。他始终平心静气，我望着他那笨拙而坦诚的手正小心翼翼地驱赶挡在充满拙朴气息生活前的那些阴影；我感到自己与他是多么迥然相异，同时也感到自己多么喜爱他。

我过着毫无规律的生活。作息时间对海军指挥所的所有成员来说一点也不单调；这种节奏迟缓而又含混不清的活动，由于受到天气状况和海洋变化的影响，作息时间虽然带有农村那种时断时续，变化无常的色彩，我比别人更能逃脱它强加给自己的哪怕是极小的束缚。初来乍到时，我被一种空虚而自由的生活弄得昏头转向，感到备受熬煎，于是便狂热地投入到同伴们引以为娱的那些剧烈活动中，使孤独难忍的时光显得不那样漫长；我们用铁钩捕捉环礁湖里闲游的大鱼，在空旷的草原上策马追逐野兔。有时，我们受到邻近村庄的邀请，参加周期性的捕兔大战，因为它们啃食本来就贫瘠的饲养绵羊的草场；在这盛大的节日里，大家会聚一堂，在火把光焰的照映下畅谈、欢饮，直至深夜。白天的战利品堆积在晒场上，使夜晚充满了浓烈的野物味；我们骑着马返回营房时，个个疲惫不堪，昏昏欲睡；当低沉的天幕开始在草原上拉开，一片火光在地平线上暗淡下去时，这场战斗才刚告结束。我的身体并不强壮，这种消遣使我心力交瘁，但我不愿逃离奥尔塞纳，因为我认为它与其粗犷、质朴的生活互为补充，相得益彰。渐渐地，奥尔塞纳在我眼里开始呈现一层奇异的色彩，最初的无所事事情绪的消失与一个吸引我的神秘中心的出现紧密相连，而我再也按捺不住对它的好奇心理。这个秘密将我与城堡拴在一起，就像一个孩童在废墟中发现了某处藏身地一般。一天午后，烈日当空，正值休憩时间，海军指挥所一片宁静，我穿过蒺藜丛，沿着壕堑一直来到要塞暗门，一条拱形长廊和潮湿、残破的阶梯将我引向内堡，坟墓一般的阴冷气流直向肩头袭来：我迈入了海图室。

自从我受到单纯的好奇心的驱使，在这地堡密布、庭院交错的迷宫里逡巡，并且第一次推开海图室的大门那一时刻起，我就逐渐被一种不可名状的感觉所侵袭，我只能把这种感觉形容成那种使指引着我们平静的生活轨道的无形磁针偏离方向的东西（正如人们所说，经过俄国中部荒芜、贫瘠的大草原时，会发生指南针偏离现象一样）——它无缘无故地为我们指明了一处诱人的地方，一个毋庸置疑适宜存在的地方。首先令我惊奇的是，这间低矮的呈穹形的长厅，位于灰尘遍布、满目疮痍的要塞，却保持着一尘不染、井然有序的奇异景观，这种过于精心的甚至近于怪癖的有条不紊的状况是对周围沉沦与毁灭的傲视，它持枪而立，袒露着奢华但却掩饰不住衰微的外表。第一眼看上去，在这片碎石乱瓦中，它执拗地保持着随时准备出击的令人惊异的神态。嘎吱的推门声打破了这种警觉的沉寂，仿佛恭候出席盛宴的来宾光临时那种壮观的场面出其不意地受到了惊扰，我不由自主地感到一阵微微颤抖，像是无意中推开了一间看上去空无一人的房间，蓦然发现它的面孔比盲人还要可怖，它毫无表情、五官扭曲、神情呆滞，带着暗中窥伺、以求一逞的企图。

确切地说，房间本身并不昏暗，窗户上的玻璃由于密密麻麻地分布着气孔而显得凸凹不平，阳光透过粗糙的玻璃射进来，飘忽不定，令人颓丧，屋里半明半暗，白天无论什么时刻都好像沉浸在薄暮的怅惘与凝滞中。屋中简单地摆放着几张用光滑的橡木制成的办公桌，一些暗色的木质壁柜挨着光秃秃的墙壁一字排开，里面装满了书籍——几乎是清一色的厚厚的对开本，精装的封面全都褪了颜色——以及旧式的航海仪器。大厅里面的墙上，在从地面到穹顶距离一半的地方，嵌有一条窄细、轻巧的廊架，向另一排装有栅栏的壁柜延伸过去。空荡荡的墙壁、世界地图、灰尘的气息、像手心一样有的地方光滑，有的地方则留有长长的划痕的磨损程度不一的桌子，这一切不禁使人联想到一间教室，一间被厚厚的墙壁、幽深肃静和模糊的光线围隔的教室，人们在里面学习的只是某种被人遗忘的不可思议的课程。这种身临其境的感觉随即便被另一种更令人迷惘的感觉所困扰：屋子里像是弥漫着某种气氛沉重、思维迂腐的东西，它沉积在酷似钉在教堂一隅的还愿牌上面。在这种朦朦胧胧的似曾相识的感觉指引下，我向厅室中央迈了几步，目光一下子停住了，在那尘埃与墨迹一般的暗淡色彩中，一大团血红色喷溅在那堵墙上，这是一面红绸大旗：圣·于德军旗——奥尔塞纳的标志，在对法尔盖斯坦的征战中，它曾飘扬在海军战舰的船头。前方，横放着一方低矮的垫台，上面仅有一张桌子和一把椅子，它仿佛成为人们猎获的目标，是这间像铺设好的陷阱一样的屋子里的焦点。一种神秘的力量挟持着我们，不容思考地让我们在专供参观的废弃的宫殿里**试坐**王位，或者去坐一下空荡的法庭里法官的座席。我被吸引到椅子边，桌上平展着西尔特的海形图。

这种小小的桌台像是在召唤布道者。我坐下来，久久不能平静，但旋即又被它吸引，像是着了魔一般。西尔特贫瘠的土地如同一块白色的台布在我面前展开，上面星星点点分布着为数不多的几个偏远的农庄，箭形的环礁湖像是为它镶上了花边。与海岸线平行的不远的海面上画着一条黑色的虚线：警戒线；再远一点，又有一条鲜红的实线，这便是长久以来被默认的边界线，航海条例规定在任何情况下不得擅自超越，奥尔塞纳及其居民的活动均以此为最后界线。这条奇特而抽象的红线激起了我的想象力；多少次我的目光沿着它前后移动，满怀着一种**确信**，就像一只鸟被地上划出的一条线惊得发呆一般。最终，我还是接受了这种奇特现实的特征；尽管我不愿承认，但我还是准备将这次危险的经历视为实在的奇迹，把它想象成大海中的一条裂缝，一个报警信号、恰如《圣经》中的红海开路[①]，在异常遥远的彼岸，在这片神秘的禁区后面，伸展着被神奇地阻隔开来的法尔盖斯坦那片陌生的土地，它地域集中，如同唐格里火山阴影下的一片圣地，在我眼前出现了拉热港和特朗热港及其周围的座座小城：它们的名字读起来朗朗上口，在我脑海里形成了一串光环：拉热、米尔菲、达尔加拉、乌尔加松特、阿米克托、萨尔芒诺埃、迪尔斯塔。

我斜靠在桌子上，两手平摊在海图上，我在那儿几个小时一动未动，沉浸在休眠状态中，两手发麻竟无知觉。海图仿佛在发出轻微响动，幽暗、宁静的厅室仿佛设有埋伏，墙板也在吱吱作响，我抬起头，双眼蒙眬，在黑暗中摸索，犹如一个守财奴深夜清数财宝，黑暗中感到手中有成堆宝石发出暗光。在这间静谧的幽室中，我像是不由自主地在窥探某种神秘的苏醒的东西。脑子里一片空

---

① 红海开路：《圣经》中的故事。据《圣经》记载，在埃及人与以色列人斗争时期，摩西率领以色列人逃奔，埃及法老率兵追赶。行至红海时，摩西运用魔力，在红海中开辟一条通道，使以色列人安全脱险。

白，我觉得在自己周围，黑暗渗入了房间，仿佛昏昏欲睡的脑袋在下沉，宛若一条船静静地沉没，而我则和这间厅室一起，像填满了沉默的沉船一样，向着深深的海底直沉下去。

一天晚上，我在这房间里待的时间比平时要长，正当我准备离开时，一阵沉重的脚步在地板上发出的声音吓了我一跳，我来不及思索，便装出一副好奇的样子，我知道惊慌失措无济于事，待在这间房里很难摆脱**束手就擒**的处境。马里诺指挥官走了进来，他并没有看见我。在他慢慢关门时，他那宽阔的后背对着我，动作中没有半点不自在，就像守夜人对空寂的长夜习以为常一样。顷刻间，我感到自己面对的乃是一种隐秘的气氛，似乎觉得室内的一切都在排斥他。这种奇异的感觉和守夜人在博物馆里蹒跚而行时的感受并无不同。他又踱了几步，一副老水手走路的姿势，缓慢而笨拙。他举起灯笼，看到了我。我们默默地对视了片刻，在这张凝重、忧郁的脸上，我所看到的与其说是惊讶，不如说是一种像是使他完全熄灭的痛楚表情，一种保持警觉的敏锐表情，就像人们常在行将就木的老人脸上看到的那样，这种表情仿佛受到了神秘先知的启迪。他把灯笼放在一张桌子上，然后转过脸来，声音近乎被窒息，比房间的昏暗气氛更甚：

“阿尔多，别操劳过度，吃晚饭去吧。”

我们尴尬地向地下室通往地面的大门走去，灯笼光使我们硕大的身影在穹顶上晃来晃去。

这件微不足道的事情一直萦绕在我的脑际，深深地刺激着我，给我留下了永久的印象。在死一般的静谧中，我直挺挺地躺在床上，竭力回想那张像百叶窗一样突然紧锁的面孔上痛楚的表情，我同时想起了那带有**弦外之音**的奇特腔调，它使我又一次竖起耳朵，仿佛在聆听一句充满暗示的话语。他那平淡的嘟哝声久久地在我耳畔回响，直至天明；我终于恍然大悟，显而易见，马里诺知道我常去海图室并对此暗暗不满。

这件小事竟莫名其妙地使我忐忑不安，至少在我的想象中，我似乎与马里诺有着一种默契，而我则不由分说地密切注视着事态的发展。我很快就确信，即使我们不再提及此事，马里诺也不会忘记那次相遇。吃罢晚饭，在他那有点逗乐惹人开心的笑声中，从他那棕褐色的微微发红的脸庞上，我发现当他的目光投向我时，带有一丝局促不安的阴影，就像一道轻微的划痕，把我划出圈外，使我从欢乐的人群中分离出来，仿佛我们之间从那时起，由于彼此了解对方的身份，在今后的交往中很难表现出过分的热情。

我的生活在不知不觉中改变着，出于静心思考的需要，我希望遁世，它给我带来一种平衡。我对自己失去在奥尔塞纳的那些欢乐并不感到遗憾。我一直没有离开海军指挥所；法布里齐奥几乎每个星期都去寻求短暂的欢乐和艳遇，我拒绝与他同往，他十分惊讶。我不再需要这一切。与西尔特这种百无聊赖的生活相联系的不公正的匮乏，对这种生活所造成的纯粹失落感心甘情愿地承受，不啻是它为我提供的一种未知的保证。空虚、淡泊的生活，机械刻板的规定，这一切似乎需要求助于一种兴奋的因素作为报答，这种刺激要比奥尔塞纳一切平庸、矫饰的尽情享乐的生活带给我的感受更为强烈。这种穷极无聊的生活尽管显而易见没有任何裨益，毕竟为某种值得一提的东西打开了大门，它对凡夫俗子的癖好不屑一顾，却在一处无底深渊摇摇晃晃地冒险前行，在通往空无境界的冲击中，它在呼唤与其冲劲相配的支撑物，它那忧怆的魅力足以使一名哨兵受骗上当；它伸出的触角在乞求一阵海风掠过，而对地面的气息却无动于衷；它那守夜者的叫喊所产生的回音悠远绵长，在人们的听觉中留下了极度的悬念。这就是马里诺轻易不令其出海的沉睡中的那条船。在我异样目光的注视下，它仿佛正驶向天边；它那纹丝不动的航行在我看来得到了隐隐约约的应允。我感到它在我的脚下颤抖，就像一条结实的航船的甲板突然被一位喜欢冒险的船长踏在脚下一般。海军指挥所的一切都沉浸在睡梦中，但歇息得并不安宁，凭借着毅力，我在使这种陷于穷途末路的生命重新生机盎然。我觉得自己与那些守夜人有着同样的秉性，他们无止境的期待一再落空，然而，正是这种期盼使他们对希望的到来确信无疑。

我焦急地等待着假日的到来，这时，海军指挥所的人员都要乘车去马雷马。在这几个小时里，要塞空无一人，这样，我便成了这块土地唯一的主宰。在这片土地上，似乎只有我可以隐约看出深藏在地下的宝藏那微弱的反光。在空荡荡的掩体和死气沉沉的地下通道中，摆脱了冷漠的目光的要塞重新披上了梦幻的色彩，这些犹如矿井的通道是用石块砌成的，墙壁厚得惊人，我像个重新探路的幽灵蹑手蹑脚地走着，脚步既执着又犹疑；我像一个微弱的生命在要塞里颤动，然而，这生命却陡然变得光彩夺目，如同晃动镜面发出的亮光，骤然间其能量可以与神奇的辐射源相媲美。我向与马里诺一起初次参观这里时待了许久的墙堞门洞走去，眼前但见沉闷的薄雾缭绕，一束束强烈的日光时而穿透其间，投向地面，形成耀眼夺目的方块，如同壁炉口一般。在这由巨石砌成的光秃秃的墙壁中间，从这高悬在天空中阴暗的壁凹深处望去，我看到的仅是一片深沉而奇妙的蓝宝石般的光彩在摇曳，宛若点点阳光顺着灰色的岩石洒入海滨溶洞中，它忽隐忽现，令我厌恶之至。我坐在炮闩上，目光顺着巨大的青铜炮台移动，光秃秃的炮台的折光映入我的眼帘，又随着我的视线射向远处的海面。我紧盯着空阔的海洋，海面上每一簇浪花都像人的舌头一样在悄无声息地滑动，仿佛要用永远无力完成的纯粹的抹除动作来淘空不复存在的所有痕迹。不知不觉地，在这遥遥无期的等待中，我希冀着一种信号、一种奇迹的出现。我幻想着在这空旷的海面上能升起一片船帆。我在为这条期待中的船寻找一个合适的名字，或许我已经找到了它。

几个小时的默默观望随着时光的流逝很快地过去了。大海变得暗淡起来，天边升起了一层轻雾。我沿着巡逻的路线往回走，像是刚刚去赴一次秘密的约会归来。要塞后面被炙烤过的西尔特的乡野已经变得朦朦胧胧。我站在城堡的护墙上，眺望远方升起的一团烟尘，那是从马雷马返回的汽车沿路扬起的尘埃。汽车在干枯的矮树丛中曲曲折折地行驶了许久，它的身影是那样娇小、熟悉而驯服。我觉得马里诺不喜欢有人像哨兵站在楼上那样从城堡的高墙上向他们打招呼，然而，我依然居高临下，静候着他们悄然归来。

表面上看，这些日子我一无所获，当我回想这一切时，实在无法找出任何能说明使我保持这种如此奇特的戒备状态必要性的证明。没有一点针眼、一处痕迹，什么也没有发生。这是一种既轻松又狂热的紧张、一种无法感知却又无处不在的警觉的指令在作祟，就像人们感到自己受到望远镜的监视，就像人们坐在桌前工作、背朝一幢空楼的走廊门时，感到两肩发麻，却又不知原委一样。我渴望那些无所事事的周末，它们给我带来听觉的一种扩展和深化，如同人们试图在最透明的水晶球中预卜未来一般。这些周末向我揭示的仅是夜间荷枪执勤时和监听台上的一片空寂，是一只如吸盘那样吸紧，贴在大海那模糊而令人沮丧的喧嚣声浪上的石头耳朵。

和城堡的那些秘密约会使我不知不觉地疏远了伙伴。傍晚时分，餐桌边伴随着哧哧笑声窃窃私语，罩着神秘面纱的讽喻以及同伴们在马雷马的度假活动都与我无缘；夏末，奥尔塞纳的一些贵族子弟荒唐地拥入了这个偏远的小镇，法布里齐奥和乔瓦尼常与他们交往。就这样，在我们的谈话中，我常听到一些我所熟悉的姓名；法布里齐奥提及他们时，语调中带着不乏嘲讽的尊重。我感到如同一件被玩弄在手掌之中的宝物闪闪发亮，那些贵族的姓氏仿佛也掠过一种光泽，那是一种富有浪漫情调，并且对生活带有一种狂热追求的古老家族的气息；马里诺的眼睛在瞬间变得更为专注，现在我一听到他们的名字就感到不顺耳、不愉快，尤其是在闲谈中，只要他们的名字一出现，我就会产生一种如同一位探险家突然发现乡邻时的那种恼火和窘迫的感觉。当法布里齐奥介绍一次野餐活动或在环礁湖上泛舟的情景时，我常常生硬地打断他的话，不无恶意地将他供奉的贵族偶像从底座上打翻在地。我蔑视奥尔塞纳，我凌驾于它之上，我怨恨法布里齐奥，怨恨马里诺，他们了解我内心隐藏的矛盾，但仍然不时地使我的自尊蒙受屈辱，津津有味地谈论那些所谓代表上层社会可悲又可恶的傀儡。一天傍晚，当他们以推崇备至的口气谈及阿尔多布朗迪家族的乡间别墅时，我气愤至极，突然离开了房间，眼里几乎噙着泪水。法布里齐奥跟在我后面，在荒原上追上了我。

“阿尔多，你怎么了？生气了？”

“别管我。你不会明白的。”

“我比你想象的更理解你。”

“当真？”

我僵直地转过身。被雾气打湿的目光使他脸上的轮廓难以分辨，但在阴影中，他的眼睛显得格外大，声音既辛辣又庄重：

“阿尔多，你太骄傲了。刚到这儿来时你不是这个样子，什么东西使你变了？”

“法布里齐奥，你放心，什么东西也没改变我。我们之间没有出现任何问题；是孤独使我变得有些神经质。”

“你是在自寻孤独并以此为乐，你在寻找一种不愿与我们分享的东西。你不断爬上要塞城堡，好像你在那些古老的石头里找到了什么宝藏。”

我淡然一笑。

“你认为我有那么自私吗？”

“你确实变了。你是我的朋友，是的，可是有些瞧不起我。你怜悯我们过着这种闭塞的生活。甚至马里诺……”

“我对马里诺没有任何不满，我愿以名誉担保。在这里，我尊敬他胜过任何人。”

“阿尔多，你在疏远我们，我觉察得出来。我很难过，你太超脱了，对一切都无所谓……”

我抬了抬眼皮，不知所措。不过，他下面的话倒使我无须招架：

“难道你在期待发生什么变化吗？”

我哈哈大笑，不乏冒犯的神情：

“法布里齐奥，人们要提升我。首府的沙龙需要我，想指派我为海军舰队总指挥的助理，统筹各种舞会的礼仪性工作，以维护军队的风流形象。法布里齐奥，你觉得这个差使如何？在我的职业生涯中这可是向前跨了一大步啊！”

“我看你鸿运高照。别笑我，哪里都比这个鬼地方强。”

“可我拒绝了，法布里齐奥。你明白吗，我拒绝了。”

他泄气地耸耸肩，苦笑了一下：

“阿尔多，你真可笑。一年以后你就不会这么想了。”

“我已拿定主意了。”

我也耸耸肩。法布里齐奥的声调突然变得紧张起来，宛如黑暗中一双无形的手抓住了我的肩膀。

“那你到这里来寻找什么呢？你来这里实在是不可思议，这里没有谁不知道你是什么人，你完全可以另谋高就。”

“这是在审问我吗？”

我怒不可遏，被审讯者过于幼稚但却使人难堪的声音刺伤了，我搜寻着更为激烈的言辞，显然，我无法做到坦然自若。

“是马里诺指使你来提这种问题的吗？”

“马里诺从不寻根问底，但是，他不喜欢诗人，至少在海军指挥所里不喜欢，我听他这么说过。阿尔多，可你是位诗人。”

平日，在海军指挥所里，他在提到马里诺的名字时，声音中总带有人们惯用的尊敬的语气，可这种语气今天晚上却让我无法忍受。

“他还说我是诗人中最蹩脚的，是不是？他是这样告诉你的吗？”

“不，阿尔多，马里诺很喜欢你。可是，他怕你。”

我一下子变得怒不可遏。

“我揭发他了，是不是？我在监视他！你们都这样认为！这就是我要在要塞里转来转去的原因！这太简单了！事情一清二楚。这就是为什么我每个星期天要在走廊里走来走去。你们为我提供了方便。太客气了！亲爱的朋友，请任意搜查吧，我离开就是了，让你们独自待在这里。我是敌人！我是遭到隔离的密探。”

看到法布里齐奥那张和蔼而痛苦的面孔，我停止了发火。

“阿尔多，我看你疯了。看着我！比起我们来，马里诺最喜欢你，可是他怕你，他知道为什么，我可不清楚……”

法布里齐奥双眉紧锁，思索着，一副天真烂漫的样子，这种幼稚的表情使我舒展愁眉，而他看上去样子更像个大孩子。

“只是有时我想他是对的。”

我拍了拍他的肩头，脸上露出了笑容。

“好，法布里齐奥，别记恨我。这么有趣的害怕不会使你睡不着觉的，再说，我看卖沙粒的老爷爷[①]就要来了。时间不早，该是小孩子们闭眼睡觉的时候了。”

我们经常互开玩笑。法布里齐奥调皮地装出还要在荒野中追逐我的样子，我们打闹着，好像回到了孩提时代，而我则像比他大两岁的兄长。

这番和解使我们心里热乎乎的。可是马里诺……这是另一回事，法布里齐奥不会撒谎，而且马里诺说话一向郑重其事。

夜晚充满了宁静的气息。像一头受伤的野兽将头缩进身躯中一样，我一头扎进这温馨的黑暗中。我背向海军指挥所，沿着海岸信步走去，像一只刚刚被逐出兽群在夜色中猛跑的动物，孤独至极。他们通过对我全身探测，认定我与众不同，与他们格格不入。我试图想象马里诺那副神态：手拿烟斗，忧虑的灰色的眼睛在迷蒙中转来转去，正在宣判对我实行隔离的判决。这时，我恨透了自己，仿佛一阵剧痛使我四肢挛缩在一起。我相信自己在海军指挥所度过的岁月是无懈可击的，但一切都在与我作对。马里诺灰色的目光有一种咄咄逼人的力量，这种威力似乎不是集中在脸上，而是透过它投

---

① 卖沙粒的老爷爷：指童话中卖沙粒的老人，法国人常用此形象吓唬儿童，哄骗他们睡觉。

向更深远的地方。此刻，这种目光从我眼前掠过，犹如一个不可更改的标记，使我不能不回想起，自我们第一次见面后，我在这里有悖常规的所作所为。在这不带任何神秘色彩的生活中，我曾试图对他掩饰自己的每一句话、每一个动作，在他面前，我每时每刻都有一种**负罪感**。

我没有意识到自己走了多少路，我已经来到狭长的沙带，这条舌状沙丘挡住了环礁湖，同时沿着海岸向前伸展。在泛着月光的水流中，长满灯芯草的沙舌在我眼里像一长条暗色的皮毛绦带在延伸，直至消失在夜色中显得很近的天际。在我身后，由于浓雾缭绕而变得洁白的海军指挥所突然出现在环礁湖的上方。我面朝大海躺在沙坑里，懒得再去思考，脑子里一片空白，在越来越深沉的静谧中，我悠然自得地观赏着月光倒映水中所形成的千变万化的景象。我大概这样静观了很久，因为深夜的寒意已向我袭来，于是，我站起身，整了整披在肩头的大衣。这时，在近海处，透过月光，我看到了一条依稀可辨的小船的影子。它沿着海岸行驶了一阵，随后径直拐向港口航道，越过警戒线，向大海深处驶去，很快便消失在茫茫天际。

第三章　一次交谈

翌日，我一大早赶到了马里诺的办公室。由于彻夜未眠，我的脑子里乱糟糟的，正当我试图清理一下纷乱的思绪以便对付这次棘手的交谈时，我猛然意识到自己仍然沉浸在前夜那意外的发现所引起的亢奋中，这很不正常。我急于在马里诺身上验证这一发现的**实在性**，其实，这种可疑物出现的实在性是不容置疑的。马里诺办事一向谨小慎微，可是这一次，尽管我不愿意承认，我相信他那慢条斯理的作风有一种奇特的能力，能把铁一般的现实化为乌有，使它与被它搅乱的正常秩序融为一体。同时我猜想，这一发现对他来说不会是件愉快的事情，我有一种冒犯他，冒犯他身上的莫测高深并迫使他袒露心扉的感觉。仅仅把这件事告诉他，就足以使一件简单的事情变得错综复杂。清晨，天气格外寒冷，当我沿着昏暗的走廊向前走时，我突然觉得自己的想法和行动在马里诺面前会变得苍白无力，不是因为他能左右它们，而是因为不管我愿意与否，他能使它们变得沉重得让我难以支撑。

我在要塞掩蔽所他的办公室里看到了他。早晨，他一般都在那里处理送往奥尔塞纳的文件。这间屋子飘浮着一种受到保护的神秘的东西，随着时间的推移，它仿佛在他的周围凝固了起来，如同贝类动物附着在贝壳里一般，他那臃肿的坐影给这间屋子添上了最精彩的一笔，使其成为一幅完美布局的杰作。他被镶嵌在窄狭的走廊深处，像神奇的画中人在那里晃动。这就是马里诺，我要与之较量的名副其实的马里诺，他善于利用和依靠熟悉的事情来保护自己，决不相信意外事件以及突然发生或在别处发生的事情。搁置在一沓文件上的烟斗足以与火药罐相匹敌。他那如农夫般粗笨的手握着粗大的笔在一页一页纸上日复一日地耕耘着。一连串毫无意义、平淡无奇的日子锻造了这副经久不变的甲胄——并且填塞了这座潜水钟的缝隙，从表面上看好像什么也没有发生，但在这座钟内部，一个动人心弦的秘密却在被尽情享用。

听到我走在方砖地上发出的脚步声，马里诺从远处抬起头，用眼角的余光扫了我一眼，然后又迅疾地将头埋进文件堆里，迅疾得如同拨成豆状小花的油灯蓦地熄灭了一般。他洞悉我的来意，这也是他用以自卫的方式之一。他不喜欢不速之客。他等待着我走近，不等抬起那双灰色的眼睛，他就下意识地放下了手中的笔，示意我早晨的工作就此结束。看来，他确实早就在等候我了，这种异样的感觉使我手足无措。

“阿尔多，我发现你来得挺早，不是吗？这里的雾总是到得很早，让人嗓子有点不舒服。我总是对罗贝托说，海军指挥所的晨雾意味着冬天的开始。”

他透过蒙着水汽的玻璃，心境坦然地朝外凝视了许久。我感到他对这些水雾蒙蒙的玻璃怀有一种特殊的感情。他就这样张望着，灰色的眼瞳上罩上了一层薄雾，使那些不应被看到的东西藏匿了起来。

“你还记得你到这儿来时那天的天气吗？……我仍然记忆犹新。这是职业病，在我的记忆中，一颗熟悉的脑袋总是反复出现，它贴在同样的穹顶上，犹如我第一次看到它那时一样，还有那一团团阴影、一片片云、一阵阵风，还有那酷热。各种各样的云……我或许可以将它们描绘出来……你呢，我总是看到你在暮雾缭绕中身上带着一轮光环。一轮真正的光环——不要笑——像浓雾中手电筒的光射出的那种光环。”

他踌躇了一下，极不自然，勉强地笑了笑。我们之间的交谈从来都不顺利。马里诺对我亲近的称谓反倒使我变得更加疏远，在我们之间竖起了一道无形的、任何良好意愿都无法消除的障碍，因为他的口气中常带有一种让人捉摸不透的意图和一种与其说是友好的倒不如说是合乎规定的东西。他用渐渐冷淡下来且略带几分窘迫的声音接着说道：

“你来跟我聊天，真是再好不过了。”

“我想恐怕我们今天不会只是聊大天吧。”

马里诺的面孔不知不觉地变得紧张起来。

“噢！……那大概是要谈工作的事情啰？”

“这要看您怎么判断了。”

我干巴巴地讲述了头一夜的发现，尽量不漏掉任何细节。在我讲述的过程中，我觉得我的声音越来越生硬，并且带有冒犯性，似乎每一分钟我都能感到对方的信任感正从我眼皮底下溜走。马里诺死死地盯着我，脸上毫无表情；我觉得他是在听我，而不是在听幽灵船经过的情景，我本指望通过这件事唤醒他那猎人的本能。他在听我诉说，就像一位大夫在故作关心病人，他会像这位大夫一样，说话时张口结舌，脸上的表情有些抽搐，而把已察觉出的患者的那些隐隐约约的症候遮掩得严严实实。

“很有意思！”在一阵有分寸的缄默之后，他最后说，“我已下令今晚在那艘船经过的地方巡逻，尽管它不可能每天晚上都会出现。”

他的声音示意我该离开了。我最担心的正是这一点。他那种一成不变的、职业性的腔调表明，他仅把对付那条船当作执勤的细节问题来处理。他低估了这件事，认为那条船的出现只不过是一起违例行为。然而对方那种过分的从容不迫告诉我，他玩弄的手腕确实非常高明。于是，我向马里诺强调指出：

“问题的严重性不在于它是否会再出现，而是它确实已经离开了那里。”

“离开了？我不明白你想说什么。”

“可这是显而易见的。”

我渐渐变得激动起来。

“你想让那条船去什么地方？除了马雷马，距此地三十海里之内没有一处港口。那只能是马雷马那帮游手好闲的家伙晚上出来逍遥。”

“在巡逻区以外？”

“他们也许喝多了。”

“或许他们清楚自己的使命，并且想走得更远。”

马里诺紧紧地盯着我，目光中第一次露出不满而明显的敌意，就像看着一个最后一刻仍固执己见、执迷不悟的人一样。

“我看不见得。在这茫茫大海里？这简直荒谬绝伦。”

“可是，在我们对面有港口，就在法尔盖斯坦一边。”

法尔盖斯坦这个名字引起了一阵可怕的沉默。是我首先点出了这个名字，很显然，这决不会指别的事情。马里诺缄口不语。我觉得自己变得十分尖刻。

“这个名字确实在此地不怎么行时。”

他的回答冷冰冰的，充满着敌意，像一堵墙在我们之间。

“说得对，这个名字确实并不行时。”

“请原谅我直言不讳。来此之前，我有理由相信他们是派我来一处军事哨所的。这座哨所平安无事，这我毫不怀疑。自从来到这里，我更相信这一点。然而，闭上眼睛是没有用的。无论如何，我们毕竟是处于战争状态。”

我在最后一句话中使用了惯用的讥讽口吻，可是，马里诺的声音陡然变得铿锵有力并且充满自信，这种情况我从未遇到过。

“在海军指挥所，如果有什么在你看来应受责备的事情，你可以向上方报告，这是你的职责。但我要提醒你，你这样冷嘲热讽只能弄巧成拙。我为保卫共和国失去了这些手指。现在，我在这里是为了使这一带海岸线的安全得到保障，况且我并不认为亵渎了自己的职责。至于用什么方式来保卫它，应该由我来决定。我看你年纪太轻，还不到指手画脚的时候……”

他的目光不知不觉地移到了我的头顶，流露出一种**坚定的信念**，这使他的面孔骤然显现出一种阳刚之美。

“……我也应该向上司报告这一点。”

他那挑衅的语气如此严厉，如此固执，完全出乎我的意料，我感到自己被弄得狼狈不堪、极不自在。不过，他总算从我的眼神中觉察到自己原来误解了我的意思，那咄咄逼人的架势才稍稍缓和了一些，说话的语气又变得慢条斯理，并且重又带上嘲弄人的特征。

“依我看，我们似乎被那条倒霉的船拖得太远了，那不过是一条走私船罢了。我们犯不着为一件微不足道的事情伤和气，阿尔多，你也不希望这样，对吧？”

在慢条斯理的言语构成的屏障后面，他那双灰色的眼睛正在搜寻一种能够消除疑虑的赞许，试图摸清我通过他那瞬间的慌乱心境到底识破了他多少秘密。

“您很清楚，我并不想冒犯您。”

“你年轻气盛，我理解你。我曾经也和你一样对公务充满了热情，更确切地说是充满了一种自私的热忱。我也跟你一样想，我会遇到一些奇异的事情。我相信那是命中注定要碰到的。阿尔多，你也会像我一样要变老，到时候你会明白的。但是这里不会发生任何异乎寻常的事情。一切永远相安无事。也许发生了某种事情并不好。你在海军指挥所觉得无聊，所以你希望在空荡荡的天边看到点什么东西。在你之前，我见过别的青年，他们跟你一样年轻。他们每天晚上起来就是为了看幽灵船驶过。他们终于看到了。这种事我们大家都知道：它叫南方的幻觉症，过了一段时间，这种症状很快就消逝了。我告诉你，在西尔特，想象这玩意儿是多余的；人们总有办法抑制它，久而久之，它也就被耗尽了。你看到没有，那些在草原上奔跑的鸟类翅膀都已退化了，我可以说它们就是一个很好的例子。它们常出现在没有树、没有人追逐的地方，它们不需要飞。它们已经适应了环境。在海军指挥所，人们也不过同样如此。事情就是这样进行的，而且只有这样，才能平安无事。人们正是遵循这种自然规律才能在这里安全生活。如果你实在闷得慌，不想被这种烦恼迷惑，不愿对这种无所事事的单调乏味让步的话——你听明白我的意思了吗——我将作为朋友和长辈给你提条建议。阿尔多，我很喜欢你，这你清楚。你的姓氏是高贵的。你的家族在共和国议会里享有声望。我劝你还是离开这里吧。”

“离开？”

马里诺凝视着远方，好像人们凝望着大海，搜寻着一个无法抓住的目标。

“这里存在着一种平衡，我维护它，保障它。不过，想办到这一点并不容易，有时必须抽掉一端压得过重的东西。”

“什么东西压得过重？”

“是你。”

在回答他之前的一瞬间，我屏住了呼吸。我不会被马里诺的腔调所欺骗：就在这一瞬间，我深深地感到他确实喜欢我。可是我决定再探个究竟。

“您这是赶走我。您不会无缘无故地这样做，肯定有一些重要的理由。我能更确切地知道，我在这里的行为有什么使您讨厌吗？”

“别转移目标。想装糊涂是再容易不过的了。我的命运取决于你：不妨说，你向奥尔塞纳讲一句话，就可以把我从这里永远赶走。我们谈的不是公务，这是两个人之间的促膝交谈。我想你已经明白了。我怨你违背自己的本性待人接物，我怪你成了这里一种不安定的因素。长此以往，你会成为危险的祸根。”

“我不知道自己竟有那么大的神通。您打算一劳永逸地使您面对我所施展的魔法不成？”

马里诺沉默了片刻，似乎在理清思路，找出解决这个难题的关键。

“我刚才讲到过平衡。平衡使人放心，就在于使什么东西都静止不动。平衡的真谛在于懂得一阵微风就足以使一切东西都动起来。三百年来，这里一如既往，万物依然如故，除开人们对现实表示漠不关心的方式稍稍改变以外，什么都没有发生变化。显然，从奥德里哥（就是那位曾轰炸过法尔盖斯坦的海军上将）到我，相异之处很多。虽然这里的事情纷繁，但都井然有序，你煞费苦心想捡起每天都在沟壕里滚动的石头，那是徒劳无益的。

“当然，你也许能做得更多。在这一成不变的废墟上，三个世纪以来一直死气沉沉，换一个地方，巨大的惰性会造成泥石流，可在这里情况就不同了。这就是为什么我在这里一声不响地生活，处处小心翼翼，我把这块像贝壳一样的地方治理得温暖、舒适，而这却使你非常反感。你像个被取掉了套绳的小狗一样焦躁不安，我不会为此像责怪法布里齐奥一样责怪你。这里的空间辽阔无垠，沙漠不知夺去了多少比你更健壮的年轻人的青春活力。怪只怪你缺少谦逊的美德，仍然梦想唤醒这些沉睡的石头……你的幻想真可怕……我现在老了，不中用了，我知道死亡意味着什么。这是一件艰难而漫长的事情，它需要帮助和仁爱。阿尔多，我想告诉你：世上万事万物都无法逃脱两次被扼杀的命运：一次是在它们发生作用的过程中，即在它们被用来为别的事情服务时；另一次是在它们所表现出的迹象中，即在它们通过我们而渴求的某种东西里。我只责怪你有善良的意愿。”

“那么，我相信您是宽宏大量的。而且，如果不冒犯您的话，您还有点传奇色彩。我没想到在海军指挥所的生活中隐藏着如此之多的千奇百怪的东西，也许是您有些言过其实。”

我突然愚蠢地接着再说下去。我很快意识到我们之间的谈话已超过了临界点。马里诺只求相安无事。

“凡是水兵都或多或少地带有浪漫的色彩……”

他惬意地笑了。

“……为了能感觉到暴风雨的来临，哪怕是为了闻到其来临时那种空气的味道，需要有一点幻想。可是阿尔多，你尽管放心，这里不会有狂风暴雨。不会的。什么也不会发生。对于有理智的人来说，一切都会安然无恙……”

他的语调尽管不乏戏弄我的成分，但仍然有些局促不安。

“或许，不管怎样，你会适应这里的一切。冬季封港期也有其诱人之处。说到这里，我差点忘了告诉你了，一种充满欢乐的生活正等待着你。我们在马雷马有不少朋友，他们都很想见你。按照惯例，我甚至要向你转述一项邀请。”

“您知道我很少离开这里。”

“这就是你的不是了，可这是你的事。阿尔多布朗迪公主请你明天出席在她家里举行的晚会。她很想见到你，要我一定让你去。你想怎么做就怎么做。我想你应该认识她。最后我不想给你提什么忠告，像指导一名新战士怎样获得提升一样告诫你是多此一举。你已经相当老成了……今晚的事就照我所说的安排。我将下达巡航命令……”

他向我投来一个有点逗乐的眼光。

“跟我们一起来吧。这会给你解闷的。”

离开马里诺时，我感到自己的精神状态有些奇特。从某种意义上讲，这次紧张的谈话对我来说本应是不堪重负的，可是在最后的时刻突然刮来的一阵风却将乌云刮得四散开去。马里诺打算把我从西尔特赶走，摸清底细之后，我甚至不再为自己瞬间在脑海里闪现的无所谓的态度而诧异了。往事的回忆像潮水一般向我涌来，它们像晨风一样把云雾一扫而光。我想起了瓦内莎·阿尔多布朗迪。

我回忆起了五月间和她在塞尔瓦基花园的邂逅。花园矗立在山岗上，位于由贝壳和大理石构筑成的迷宫的出口处。它的地层呈浅硫黄色，放射着一种夺目的白光，一直延伸到山岗斜坡的底部，并且像海浪一样将悬崖侵蚀成锯齿状。这个悬崖像一堵墙似的将奥尔塞纳这边围了起来，它的对面是一片片黑魆魆的森林。这座山岗阻隔了来自城市的噪声。越过山顶便是峡谷。中午时分，水仙花和风信子花散发出的浓郁的香气犹如一阵令人头晕目眩的旋风涌向山谷，如同一个过于尖厉的音符对人的听觉造成的强烈刺激一样；然而，这个音符在充塞耳鼓前的刹那间，会激发出人们期待一个更为凄厉、令人肝肠寸断的音符的渴望。在大理石台阶的最后几级上布满了一层滑溜溜的东西，给人一种伸进大海的楼梯的感觉。台阶上一棵欧洲山杨树的密叶使得这片阴影变成了活物，宛若被搅动的池水映在墙上的影子。离开喧闹的街道，你会陡然置身于一片寂静中，犹如突然来到一个神奇的地方，或者踏进一片荒芜的墓地。在这里，只要凝神聆听，你会觉察到那里万物仿佛轻柔地在空中飘浮着，使得连一只蜜蜂的嗡嗡声都变得音色格外饱满，恰似一架管风琴奏出的悠扬的和声，宛如一种庄重而又神圣的气氛笼罩着整个花园。奥尔塞纳的人很少熟悉这座荒废的花园；我通常在临近中午时钻进花园，我知道这时在里面不会碰到任何人，能享受到从一扇秘密的，永远为我洞开的小门里溜进去所感受到的鲜奇的快意。这种惬意仅为我而存在，因为只有我在其热烈的氛围中每次都能够获得新生，它虽然短暂而微不足道，但却像一种希望一样可以无穷尽地享受，我甚至是在一种对这种希望的超越中得到新生的。

那天早晨，我很早离开了大学，在离花园几条街的地方与奥尔朗多分了手，除他而外，没有人知道我偷偷到花园溜达的秘密。那一天，当我从自己偏爱的平台上下来，走到最后几级台阶上时，一位不速之客的出现使我愣住了。当时，我既恼火又尴尬，因为就在我平时倚栏而立的地方站着一位女郎。

我不可能泰然自若地走开。那天早晨我感到特别孤僻。处于这种进退两难的境地，我犹豫不决，无所适从：我屏住呼吸，一动不动地站在离自己仅有几个台阶的那个身影的后面。那是一位妙龄女子或者是一位年轻少女的身影。在与我所站的地方稍稍倾斜的位置上，那个身影在鲜花上投射出一片柔和、轻盈的影子，轻盈得如同雪地的反光。我被她那半遮半掩的美丽的面孔吸引住了，但更令我惊异的是，我所能感觉到的是每分每秒都在自己身上膨胀的那种强烈的失落感。在这个无与伦比的身影与这处得天独厚的地方的奇异的和谐中，在它们只能是此时此地出现的这种感觉中，我更加确信，**花园皇后**刚刚驾临并且成为这片孤寂土地的主宰。她背对着城市的喧嚣，那酷似雕塑般的稳健突然给这座花园增添了一种庄严肃穆，一种在被放逐者眼中景致独具的庄严；她是峡谷孤独的精灵，那里的一丛丛鲜花顷刻间在为我竞相开放、争奇斗艳，犹如乐队进入一个主要主题演奏时，乐调一下子变得凝重起来一般。那年轻女子突然转过身来，对我嫣然一笑。我就是这样认识了瓦内莎。

我只是到后来才意识到，她所拥有的这种即刻能使自己与某一景物融为一体的才能，既能遏止又能激发一种**归属感**。只要她出现，似乎她就可以打开通往这一景物的道路，从而使内心的渴望获得释放。后来，每当我试图弄清楚她那中了魔法、足以**勾魂摄魄**的能力时，“海滨嬉水者”“纺车城堡女主人”“塔楼公主”这些词语便浮现在我的脑际。万物莫不被瓦内莎的魔力所穿透。用一个动作或者靠一种极其自然而又无法觉察的声调的变化，她能抓住任何事物，就像一位诗人的诗句那样丝丝入扣而不会出现任何差错。她所具有的爱的魅力和亲密默契的感召力，决不亚于使一群人顶礼膜拜的领袖巨臂的作用。

老阿尔多布朗迪是奥尔塞纳一个家族的族长，他以其不屑安于现状和好大喜功的秉性而名噪四方。他的名字几乎传奇般地与街头巷尾大小骚乱、与贵族阶层的种种阴谋连在一起，这些阴谋有时往往会动摇整个共和国乃至其根基。离经叛道，寡廉鲜耻，策划阴谋，恋人私奔，进行暗杀，建立战功，这一切构成了这个高贵家族的全部历史。这个家族在其私生活中所形成的放纵和傲慢的传统与他们在公共生活中的所作所为如出一辙，无论是谋取政府要职，还是背叛国家利益，他们都无所不用其极。一位阿尔多布朗迪家族成员曾运用高明的手段平息了农民的暴乱和迈尔冈扎的分裂活动，另一名成员被认为在狂轰滥炸时期在防卫法尔盖斯坦的军事进攻方面发挥了巨大作用。这个家族把自己禁锢在不可一世的傲慢中，如同他们安安稳稳地生活在波尔戈镇的府邸中一样。波尔戈位于市中心一个四周住着小市民的街区中。这是一个不通人情、没有法律、古老而强大的家族，它始终栖息在自己的鹰巢里，为的是让奥尔塞纳欣欣向荣或使之毁于一旦。

在奥尔塞纳，人们经常相互提及这个家族奉行的盛气凌人的座右铭所包含的挑战：“**无关不闯，无险不越。**”不过，人们又不厌其烦地以嘲讽的口吻提及它有多少名成员被流放。这一座右铭对这个家族遭流放的成员来说，确曾被贯彻始终，并且有过极为痛苦的具体含义。瓦内莎的父亲是个生性狡诈、蛊惑人心的政客，他因参与一次由他出钱收买的市政动乱而被捕，成了这些反反复复流放事件的最后一位受害人；上述情况加上一个涉世未深的青年想象，使我和瓦内莎之间的关系别具一格，既有激越的崇拜，又有浪漫的色彩；她是城里的豪门闺秀，我对她那位几乎感到陌生的父亲漠不关心；对于她，我则怀着崇敬的爱护心理，瓦内莎之于我乃是处境险恶且又无依无靠的孤女形象。除了这座花园之外，我们不在别处见面，为了我们，花园似乎延长了它那秘密的花期。我们很少讲话，面对着一片燃烧的海洋，彼此久久地保持着沉默。这片海洋是瓦内莎从四面八方为我打开的，它使我看到了整个世界，看到被流放者穿过的汪洋大海的模糊影像从她眼中掠过。我在心目中不由自主地夸大她的不幸，一想起她的遭遇，我心中的欢乐便被一种秘不可宣的念头所压抑，同时我的那些不太纯净的想法随即变成一种像是渎圣行为一般的禁忌；当她与我不在一起时，我爱她，我不敢抱有和她过于亲近的奢望，对我来说她的双手宛如仙女的纤手一般，在无穷无尽的遥远空间引导着我的梦幻，无论是眼前还是未来莫不如此。她经常给我讲起她父亲曾描述过的那些地方；她那变得短促、像喉头发出的声音反映出她那平静外表下的激动心情。面对着奥尔塞纳及其日常生活中的形形色色，她的超脱达到了极点，对世态炎凉极为蔑视。在这座繁华的都市中心，她俨然是位“他乡异客”，那些长时间的谈话仿佛将我带进了一条无声无息、没有生机的偏航河道。对这种穷极无聊、自甘堕落的生活，这个柔弱的身影嗤之以鼻，在她的身影旁，我的思想同样唾弃奥尔塞纳，对它那看来令人放心的健康状况充满了敌意；我走出塞尔瓦基花园，沿着那些毫无魅力、令人沮丧的马路信步走去，我所有下午的时光都是在一种无穷无尽的徘徊中消磨掉的。有时，在黄昏时分，我又返回花园的大门，像一名走私犯那样小心翼翼；我一直溜到我们约会的地方，现在那里只有我孤身独影。夕阳渐渐地向墨黑的森林墙壁后面坠去，薄雾已经笼罩了花园斜坡的底部，并且像潮汐一样向我们时常观望四周景色的地方爬去，在一种紧张的一动不动中，我凝视着深暗树木的影子，它们在依然明亮的天际边显出的轮廓就像一幅剪影。瓦内莎的目光曾在那里戛然而止；我期待着她的目光给我神秘启示过的什么东西在那里出现。花园在一片寂静中闭合了并且用敌意的姿态向我下达了逐客令；我吻了吻瓦内莎曾用臂肘支在上面的那块冰凉的石头，然后便沿着黑灯瞎火的郊区街道，从那些白色房屋低矮的身影中间踱回城里。这些房屋似乎要被四周紫杉或柏树压垮，活像一些亮着灯的墓穴。

瓦内莎把曾在我的生活中带来欢乐的一切东西都变得枯燥无味，从而使我产生一种微妙的幻灭感。她为我打开了通往沙漠的大门，这些沙漠像麻风病毒一般蔓延，一点点、一片片地吞噬着我的精力。我慢慢地抛开了自己的工作，时常让我的朋友们吃闭门羹。我总是期待着终日无所事事，以便能在中午时分与瓦内莎幽会，没有什么东西能像这件事一样令我如醉如痴。我对那些日常生活中必须料理的事情感到厌倦，带着一种初生牛犊不怕虎的劲头，我把自己的厌恶情绪表现得淋漓尽致，甚至到了荒诞不经的程度：使我的家庭感到惊奇的是，我声称奥尔塞纳散发着泥塘的恶臭，除开那些短暂的会面而外，我拒绝在灼人的阳光下外出很长时间。我总是趁着夜色在城市里转来转去；我喜欢与那些无论是过快还是过慢都无法觉察的身影擦肩而过。白天会使这些身影变得像机器一样呆板，入夜，如同被耗尽的精力再也无法振作一般，暮色会使他们顺着大街散为长列，剥去他们伪善的外表，暴露出他们肮脏的灵魂，使他们赤裸得像头猛兽或跛足动物。在这极度疲劳的时刻，某种并不光明正大、遍体鳞伤的东西便会在奥尔塞纳的大街上显露原形，就像城市低洼地带那些建筑物的桩基，在腐水退尽之后，那些被腐蚀的、用作支柱的木料便会暴露在光天化日之下。我兴致盎然地一头扎进这深不可测的正在发酵的泥沼；一种本能驱驶着我，使我像一个带有幻觉的人一样突然看到一座受到威胁的城市，它酷似泥塘边一块受到侵蚀但表面上依然干硬的地皮，在过于沉重的脚步的践踏下，正在大块大块地崩塌，而这块地方却曾被看成是泥塘里的精华地带。如同一位青春年华已经无情消逝但风韵犹存的老妇人受到黎明惨淡天光突如其来的打击，奥尔塞纳的面孔向我袒露了倦容；一阵来自远方、预示着将要发生变异的气息传入我的耳鼓，告诉我这座城市已饱经沧桑，它的末日就要来临。我拱着背，在一种分明怀有恶意的挑战中与它对峙着，在那适合叛逆者出没的昏暗时分中，我感到那些曾不遗余力支持它的力量此刻正在离它而去，改换门庭。

有时，我似乎觉得为儿时那些可能变得活灵活现的梦幻找到了一些并未言明的证据。无论谁第一眼看到这座城市，都会认为它有时在大白天里死气沉沉，它像是被一张网网住似的，很难从日复一日习以为常的懈怠中恢复过来。现在西尔特之行使我和城市拉开了距离，令我用另一种目光看待它，并且使我的洞察力更为敏锐：往昔，我们在日常纷乱的轻微骚动中飘浮，分不清是非真伪，而在间隔一段时间之后，回忆便会使在这种日常纷乱中不断地被搅拌、被溶解的各种印象变得明晰起来。瓦内莎之于我如同这种细小的裂纹，它能使一块肉眼无法看到的水晶变得更加莫测高深，可是，就像一个陌生人在一张我们熟悉的面孔上第一个觉察出病情那样，奥尔塞纳的表象一旦被人识破，那么，健康的征兆也就荡然无存了。

小市民们在总是既盛大又热闹的节日里的表情，实际上是掩盖在对欢乐的过分细致模仿之下的一种厌倦的表情：节日服装保留着某种已经过时，使人倒胃口的东西，就像人们从衣橱里拿出来、衣褶里满是灰尘的老兵的制服。对传统的忠诚几乎变成了一种怪癖，使他们病入膏肓而无力更换新鲜血液。有时，人们可以想到那些虽然干瘪但却善于保养的老头子，他们长期都在欺骗世人，尽管他们气数将尽，每年却更加迫不及待地力图让公众把他们那副老骨头当成依然充满活力、使人心悦诚服的现实：奥尔塞纳共和国的组织机构就这样被当作典范机制在异地广为传播，其实，它的运转形同一件虽然尽善尽美但却毫无用途的珍品，只配供为数甚少的行家们鉴赏；此外，它就像是在**真空**中运转，置身其中，非但不能消除对维持其运行的弹簧强力的忧虑，反而让人们更加感到担惊受怕。随着公务细节变得越来越苛求并将其执行情况与个人荣誉无情地连在一起，上层的怀疑态度变得愈加真切。经过深思熟虑，我认为一种似乎特别令人心神不宁的症状源于对远行的爱好和对漂泊生活的倾心，源自某些神秘的**逃遁**，它们正在使这个布置过于精巧的白蚁穴一片片地变空——仿佛血液为了求得凉爽自行流到皮肤表面一般。这种症状还源于业已侵入最文明的社会圈子的游牧民族的秉性。我本人就是这样的一个例子，我开始专心思索那块奇特的、引起法布里齐奥极大兴趣的马雷马移民地。是的，瓦内莎在那里找到了事先就留给她的位置。

当**威武号**在一片平静的海面上一点点向前行进时，一想到即将来临的重逢对我所独有的特殊意义，我的脸上不由得露出了一缕笑容。我好久未看到瓦内莎了。被流浪生活折磨得形将就木的老阿尔多布朗迪突然要求与他的家人团聚。我太年轻，居然忘却了这一切，至少我认为是忘却了。后来，无意间我听说他被特赦并且很快返回原籍，便带着一种嘲弄的微笑肯定，我们将会有好戏看的，从此，奥尔塞纳将掌握在不能使其朝健康方向发展的势力手中。

夜黑得伸手不见五指。我和马里诺站在驾驶台上，他凝视着船首，整个躯体消失在深色防水服闪烁的反光里。他面色冷漠，脸部的轮廓在紧张中变得更为分明。我知道，他没有指望从这种单调的夜间巡航中发现些什么，可是，马里诺做事从不半途而废。

威武号行驶在这片风平浪静的海面上，为了防止一场遭遇战，它临时装上了大炮，全体船员也都严阵以待。面对这一小队军人穿越茫茫黑夜并且保持高度戒备状态这一现实——尽管他们是被我轻率地放出的巡逻小分队——我不禁感到困惑和窘迫。开始时小心翼翼，生怕出事，后来却大出所料，事情就这样在令人感到压抑的气氛中被搞糟了，对于它忽地**动将起来**，我又感到内疚和后怕，就像一名把事情弄得不可收拾的小学徒所感到的那样；船犹如一头被惊醒的野兽一样低声嘟哝着向前行驶，随着船的行进，我微微地感到一阵头晕目眩并且产生了一种神异的奇迹即将来临的亢奋感觉。我让**威武号**出海巡视，几十双瞪得溜圆的眼睛盯着我那扫视海面的茫然的目光。穿过黑夜，由压得很低的声音构成的一张网间或地重复着干巴巴的命令——这些既短促又迷人的声音从船上各个部位的人们的嗓子里发出，仿佛是他们命运的回音，而整条船正在向一个危机四伏的天际驶去。黑暗中，我们处于高度警觉、极度紧张的状态中，我感到置于自己掌握之下的这种状态，犹如运转良好的机器不断地发出有节奏的声响一般。甚至马里诺那沉着、冷静的目光也稍稍变得激动起来，就像闻到**军事行动**开始之前突然出现的令人振奋的气息一样。这种军事准备就像随时都可能变得严重的捉摸不定的游戏一样，使前一夜那个令人生疑的出现物的现实性得到证实，并且使一种复杂的轮系开始了运转：我几乎是期待着那神秘的影子突然出现在我的眼前；我用越来越全神贯注的目光搜寻暗处；有那么一两次，看到波浪上一点较明亮的反光，我便神经质地缩回随时准备抓住马里诺胳膊的手。难道我弄错了？此刻，这种举动会成为向一位同谋者发出的表示希望达成默契的信号。古老的海盗血统在马里诺身上起着很大的作用，我能感觉得到，站在我的身边，骤然间他几乎变得跟我一样神经质。此刻我们俨然是趁着夜色前来狩猎的两名猎手，整条船在我们脚下颤抖，犹如遇上了一阵狂风暴雨的袭击。

“多美的夜晚！你说呢，阿尔多？”

他的声音中有一种受到克制的颤抖，这种颤抖把他只过问与己有关的事情的内心想法和盘托出，至于为什么会不由自主地这样做，他自己也无法解释。我预感到明天他会指责我，埋怨我让他如此异乎寻常地泄露自己的内在情感。然而，今天晚上，在我们这对亲密的对手之间的敌对情绪的确大为缓和；在我脚下颤动着的这条船上，我们更进一步地相互了解和沟通了。

“今夜美极了。这是我在西尔特看到的最美的夜色。”

在若明若暗的驾驶台上，发生了一件具有庄严色彩的事情：马里诺直视着我，他的两只手摸索着，抓住了我的胳膊。我觉得我的心热乎乎的，像是得到一次意想不到的恩赐，宛如一个人站在门前，他甚至连敲都不敢去敲的一扇门却自己打开了。

“可是，您一点也不喜欢让**威武号**出海。”

“它出海为数有限，阿尔多，不太多。出海越少越好……我觉得这样做对不起我那份薪水……我觉得这样做跟出海度假没有什么区别。”

月亮在风平浪静的大海上升起，在一个如此明净的夜晚，我们听到被船经过时惊吓的栖息在芦苇丛中的水鸟咕哒咕哒的报警声越来越近。我们沿着海岸行驶，海岸像一堵黑色城墙，那静卧不动的芦苇成了它刺向月亮的利器。诡秘得像夜间出没的海盗，**威武号**扁平的船体滑进了吃水不深的水道，安稳得更使它的船长那从不出差错的眼睛也会发生错觉。在那凹凸不齐的海岸后边，坦荡无垠的西尔特土地映射出一片壮丽的星海。今晚与马里诺在一起真惬意，和他所作的这次夜航为我进入这温馨夜晚的未知领域平添了无穷的勇气。

第四章　萨格拉废墟

法布里齐奥第二天一大早来我的房间叫醒了我，一副嘲讽、狡黠的神态。

“你看，一想到这次夜航的具体情况，我连气都喘不过来了，看样子你们可是一无所获……”

这么早被弄醒真让我恼火。我觉得，关于那个大雾弥漫的夜晚，我对法布里齐奥实在无话可讲。要推倒的墙太多了。

“见鬼去吧，法布里齐奥！你至少应该尊重别人忙完工作之后休息的权利。出去寻开心吧……别打扰我睡觉。”

法布里齐奥没有走开的意思。我怏怏不乐地蜷缩在冰冷的被子里，用极不友善的目光盯着他。他在房里转来转去，时而打开窗户，时而用目光打量着扔在桌子上的西尔特海图。由于窗户大开，清晨冰冷的空气便乘虚而入。

“哎呀！……阿尔多，你的房间可一点也不暖和……咱们准备得挺充分……我知道……它实在令人激动，我确信这一点……我是说‘巡航线’……”

他一边用奇异的眼光凝视着海图，一边用故作庄重的语气强调了“巡航线”这三个字。

“我敢肯定，有马里诺在，你们是不会越过那条线的。你们甚至也不会离开海岸很远。”他接着话头往下说，说话时鼻子冲着天，显出一副狡黠的样子。

“马里诺知道要干什么，他不会把像你这样的毛头孩子的话放在心上。关上这扇窗子吧，法布里齐奥。关上它，否则，别怪我不客气了。我想你是想害死我不成……我要睡觉，听到了吗？我要睡觉！我看非得把你扔出去不可。”我用一种懒洋洋的口气说。

“‘把你扔出去’……好伙计……好，好，随你的便吧。反正我们有的是时间，一会儿我们一起出去时，你再把你的看法告诉我，行不行？”

“我告诉你，今天早晨，要我的命我也不肯出去。法布里齐奥，请把门关紧……你看到那扇门没有？”

法布里齐奥看了看表。

“再过短短的一刻钟，我们得从这扇门一块儿走出去，不然，我们会迟到的。你最好快一点。”

“够了，你给我见鬼去吧！”

法布里齐奥翻了翻眼，耸了耸肩，表示他已经不耐烦了：

“不管怎么说，阿尔多，你也该恢复一下你的记忆了。别忘了，今天早晨要举行祭奠仪式。”

事实上，尽管并不乐意，我还是不得不赶快起身。马里诺曾一本正经地告诉过我海军指挥所的这个祭奠仪式。作为派驻轻型部队的观察员，不去参加那可真是要出丑。我一边穿衣，一边嘟哝。再说，我也不认为这仅仅是一次苦差事，因为马里诺的出席以及这次活动的礼仪性毕竟隐隐约约地引起了我的兴趣。

清晨，地面覆盖着霜冻，我们脚下的路既硬又滑。法布里齐奥走在前面为我带路。坐落在灯芯草场中的海军指挥所的墓地就在几百米远处。如水晶般明净的太阳挂在西尔特上空。法布里齐奥身着那身最漂亮的制服，却显得很别扭，走在他的身旁，我的火气全消了。早晨，寒风刺骨、白霜满地，此刻，走在这条平坦的路上，我们深深体会到了生活的乐趣。

我们相行无语。法布里齐奥间或扭头瞥我一眼。很明显，他正怀着好奇心在寻找一个和我搭讪的机会。我们翻过小山岗，大海便展现在我们眼前。

“你在沙洲角一定听到过鹏鹏叫吧，好像冬季来临之际那里有无数只。乔瓦尼说他从未见过像今年这么多的鹏鹏。”

“是的！如果你想问个明白，我可以告诉你：我们不但去过沙洲角，而且还是紧靠海岸行驶的，船差一点没搁浅。这么说你该满意吧？”

这次该轮到我反击法布里齐奥了，这种念头掠过我的脑际。

“……你早上为什么说我们肯定没有越过巡航线？”

法布里齐奥装出一本正经的样子。

“马里诺根本不会同意这么做，凡是了解他的人，对这一点全都一清二楚。”

“难道你越过那条线是出于偶然吗？”

“好像有那么一次。”

显然，这种记忆对法布里齐奥来说并不特别愉快。

“他为此训斥过你？”

“哎呀，天哪！引起了一场轩然大波，马里诺厉害着呢。在重要场合，他说话时语气生硬，令人毛骨悚然，老实告诉你，那时候我可真狼狈。他对我说：‘你是个没有头脑、做事没有分寸的傻瓜……’你明白是怎么回事了吧！说真的，我是不敢再犯了……当然，我是把你当成朋友才把这件事告诉给你的，你最好还是别向上司报告。”

“你的信赖使我感到莫大的荣幸，可是，你究竟为什么要去干那种蠢事呢？”

法布里齐奥显出一副尴尬的样子。

“你让我怎么说呢？我是第一次乘**威武号**出海。当我独自站在驾驶台上时，我为自己感到骄傲。我想干一件光彩的事情。应当承认，对一个水兵来说，这也太可笑，太不在理了。一艘战船怎么能一直沿着泥沼行驶呢？我们完全可以掉转船头直奔远海的。”

“你毕竟那样做了？”

“是的。我想离泥沼远一点，便让船径直向大海开去。那些老船员一个个显得怪模怪样的。”

“怪模怪样？”

“很难跟你说清楚，可以说是喜怒参半吧。他们不知说什么好。你知道，这种不同寻常的举动打乱了他们的方寸，会把他们带到一个再也看不到芦苇的地方。”

法布里齐奥像做梦一样呆愣了片刻。

“……但我认为，时间一长，他们会尝到甜头的。习惯是可以改变的嘛。你知道，他们在西尔特有时也闷得慌。”

我突然死死盯住法布里齐奥的眼睛，声音中充满着挑衅的语气：

“有时你也会想到对面的海岸？”

法布里齐奥停顿了一下，被我提问时那尖刻的语气弄得目瞪口呆，对于我的问题本身却不那么敏感。在我的这种尖刻的语气中不乏气愤。

“不，一点也不想。你知道，我就像个逃学的中学生，懒得去想那么多。法尔盖斯坦的战争不会使我热血沸腾，你该像我一样承认，这件事再也不新鲜了。说他们是群野蛮人，就算是这样吧，可他们并没有骚扰我们。不过请你记住，实在必要的话，如果他们过来，我会像大家一样随时准备迎击他们。多好的一天呀，阿尔多！……你想象一下老掉牙的**威武号**在环礁湖上喷火的情景吧。那一定是一次千载难逢的景象，就像圣·于德节的烟火一样壮观。很可惜，在奥尔塞纳，只有奶妈把它拿出来当童话讲才合适。不过，这至少可以让人开开心。”

“你可真想得开！”

“阿尔多，我可不像你想得那么远，就是这么回事。过去的事已经过去了。你要我说嘛，法尔盖斯坦就像童话里的大魔王，只能用它来吓唬孩子。”

“即便如此，也不应该小看它。”

法布里齐奥好笑地捂住了耳朵。

“啊！这就是你那些严密的推理。我知道你向往那边，用不着瞒我。”

“我是想过。”

“可你的想法跟我的不是一码事。”

“何以见得？”

“我呢，我认为对面是一片土地。一片与其他地方一样的土地。你呢，对你来说可不一样。这是你身上的一种恶癖。你需要法尔盖斯坦来自我陶醉，你甚至无中生有地把彼岸世界塑造成使你心满意足的样子，你简直是虚构出一个大魔王，用它来刺激自己。”

法布里齐奥用手掩着自己的嘴，滑稽地转过头去，一边发着嘘声。

“你中什么邪了？”

“我像希腊神话中的弥达斯①一样向飞鸟倾吐我心中的秘密：‘阿尔多臆造了一个法尔盖斯坦！阿尔多臆造了一个法尔盖斯坦！’”

“请别怪里怪气的，好不好？”

“我不想惹你生气。不管怎么说，每个人都有些离奇的想法。再说，不光是你一个人想去对面。”

“真的吗？”

法布里齐奥重新恢复了严肃的神态。

“马里诺也想。这可能是一种瘟病吧。也许他比你想得更厉害。”

“你认为是这样吗？”

“是的，我正要告诉你哩。我注意到了一件奇怪的事情。有一天晚上，我无事可干，便想在图书室里找一本关于法尔盖斯坦的书，可是我连一本也没找到。书目中分明列着好几本书名，可它们全都不翼而飞了。乔瓦尼告诉我，那些书曾经在图书室里，但是现在却放在马里诺的房里。”

“那又怎么样？”

我说话的语气特别不客气，连我自己也没有意识到这一点。在法布里齐奥面前，我突然改变了态度，为同盟者辩护起来了。

---

① 弥达斯：希腊神话中以愚蠢和贪婪著称的国王。传说阿波罗曾使他长出两只驴耳朵，弥达斯用头巾将其裹住，严令理发师不得泄露秘密。后来，理发师不慎对地穴说出了真相，那里生长的芦苇通过吹拂的微风，终于向世人宣扬了这一不可告人的秘密。

“没有什么，没有什么……如果你用这种口气……我本以为你对这件事会感兴趣。你放心好了，你的法尔盖斯坦没有人想夺走它。”他愤愤地补充说。

然而，我并不在乎法布里齐奥发脾气。我想起了马里诺那铿锵有力的声音：“你是个没有头脑、做事没有分寸的傻瓜。”

墓地坐落在一个俯视大海的高地上。四周被一圈粗糙的矮墙围着，围墙由于长久地受到海风的剥蚀而变得满目疮痍，里面到处回荡着巨浪般的芦苇丛发出的瑟瑟声。在这座按照规定建造的墓地中，一排排没有鲜花的坟墓呈直角排列，这种生硬的布局加上没有树木的小径以及少得可怜的维护，更为这些深埋地下的墓穴增添了一种凄惨、悲凉之感，这种凄楚的感觉是沙漠中的孤墓所没有的。面对这片整齐而又空旷的墓地，你会感到心中作呕，甚至觉得死亡的念头会使某个活物突然出现在你的眼前；仿佛三百年以来，名目繁多的杂务一个一个地被掩埋在这些无名的沙堆里，随着它们的消失而不复存在了。

奥尔塞纳的保卫者们成了排列整齐的腐烂的尸骨。我仿佛看到稳稳地支撑着城市桩基的材料正是从这些泥潭中升起的，犹如千万只擎着武器的手臂。我眼前所看到的呈等角排列的东西正是共和国三个世纪以来根基之所在，被掩埋在沙丘里的尸体，就像成行的竖直的树干，凭借着它们的重量，一下一下地向地层深处插去。

表面上生机盎然、蒸蒸日上的城市濒临毁灭的边缘。一种悄无声息但坚韧不拔的破坏力正在猛烈地瓦解着这座只剩下一副空骨架、像个棺材盒的城市。一代又一代人耗尽了他们毕生的精力，在为自己挖掘一处合适的墓穴，他们知道自己的墓穴有朝一日也会深陷于沙土之中。吃人的城市在地面上的平衡是靠地下一群群妖魔鬼怪、一层层血淋淋的骸骨架支撑着的。它是一片依然如故、失去控制的生物膜，患有一种无孔不入的坏疽症，直至耗尽它的最后一滴体液来培植骸骨，使地下那一堆堆骸骨以令人惊恐的速度增长，形成一个久而久之将被地层的积聚压倒的巨大结构。

法布里齐奥和我顺着这些灰蒙蒙的小路漫不经心地走着，一小队荷枪的士兵悄然无声地聚集在墓地门口。另外，还有一支海军登陆队的战士，一部分**威武号**船员和一帮农夫，农夫们举止笨拙，穿着沾满牛棚干草秸的脏衣服。随着一声短促的命令，士兵们举起枪，马里诺长官在大门口翻身下马。

他进门时，人们都朝他点头致意。他脚蹬大马靴，步履缓慢而沉重，神态酷似一个特意整理过衣着的农夫，他那灰色的军服上佩戴着荣誉勋章——共和国很少授予的殊荣。我们跟着他缓缓地向墓地深处走去。那里竖着一面新翻修的纪念墙，墙角上镌刻的第一任最高行政长官的印记和建造年份依稀可辨，此外，那上面还有奥尔塞纳的市徽和一则集中了其世代才华的用拉丁文写的铭文：“**在生者的血泊与死者的智慧中幸存。**”这堵光秃秃的墙壁像一面靶牌一样令人不敢侧目而视，它是这座城市的骄傲和朴实的标志。大家排成两行站在墙前，圣·于德的军旗将它那红色的反光投射到灰色的行列上；年纪最长的一位船员捧给马里诺一只用奥尔塞纳香桃木和桂枝编成的花环；马里诺指挥官躬身将它端放在纪念墙脚下，然后直起身，向后退了退，顺手脱下了军帽。一阵死一般的寂静。全然不动中，只有他那一头灰色的乱发在海风中飘来摆去，隐隐约约地显现出一种活力。在万籁俱静中，我猛然注意到墙脚下的拱基石铺着一长行枯萎的花束，这排凋零的花一直延伸到一层软绵绵的枯叶丛中。那些年复一年献上的花环，一个个地凋落在这仿佛有吸引力的拱基石上，它们不禁使人联想到一种缓慢的连续不断的腐烂过程，这一过程反映了它们的归宿。这层不断增厚的肥沃的腐殖土对某些达官显贵的嗅觉来说不啻是一种享受。即使是作为一种象征也罢，奥尔塞纳还会不间断地在墓地中培植适宜于死人的土壤。

这时，号角齐鸣，犹如突如其来的一阵狂风。号手们吹奏的是一首古老的奥尔塞纳颂歌，一支英雄时代的曲子。那些久远的年代身着锦缎的达官显贵、头戴金冠的教皇、身披拖地长袍的教士、凯旋的火炬、红彤彤的夜晚以及在海上穿梭的帆船，仿佛都从乐曲声中掠过。这支庄严而辉煌的曲子长得如同加冕时一卷卷永远展不完的多褶裥的帷幔，像细腻的东方波纹绸那样随风荡漾，像一声轻柔的霹雳化作万千银雨坠落在墓地上。它那长短错落有致的音符宛如天外传来的呼唤，宛如热烈欢快的湍流，宛如令人窒息的凝结的血块。最后，乐曲戛然而止，宛如刹那间剧场重放光明。四周一片寂静。灰暗的西尔特海洋一直延伸到天际。花环一直挂在那儿。马里诺用颤抖的手指整了整军帽。在把军号装入盒子之前，号手们用印有市徽的军旗将乐器包好，那动作如同人们折起一张字迹模糊不清的古老文件一般。

海军指挥所举行了一次丰盛的午餐会，出于礼节，马里诺邀请了几位富有的农庄主一道进餐。这些土里土气的阔佬是我们流动劳动大军的主要雇主，他们举止的豪爽、粗犷和马里诺过分的谦恭都令我难以忍受；餐后吃甜食时，他们的谈话中开始出现一些不大正当的谈论，就像牲口贩子们在进行交易，尽管事实表明，马里诺在治理指挥所方面无懈可击，但是此刻的作风真令我感到愤懑。当他建议他们去访问要塞时，招待会摆排场的气氛便达到了登峰造极的地步：即使手头缺钱花的太阳王在领着施主们在凡尔赛花园里观光时也不会比他更卑躬屈膝。我借口身体不适，让人把马备好。我似乎真的有点不对劲了。一想到那些被牛棚里发霉的烂草弄得臭气熏天的靴子在高雅的石板上踩来踩去时，我就感到恶心。这简直是一种亵渎圣地的行为。法布里齐奥也不傻，当我离开餐厅时，他赶上了我。

“别忘了，今天阿尔多布朗迪家有晚会，今天晚上大家就看你的了。汽车六点出发。”

“让那些败兴的家伙见鬼去吧！”我无法控制自己厌恶的心情，便没有好气地这样说道。这时，乔瓦尼也加入到那些可鄙小人的行列中去了。马里诺对这群**老百姓**大献殷勤，实在令我气愤不已。

“我看你完全疯了。”

法布里齐奥耸耸肩，翻了翻眼皮。为了避开他那啰唆的说教，我便转身向马厩跑去。我急于摆脱这帮人，想独自一人保持清静。

天气这么好，还有整整一个下午要打发，于是，我决计利用这段时间到离这里较远的萨格拉废墟去看看。我早就有这个打算，可一直未能如愿。乔瓦尼曾经给我谈起过那座死城，它就像一片偏僻、荒凉、猎物丰富的灌木林，所以，那里有时只有猎人才去问津。那种孤寂的景象令我神往。骄阳仍高挂在天空，我把打猎用的卡宾枪插进枪套，便起身上了路。一条难以辨认的小路曲曲弯弯地在灯芯草丛中延伸，一直通往废墟，这条路穿过的地方是西尔特最平淡无奇的地段之一。这一带生长着一种硬秆芦苇，它们纵横交错、盘根错节，土地根本无法开垦。这些芦苇只是在春天绿一阵子，其余时间一片枯黄，微风一吹，苇秆便互相摩擦，发出骨头相碰时的那种轻微的响声。我顺着苇秆被压断所形成的一条壕沟向前走去，四周静悄悄的，只有芦苇的沙沙声清晰可辨，这种窸窣声仿佛给这种静谧的氛围增添了一点灵性。在这种微响中，只有透过芦苇间的缝隙向远处张望，才能使我的视野摆脱四周单调的景色。我的左侧是凄凉的银灰色的环礁湖，它被黄色的礁石所环绕，礁石的颜色已经褪去，这种景象使周围的茅草显得更加凄凉。然而，倾泻在这片没有生机土地上的惨淡的阳光并不能平息我身上那种由于幸福和清闲所激起的心灵的震颤。我觉得自己的心境与这种朴实无华的景致非常合拍。在终结和起始之间是没有分界线的。越过这片令人伤感的荒草丛便是更加贫瘠的沙漠，穿过它犹如穿过死亡；一些不知其名的山峰在一团幻影般的云雾后面忽隐忽现。就像原始人认为某些方向具有一种特别有利的功效一样，我敏捷地朝南走去：一种神秘的磁力把我朝**令人神往的方向**吸去。

太阳已经偏西。我在这片荒原上走了许久，但是没有任何迹象表明我已接近废墟，我仔细观察着天际，企盼能够远远望见废墟的轮廓。我沿着环绕环礁湖的孤零零的但却相当茂密的小树林走了一会儿，使我惊讶的是，在这个方向上留下了一辆汽车的车辙印，它们酷似我穿过的那条灯芯草丛中的小径，那条小径可能就是汽车开过时轧断灯芯草茎秆形成的，这一点我毫不怀疑。当我思忖着究竟能有什么东西把马里诺或他的副官们吸引到这个地方来时，我听到了不远处小溪潺潺的流水声。与灯芯草地相连的是一片小灌木丛，在一片浓密的树荫下，我居然发现自己已经踏上了萨格拉的街道。

乔瓦尼没有骗我，萨格拉确实像一件美妙的巴洛克①杰作，体现着大自然和艺术之间一种超现实的令人不安的冲突。从数千里之

① 巴洛克：指十七世纪法国与西欧具有代表性的建筑风格。

外的源头喷涌而出的泉水，在流入这些石砌的地下渠道后便销声匿迹；历经几个世纪的磨难，这座死城渐渐地变成了铺满石块的丛林、布满朽木的花园，成了石与木殊死搏斗的竞技场。奥尔塞纳对粗大而庄重的建筑材料，对花岗石和大理石的喜好，恰恰反映了它那种好斗狂，乃至袒露癖的奇特性格，这种秉性在比比皆是的物与物的冲突中得到了充分的体现——就像一位集市上的角斗士故意炫耀自己的**肌肉功夫**一样，这里的一切悬伸物似乎都在玩弄着同样的竞技伎俩：此处，一座阳台与一根纠缠着它的树枝在互相争斗；彼处，一堵半露座基、摇摇欲坠的墙壁和一截朝上凸起的树干打得难解难分，直打得天昏地暗，这种场面给人造成一种惶恐不安的感觉，仿佛那发生爆炸和地震的一瞬间即将来临。

天色暗淡了下来，我顺着凹凸不平的路胆战心惊地向前走，洒在路面上的从静悄悄的树枝间透过的光线，形成了斑驳的光影。地面散发出一阵潮湿的气息，它像苔藓一样附着在石头上。苔藓吸收了其他声音，能够听到的只有在石块上急速流过的清澈溪水发出的悦耳的声响，宛如一场爆炸或火灾之后那不紧不慢的沥水声。

我将马拴在一个尚未完全朽烂的门栓上，然后沿着身边小路随意溜达，不时被一层厚厚的烂树叶绊得踉踉跄跄。很显然，大体上看，萨格拉还能称得上是一座城市，确切地说，它只是环礁湖畔有几条正街的小镇。那些建筑物的底层和宽敞的窑洞像是仓库和铺子，在建筑物的底层后面可以隐约看到结实的拱形后厅，而那些窑洞铺顶已沿着街边坍塌；几幢豪华的别墅幽灵般的影子平投到乱七八糟的花园里，活像被一座荆棘堡垒包围着。然而，在像神奇的水晶一样明净的天空下，这些破败不堪的建筑物在昏暗和静谧中显得异常突出。四周的泉水声像一串串梦幻，它们仿佛要使那些已经到了冥世的人们回想起他们曾经干过的那些粗杂活计，仿佛要把那些迟缓的动作重新束缚在水井和洗衣槽边，化成一道花圈，而那些动作如同对无始无终的生活所产生的恐惧感着实令人心房怦然跳动。一种突如其来、令人恐慌的欲望攫取了我，我真想大叫一声然后再聆听这些街道的回声，真想呼唤出被遗忘在这个寂静迷宫中仍然活着的精灵。

但是，很明显，这里没有人迹。渐渐变得暗淡的光线使这些林荫路更加阴森可怖。正准备再往前走时，我却隐约听见了微微的波浪声，几乎同时，萨格拉往昔的港口竟意外地出现在我的眼前。它位于一个并非真正的海湾边上，海水不停地拍打着沿岸。围绕着在其四周的大树低垂的树枝在水面上摇曳，倒映在水中的树影形成了一团相当清晰的墨影。在大树的半遮半掩中，一个异乎寻常的东西在昏亮中闪烁着金属的光泽：在废弃的码头边停泊着一条小船。

出于一种本能，我重新退回到树荫下，仿佛就在这一瞬间，我意识到了千万不能暴露自己。我猛然想起了那条小路的痕迹。但是，另外一个记忆在我的脑海里显得更为清晰。在这个模糊的不太确定的影像中，某种东西使我联想到了沙岸上那个来历不明的出现物。

值得庆幸的是，海湾周围的灌木长得十分茂密。我来到一处更利于观察的地方。那条船很小，因此，我从树枝间很难看得一清二楚。它像是一条游船，然而很坚固，完全能经得起风浪的袭击。我只能看到船尾，我真为自己的审慎感到欣慰。那条船的船铭牌上既没有船号，也没有任何奥尔塞纳规定的航海注册标记。我心里不禁一阵暗喜，就像猎人看到猎物一样激动不已。我终于抓住了马里诺的把柄：很显然，这件事不合常规。

我踮起脚尖，透过叶隙，向那条船张望，几乎完全忘记隐蔽自己。它像一个被人强烈地期待了许久的出现物，像一个无法找到但却意外地撞在枪口上的猎物，既神秘又清晰，使我完全着了迷。它完全在我的视野控制之下。那是一条刚刚维修过的船，船上的铜板闪闪发亮，船体上的涂料也是新刷的。如果不是这样，它完全可能是条弃船，因为这个地方太静僻了。

有那么一瞬间，我差点想跳上那条船去看个究竟。不过，我突然意识到岸上可能有人看守，于是，我试着在已经很暗的光线中用目光搜寻码头上的荆棘丛。在不远处的林木下，我看到了一座半坍塌的小房子和从房顶飘出的一缕青烟，这可真让我丧气，想从隐身处出来的念头一下子完全消失了。

正当我思忖着用什么方法避开这个出乎意料的障碍时，一阵马嘶从我身后树林中传了过来。真倒霉，那是我的马在叫，几乎与此同时，一个持枪的男人的身影从小屋里闪了出来。像出自条件反射，他迈着迟疑的步子，神色慌张地向小船走去，显然，他负责看守那条船。他走走停停，不时地竖起耳朵。当他出现在荆棘丛中的一块空地上时，我清楚地看到了他的模样。他的穿着打扮像个西尔特的牧羊人，但出乎意料的是，他的动作异常敏捷、灵巧，而面孔和双手都是暗深色，几乎完全不像本地人，这更令人诧异。那个身影在我的面前晃了一下便被树影遮住了。这样一来，本来就难以确定的一种印象变得更加模糊不清。不过，这一切并非是由于惊奇而产生的幻觉：我敢肯定，他决不是西尔特人。静静地窥探了几分钟之后，那男子大概认为没有什么异常情况，于是，他便以同样敏捷的动作重新钻进了小屋。

毋庸置疑，那条船受到严密的防范。实在无计可施，我只有一走了之。黑暗中，我尽量不弄出一点声响地溜回到幽灵之城的一条旧街上，牵着马朝着尚有亮光的废墟出口走去。就这样，我悄然离开了形迹可疑的萨格拉。

我确信自己不会在这明净的黄昏迷失方向，于是，一到那条灯芯草小径，就放松了马的缰绳，让它沿着像铁轨一样的小道返回海军指挥所。那条船的出现与汽车驶过的痕迹之间有一种明显的联系，越这样想我越觉得事情蹊跷；我相信这只船与马雷马方面有秘密来往。这条船、这辆车到底负有什么使命呢？我首先想到的是走私活动，可是那条船的样子没有一点走私的迹象。它在萨格拉的出现，至少可以有上百种无关紧要的解释，但是，这些解释全令我难以接受。我的种种猜想渐渐地集中到了一点上，它一直萦绕在我的心头，这就是，对我来说，单调呆板的生活圈子之外的一切事情都走上了畸形发展的轨道。

我再也不能否认，所有与法尔盖斯坦多少不乏联系的事情对我来说都具有特殊的意义。我在海军指挥所的生活实在无聊，在这种百无聊赖之中，这些事激起了我各种朦胧的遐想——我试图在自己力所能及的范围内，找到一些能填补我空虚生活的东西。沉睡中的奥尔塞纳被无数难以摆脱的记忆所困扰，就像一位老态龙钟的长者无法抵御他那长久的记忆的困扰一样。在这种昏聩的状态中，我也做了许多充满历险的梦。事实上，我本能地把这些梦当成梦幻是有意义的，梦境中的法尔盖斯坦成了一张千依百顺、可以任我摆布的面孔。在海图室的静谧中，我可以随心所欲地追忆法尔盖斯坦那张爱献殷勤的面孔，以使它重新沉浸在这种静谧的氛围里。在这梦游者无害的漫游中，我与法布里齐奥早晨的谈话突然使我茅塞顿开。过于使人放松警觉的浓雾消散了。我的眼前出现了一条可以停泊轮船的海岸，一片别人可以想象也值得他们回忆的土地。

正是处在这个新的位置上，我才联想到了一条船，它仿佛凭借着航海图，在大海中劈风斩浪，勇往直前；正是这种想法使我放弃了把自己的发现告诉马里诺的念头。至于下一步该怎么做，我还没有具体打算，反正，我不急于得出结论。从前天夜晚到现在，我一直觉得自己被卷入了一系列事件之中，发现萨格拉就是这个链条上的一个环节。我预感到不久之后，将会发生一连串奇异的事情，在这种预感的激励下，我催马直奔海军指挥所，瓦内莎向我做过的那个召唤的手势又闪现在我的脑际。我开始对自己的冲动感到后悔；我突然加快了速度，真希望汽车能晚一点开。令人万分气恼的是，在离开环礁湖堤岸之后，等待我的却是一片空寂的荒野，海军指挥所已经沉浸在茫茫夜色之中了。

第五章　一次拜访

我的心情极不愉快。在海军指挥所，我第一次感到孤独是如此难以忍受。沉重的迷雾随着夜幕一起降临到环礁湖上，水珠在光秃秃的墙壁上流淌。在我穿过这片荒野时，手中微弱的灯光在四周映出似真似幻的光晕，使我回想起马里诺曾提起过的那种非凡的光环。我感到焦躁不安，像一个受罚的孩子被关在漆黑的房里向隅而立，向往着晚会辉煌的灯光和热烈的气氛。想到瓦内莎和马里诺相熟，我第一次被这发现搅得晕头转向。正如每一次，当与我们隔绝的两个人被跟我们的生活毫不相干的事情联系在一起时，人们便不禁顿生疑窦；这种同谋使那遥远的节日的光辉黯然失色，蒙上了一层神秘的阴影。我超然地想象着这个舞台的布景。瓦内莎不出所料的出现突然使气氛更加紧张，饱蕴深意的一幕在我们的幻觉中展开，而想到在某种意义上，这一切正是由我铸就时，心里便惶惑不安起来。

沉闷夜晚的百无聊赖加剧了这种令人心忧的预感。我在卧室里长时间地踱来踱去，在这种机械的来回走动中大脑变得麻木，以至于连漆黑的房间看起来也变得异乎寻常，就像熟悉的房间突然改变了模样，却无法判明是由哪件家具的移位所致。我不能确定这一异常之所在，只是感到略有不适。蓦然间，我意识到吸引我的是下午被人拿走的乱摊在桌子上的那些萨格拉海图，而我每次走近它们时，机械的目光总会停在那上面，或者说，我明白了一小时以来，自己一直在期待的，正是走进那个存放海图的房间。

躺卧在荒原中的要塞建筑群矗立在我面前。在几乎不透明的夜色里，它变得更加硕大慑人，即使在冥冥的黑暗中，它给我造成的幻觉仍然是投下阴影，并使沉睡中的营地与夜幕——它的心脏有力而沉重地跳动着——微弱而可感的搏动相沟通。这座巨大的遮护屏将夜风横向阻隔，但它在炮眼里的呼啸声都清晰可闻。我行走在万籁俱寂中。夜，温暖湿润，有气无力，使禁锢在高墙后面的气息平添一种微微敞开的牢狱的悲哀。由于潮湿，过道的墙壁阴冷得如同洞穴的内壁一般。灯光像鬼火一样在坑道里旋转。此地的极不好客，又一次深深地刺痛了我。它的沉默意味着盛气凌人的敌意。仿佛在这人为策划的阴影后面，在停靠在一只黑手周围的大批船舰里，潜伏着的威胁正在逼近。

灯笼的微光照亮海图室的墙壁，自我初次进入这里就为之神经紧张的脉搏跳动，现在更加具体地显现出来，微弱的光亮在这里轻轻晃动。就像这点燃的灯光使百年黏土化冰解冻，它使洞中塑像的阴影突然发出令人毛骨悚然的叫喊一样，全部海图在黑暗中熠熠生辉，它们在某些地方为那些带有耐性和昏睡的标志所组成的神奇的巨幅画卷进行着润色、调整。尽管夜阑人静，下午骑马巡视搞得我疲惫不堪、头脑发涨，突然间，我似乎感到使我摆脱了精力分散状态的一种振奋感油然而生，它使我得以重新辨识这些模糊不清的轮廓——我对它们的平庸意义仍无从了解；与此同时，它使我渐渐地对那些难解的密码符号的魔结有所领悟，使那些对谜一般的指令的密谋对抗行动逐一瓦解了。我一点点地进入了充满噩梦的梦境里。半酣中，自鸣钟敲响十点的声音在沉睡的要塞里回荡。

我深深地陷入难以摆脱的苦恼中。从短暂的睡眠中醒来，我觉得房间又莫名其妙地改变了。我恢复了镇定，睡意全消。突然间，我看到厅室的四壁在继续轻轻摇动，仿佛梦幻在失去防卫能力的卧室周围并不甘心悄然退去。一阵凉风掠过双肩，我发现涌入房间的轻风仍在吹拂。蓦然间，我猜测到一些跳动不定的影子和灯笼的火焰一起在墙壁上跃动，而且我身后的门也已被悄悄打开。

我机械地回转身，脸擦在一个女人的衣裙上，我吓了一跳。黑暗中，传来一阵轻微而富有音乐感的笑声，这笑声将我重新投进汪洋大海，卷入最后一个梦幻的波浪。我抓住裙子，举目张望笼罩在阴影中的面庞，是瓦内莎站在我跟前。

“不能说海军指挥所这处要塞固若金汤，这我会对指挥官说的。你躲进了这里，我明白你为什么会抛开最好的女友了。”说着，她好奇地向着桌子探过身来。

片刻间，她已坐在安乐椅的扶手上，一条腿摇来晃去，不慌不忙地展开海图，仿佛在乡间，人们因无所事事而去推开邻居的家门一般。我一下子就认出了这种她独有的**开门见山**的方式，这种在露天里陡然立起帐篷的轻松自如的态度。

“可你的客人呢？……你怎么来这儿？”我终于问道，声调太不自然。这样突然地免除开场白，不知为什么我自己倒有一种当场被捉、**束手就擒**的感觉。

“我的客人们都很好，他们向我表示感谢。他们正在马雷马为我的健康畅饮哩。”

“可是，瓦内莎……”

“他刚才的确说了，他没忘记转告你……”

又是一阵轻轻的笑声，仿佛从熄灯后的舞台上传来，在房间里低沉地回响，显得那么异乎寻常。瓦内莎用手按住我的前额，神情严肃地凝视着我。

“你还是孩子脾气，你在这里感到快乐吗？”她说话的语调几乎变得温存起来。同时，她的视线慢慢掠过整个房间。

“马里诺说你怎么也不愿意离开海军指挥所，真的吗？”

她保持着极大的克制，在我惊慌失措的目光注视下，渐渐恢复了心绪的平静，宛如烛光在宁静的房间里升起。在这间布满灰尘、混乱不堪的屋子里，她的双臂和脖颈匀称而白皙的肤色令人想起一种极其珍贵的光辉四射的物品，犹如女人的白色裙衫在夜色中的花园里飘动。

“真的，我很少离开此地。我在这里很快活，这是真话。”

“不像塞尔瓦基公园那样令人愉快。可是不管怎么说，这里并不缺少魅力。”

她那双习惯了黑暗的眼睛忽然在凝视着什么。她抬高灯笼，杂乱无章地堆放着的海图映入了她的眼帘。她神情专注，充满了强烈而又带有稚气的好奇心。

“你是为了看海图才来这里的吗？”

“这是审问吧？”

“我并不想挖苦你，恰恰相反：我觉得没有什么东西比海图更有魅力了。”

灯笼的光线落在一张陈旧的海图上。上面有稀奇古怪的圈形字母。瓦内莎的言谈中突然显露出一种直接挑战的意味：

“在马雷马的房间里，我有一张同样的海图。你会看到它的。”

“你来马雷马有何贵干？”

“西尔特地区在奥尔塞纳十分走红。我们在那儿有座已成废墟的宫殿。那时我很烦恼，于是忽发奇想去清理这一切。看样子唯有你没有意识到这一点。此外，在那儿还可以遇到一些有趣的人，比如说你的朋友法布里齐奥……”

瓦内莎的脸不知不觉地收紧了，像一块石头轻轻落入水井一般。

“还有马里诺长官。”

这个名字突然搅动了本不平静的水面，加剧了整个夜晚我积郁在心中的懊恼。

“马里诺长官可不是我所指的那种有趣的男人。”

“你错了，阿尔多。他对你很器重，我可以告诉你这一点。”

“他让你给我吃这颗定心丸，我感到不胜荣幸。”

瓦内莎并不理睬我的插话。

“他对你的热忱简直赞不绝口，他只是认为你有点偏急，有点想入非非……”

她的目光直视着我，神情十分执着。

“……我提醒他你还太年轻，告诉他不该对青年人的激情牢骚满腹，对他说，你会冷静下来的……”

她那略带嘲讽的脸上所露出的目光在不断地审视我，这种目光不仅包含着戏谑，还有更为奇异的东西。

“……你看，我们谈话的主题是多么严肃。”

“你们还谈过什么？”

“我们有许多共同感兴趣的东西。”

“马里诺只对军事感兴趣。”

“这并不能缩短我们谈话的时间。”

瓦内莎的目的终于达到了，我感到怒不可遏。

“很好。既然你了解军队事务，你也一定明白军队的纪律。很抱歉，恕我今晚不能奉陪。”

“再没有比这更高雅的送客方式了。我原来天真地相信我的拜访会使你愉快。我远没有想到你有这么多差事。我要对马里诺为你叫屈。我会让他因把你整晚关在昏暗的地堡里而感到羞愧。我要告诉他，他把你当成了真正的‘灰姑娘’。”

她的笑声是对我的公开挑战。

“我只是在我所喜欢的时间和地方工作。”

瓦内莎放声大笑，这爽朗的笑声，犹如一阵令人心旷神怡的春雨，将我的恶劣情绪化为乌有，把我领进了塞尔瓦基公园。瓦内莎将灯笼举到我面前。火光随着她的狂笑而颤动。她把亲近的手指放在我额头上，弄乱了我的头发。我感觉到她的手指的灼热，这种接触使我平添了勇气。

“喏，就是这样，一点不假。我向你保证，你可真是个爱赌气的孩子。你的确很可爱，阿尔多。”

气喘吁吁的声音忽然被她喑哑的音调所代替，我的血液一下子涌上双手和双唇。这种轻微的骚动使我们靠近了。我抓住抚摸着我的头发的那双手，灯笼落到了地上，四周笼罩在一片黑暗中。我将头埋进这双温热的手里，久久地吻着它们。瓦内莎让她的手在黑暗中温柔地贴在我的嘴唇上。忽然，她闪到一旁，如同大梦初醒，同时移开了自己的目光。

“你觉得萨格拉废墟怎么样？”

“萨格拉废墟？……你真是料事如神。瓦内莎，我还在对自己说呢，它们肯定会使你感兴趣。”

瓦内莎站了起来，拉紧身上的大衣，目光专注地望着我。

“假如你爱我，阿尔多，就不该把你的印象说出来。”

对这种低沉的声音、简洁的语气，无须作任何评论。我也犹豫不决地站起来。瓦内莎感到凉意，紧紧地裹在皮大衣里，长裙上的白点消失了，她与房间的黑暗融成了一体。

“当然，我带你去。”

“去马雷马？这么晚？……”

我已经无条件地投降了，我不想再离开她。

“别淘气。我答应把你送回来，不然等于你不给我面子。”

她狡黠地笑着说：“而且，我一定要你光临我的晚会。就这么决定了……这个晚会是特地为你举行的。”

在她抬高的声调中，我听出了稚气的热情与冲动，这对我并不陌生。我重新找到了它，在这张娇嫩的面庞上，会看到激情与思想不是在酝酿之中，而是正在诞生。瓦内莎的双眸中燃烧着欲火，那样清澈，如同跃出海面的星辰。

“好了，我不想得罪一个宠坏了的孩子。”

与其说吸引我的是晚会，倒不如说是为了单独与瓦内莎一起旅行，我才拿定了主意。瓦内莎驾着车。我屈臂搂住她那裹在暖烘烘的大衣里的腰肢，感到她温暖柔软的身躯心甘情愿地倚在我身上。时而我们穿过几座筑有防御工事的大农庄，它们在西尔特温润的夜晚中安然入睡；沙路两旁的灰色墙壁不时反射出车前的灯光；有时，错把车灯当作晨曦，雄鸡竟会异乎寻常地啼鸣报晓。强光照亮崎岖不平的土路，把暗色土路上的小动物惊呆了，它们眼里闪着宝石般锐利的光芒。瓦内莎把我带入了淡淡的夜色中。我终于和她凝结在一起了。我觉得她在我身边，宛如一处深深的河床，即使荒水也难以测出它的深度，又像紧闭着双眼全速冲下山坡时那股令人陶醉的气流，仿佛一个人的身体变得沉重异常，完全失去了抵抗力，正以**惊心动魄的速度**飞快地坠落下去。万籁俱静中，我又和她同归一处，就像现在一同驶往人们揣测到通向大海的道路一般。

我们抵达马雷马时，环礁湖笼罩在由迷雾与月光织成的乳白色的夜幕中，静静的水面泛着银光，万物朦胧。沉浸在这白色的夜幕里，我产生了一种置身天外的感觉。茫茫黑夜中变得模糊不清的马雷马，在我看来犹如一座由迷茫雾团结成的星云之都，仿佛雾团就在我们驱车经过时的震动中产生，随即又散开了。车子戛然而止，我感到脚下的路面滑溜而潮湿。寒风吹拂着面颊，掠过刚走出温暖车厢的睡眼惺忪的过路人的肌肤。一处码头出现在我们跟前，我们看到了悬崖边黑色的海水。瓦内莎头也不回，大步流星地径直走向岸边。在空无一人的码头上，我目瞪口呆地望着她，就像看着迷雾之夜中一个过路人在向桥栏杆上攀缘。瓦内莎吃惊地发现没人跟着，于是又回过头来，见到我仍呆站在那里，不由得大笑起来。一只小船在岸边等着我们。

于是蓦然间，我想起了“西尔特的威尼斯”，这是人们给马雷马所起的颇具善意的讽刺意味的绰号。以往常常打动我的心弦、置放在海图室里海图上的马雷马图像，如今出现在我眼前：一只手的细长手指伸向环礁湖，形成一个泥泞的变化不定的三角洲，这是流向西尔特海域的为数不多的河流之一。在法尔盖斯坦人入侵之际，在这片土地遭受蹂躏的岁月里，岸边移民纷纷逃到这块平坦的淤泥滩避难，因为急流在此改道借以阻止环礁湖淤塞，一条水道便使这块三角洲脱离了它的母体——海岸。像威尼斯一样，马雷马已松开绳缆，自成一体。由于坐落在地壳不稳的淤泥滩上，它变成了一个飘落的孤岛，一只着了魔的手掌，听任来自远方的大海气息的摆布。

在西尔特天下太平的年代，马雷马曾有过一个短暂的鼎盛时期：那时，海员与移民挤满了整个海岸；他们从遥远的海岛上运来羊毛和水果；从法尔盖斯坦返回的战舰载满黄金和天然宝石。后来，战争爆发，人口骤减，元气大伤，马雷马今天变成了一座死城，一只再也伸不开的手，留给它的只是痛苦不堪的回忆。这只手布满皱纹和斑点。坍塌的仓库、货栈，长满狗牙草和荨麻的广场，使这只手伤痕累累，血痂斑斑。

沉思默想中，这片残海在我眼下滑过，仿佛大都市的胎盘被泛滥的洪水冲到了岸边。几条废弃不用的水道发出霉烂的燥热气息。浓浊而带有黏性的水胶贴在长柄桨上。上面，一堵墙已临近倒塌，一株枯树向一潭死水探头探脑，这潭死水慑服了废墟。越过颇似修道院围墙的高耸墙壁，可见几处互怀戒心和敌意的堡垒散落在小岛上，像是劫难过后残存的几处方阵。单调的船桨的流音连同月光下的浓雾，使沉寂愈加显得深不可测。我发现水道里微微反光的水面接连荡起三角状的细密皱纹：在这种微弱的流水声和水下洞穴发出的极其微弱的汩汩声中，水鼠成了这座大公墓的主宰。

我将手放在船舷边瓦内莎的手上，从她的默默无语中，我猜到她同我一样，被这一潭死水和随水漂泊完全搁浅的城市所造成的强烈印象压倒了。这种沉默宛如爱的沉默，使她心中的不安暴露得一览无余。瓦内莎把我带进她的领地。我想起了塞尔瓦基花园，明白了把她吸引到这片霉臭的泥滩来的是什么力量。马雷马是奥尔塞纳倾斜的象征，是使城市凝固的终极景象，是霉腐血液的可憎展现，是最后一声猥亵的喘息。如同人们提起行将就木的敌人时的那种神情，瓦内莎带着谋杀者的那种着迷的神态伏向这具尸体，而它的恶臭便是其腐朽的见证。我感到瓦内莎就像船首头像[①]在我身边为我开路，我明白了瓦内莎在这些荒凉的海岸找到了她喜欢的景致。

阿尔多布朗迪宫与马雷马市区之间有一些开阔地隔开，不难猜测这些空地是宫殿花园的遗址。阿尔多布朗迪府邸矗立在这只伸开的手的一只手指尖上，它孤零零地位于环礁湖通道的右侧和加宽了的运河的尽头，我觉得这种布局清楚地反映出这个家族的祖先的那种多疑的性格。这座供消遣的别墅，像投入沸水中的一声冷笑，给人的印象总像是座旧堡。在沙滩边缘，有条狭长的航道，一座木桥横跨其上；航道的对面，几排低矮的防波堤横卧水边，一座狭窄而高耸的长方形塔楼位于一条防波堤的尽头，这些塔楼可以使人们辨认出奥尔塞纳鼎盛时代那些华贵宫殿的气势。

塔楼的细微部分淹没在惨淡的月光下，它的僵直而威武的线条令人想到其坚固的根基，牢固而厚实的沙洲。那些由乱石加固的垒道，恰似流动的泥潭中镶进的一颗牙齿。与水齐平的低矮的连拱廊像炉灶口一样吐出一缕缕强光，而建筑物高处的长廊，却在洒满月光的平台下酣睡着，它像一条不透光的长带系在建筑物的腰部，令人感到深怀敌意，如同有人在黑夜里暗中呼吸。

显而易见，晚会已过了高潮，狂热的气氛息歇了。客人三三两两地站在那儿，他们的交谈中隐隐透出轻微的喘息和重归平静后那

① 船首头像：古代西方海船船首常置一尊作为吉祥物的头像，多为女神形象，有驱魔辟邪之意。

种冷静的语调，就像在街上发生了意外事故后，围观的人还站在那儿津津有味地谈论。我神情尴尬地向马里诺打了声招呼，尽量避免与他那诡秘的目光相遇。指挥官心情很好，我猜想上午的交易肯定十分令人满意。可是，当他挽起我的手臂时，这种对他来说过分亲密的举动不禁使我十分吃惊。我们缓缓地穿过人群，我觉得他对别人的交谈相当留心。从前，我在**威武号**的驾驶台上看到过的他在船的高槽间探路时过分敏感的表情，今天又在他的脸上浮现了。突然间我发现他比我所曾预想的要操心得多。

“你知道他们是些什么人吗？”他牵住我，茫然地指着客厅，语气认真地突然发问。

马里诺不自然的声调令我惊奇，因为这种情况对他来说实属罕见，我开始仔细地打量起来宾来。其实，我早就注意到，在我走过时，一些人的目光突然注视着我，而且不时地，有的人还对我做出友好的表示，我觉得似乎在什么时候**曾经见到过**，但又不能确定，我对他们的还礼显得十分笨拙。现在某些记忆更为清晰地出现在我面前。几乎可以肯定，在这批人中，有一些我在我父亲身边见过，那时我母亲依然在世，父亲尚未停止他的上流社会生活。因此，我可以当场对马里诺耳语，说出几个在奥尔塞纳享有盛名的大家族的姓氏，在那里，只要通报一下他们的姓名就足以使晚会大放光彩。瓦内莎肯定西尔特将会成为奥尔塞纳的“胜地”，她的确没有骗我。不过，与其说这里是一处胜地，倒不如说是这里的晚会异想天开。为数不少的宾客所产生的影响与几位毋庸置疑的要人的大名的作用实在无法相提并论。这些人的目光过于闪闪发亮，仿佛被一种魔力所吸引。他们的到来不仅仅是上层社会的聚合的反映，而且令人想到他们本能的近似，想到水城中其成员关系亲密无间的共济会[①]，而人们来到这座水城乃是为了求得治愈重病。我不再因为马里诺在这群人中身强体壮显得不协调而感到吃惊。

此外，现在我也能使自己相信，这群人混杂到了何等程度。令我不胜惊异的是，尽管在这里这些人过往甚密，但在奥尔塞纳他们却从不互相往来。

“阿尔多布朗迪家的人总喜欢与一些怪癖之士交往，他们似乎是为了患高热病而来马雷马的。”

“真的，这里空气实在污浊，我今晚离开海军指挥所是失算了。我们去吃点冷餐吧。”

马里诺领着我来到冷餐桌台边。我们默默地举起酒杯。他的脸完全笼罩在忧郁中。

“我想我该回去了，阿尔多。瓦内莎会派车送你回去的，这事我不担心。你在这里随便些好了……”

他说着，轻轻眯起眼睛。

“法布里齐奥呢？”

“那调皮佬已在车里等我了……”

马里诺用一种表示遗憾的手势指着餐桌说。

“他醉得不省人事……你留在这里好好维护舰队的名誉吧。”说着，他无可奈何地皱了皱眉头。

我开心地笑了，马里诺的善心显得有点笨拙，他的歉意表明他对我们过去的争论已经改变了态度，向我暗示他对我有了好感。现在他就在我眼前，我重新感到自己是多么喜欢他。

---

① 共济会：起源于中世纪的石匠和教堂建筑工匠的行会，带有浓厚的神秘色彩，后发展为西方最大的秘密团体，旨在传授并执行其秘密互助纲领。

“瓦内莎会难过的。您知道她常跟我谈起您，谈到你们曾经进行过一些重要交谈。”

马里诺不自然地咳嗽了一声，毫无掩饰地涨红了脸，他的举动打动了我。

“这是个了不起的女人，阿尔多，她非常了不起。”

我感到有点受到刺激。

“你们相处得很好可以说是一种机缘。瓦内莎的性格不是挺怪吗？”

“我要说的不完全是这个意思。”

马里诺的声音又恢复了往日的心平气和。

“……她恨我。好了，我该走了。”他换了话题，显然是不想再说下去。“明天见，阿尔多，愿你玩得开心。”他犹豫了片刻，然后接着说道：

“当心晨雾，它会使人得高热病的。”

他拔腿要走，我没有挽留。马里诺一走，我就从他那戏弄人的目光中解脱出来了。我觉得自己突然变得潇洒起来，面目为之一新，如同一个初涉舞场的女孩，当她母亲终因抵挡不住困意决定离她而去时，她所体会到的那般**如释重负**。我知道瓦内莎一会儿会来找我。但跟她见面的时间还早。此刻我想更进一步接触一下马雷马的这批行踪可疑的避暑者，于是我向一间厅室走去。室内飘出一阵阵乐曲声，沿着海边伸展、蔓延。我相信，在悠悠乐曲声中，他们昏昏欲睡的容颜会毫不设防地呈现在我面前：我可以更好地观察他们而不致被别人发现。

瓦内莎的晚会奢华挥霍，真是名不虚传。面对环礁湖的停泊小船的连拱廊大开着，死水潭那令人眩晕的气味海潮般卷起大片花木丛的幽香，又将它们置于潮湿阴森的昏暗中，仿佛使人置身于昏暗的停尸间，太阳穴被冻得发麻一般。

在漆黑的停泊处，可以看见云集在海面上摇曳着灯火和鲜花的小艇。灯光穿过下垂的树叶，变得柔和惨淡，犹如布满青苔的岩洞一样微绿，又如平静而适于人们居住的池塘一般透明，使音乐厅在朦胧的浅绿色里飘荡。每一束亮光，拖着一条隐约可见的船线，仿佛一条银色镶边，在乐曲缭绕中保护着似水流淌的空气的震颤，保护着一个最深奥、最隐秘的震撼区域。仿佛我突然揭开了一扇门帘，在这扇门帘的后面有着与我毫不相干的内幕。

音乐厅里人数不多，但人群的分布和他们的举止异乎寻常，令我不胜惊诧。这里与其说是音乐厅，不如说是一处鸦片烟馆或某一秘密仪式的宣誓场所，而且这种气氛使我立刻感到我应该**亦步亦趋**。我探身走向阴暗中的一只座椅，匆匆坐下，不由自主地屏住呼吸。

低沉、凄切的音乐加上暗淡的光线和诱人的香气令我坐立不安。我觉得知觉在慢慢苏醒，仿佛自己刚落入陷阱，感觉在一点点恢复；首先被迷人的乐曲所吸引，继而闻到的则是不断膨胀的袭人的芳香。我刚刚能够看清音乐厅，旋即又被聚集在那里成双结对的来客的忘形的形态和放纵的举止所震惊，因为在那里人们得以相对地离群索居，而这正是人们所期望的。一种难于言表的挑逗和潜伏着的肉体诱惑似乎一下子在各处曝光了。

在那不住低头哈腰的弯曲的脖子上，在过于滞重的目光里，在暗淡灯光下显得丰满而又光亮的半张开的红唇边，轻微的动作苏醒了，但只是刚刚开始，几乎觉察不出，但猛然间，在人们眼里，这种轻微的动作似乎比其他动作显得更为高尚纯洁，如同睡梦中人们移动姿势那么自然。然而，在海边岩洞苏醒的同时，我猛然清晰地感觉到一种危险潜伏在附近某处，像是有股气息吹到了脖颈上。我迅速地环视了一下四周，离我很近的一个年轻女子的脸正对着我，我几乎要和她撞个满怀，就像突然撞上一扇门一样，她的目光吸引了我的目光。在这种肆无忌惮的吸引中，在那充盈着奇耻大辱的彼岸世界里，我明白要想回避这双眼睛是无能为力的。

在她的双眸里，我看到隐藏在深层暗处最神秘、最黑暗的带有生命活力的东西正在转向我。这双眼睛既不眨动，也不闪光，甚至也不凝视。它们的湿润而柔和的光泽，令人想到在黑暗中完全张开的一扇贝壳。它们只是在日光下一块布满藻类的奇特的白色的礁石上张开着、飘动着。她满头乱发如同庄稼倒伏后的田野，那一对凹陷而平静的眸子在不断地闪烁，如同夜空里的星辰，那张嘴巴也在轻轻地有弹性地抖动着，如同海面上的胶质凝固物，用手指去触摸，可以感觉到它像微型火山口一样蹿动。天气陡然冷起来。惊慌失措中这张嘴就像缠在一起的蛇所构成的环索，一颠一跳地绕过美杜莎[①]的颈项，使它的形状变得十分怪异。她的头缩在披着暗色衣衫的肩膀里，她的两只手仿佛是一条襟带，一根令人既感到自在又感到麻木的项链，它们在她上衣里搜寻着，就像在大食槽中觅食一般。她的全身正在巨大的压力作用下飞离深渊，一直升向明净的苍穹，宛如一轮穿过枝叶的满月。

我开怀畅饮烈性酒，任凭自己随着众人去享受晚会的高潮，然而，我却不能很快地恢复平静；仿佛是在双眼被强烈的日光刺痛的一刹那，闪烁的灯光中一个小黑点在我眼前晃来跃去。这样的晚会

---

① 美杜莎：希腊神话中的蛇形女怪，人被其目光触及即化为石头。

竟是公开庆贺最隐秘的谈情说爱的仪式，这实在令人难以置信，自然我也就不觉得有负罪感了。投向我的目光并不带有评判之意，它们只不过是见证而已。当我试图找回将我与这双眼睛一下子连在一起的奇特的沉重感时，这时一个驱除不掉的画面又出现在我面前：一个个无底深渊在地平线上敞开，人们陡然地竖起耳朵，试图听到石头落井的声音。面对这无法填补的令人恶心的虚空，我们驻足片刻，踉踉跄跄，神情茫然，但是不再想到要重新上路，仿佛什么事也没有发生过一般。一双双眼睛在我周围转来转去，从那深陷的眼窝中刮起的微风吹走了光亮，使节日气氛在噩梦中前后颠簸。

我在熙熙攘攘的来客中游来逛去，揣度着被瓦内莎请来聚在这里的这批特殊的宾客。突然，我发觉其中一张面孔更为频繁地出现在我跟前，我试图想起他的姓名。这是一张瘦削的、剃光了胡须的脸庞，一双眼睛似乎笼罩着白翳，却仍显得炯炯有神，机警敏锐。这张脸对我并不陌生，它的一再出现似乎想要引起我的注意，想要把我**吸引到他的身边**。我多少有些感到惊诧，于是便在一处墙角上靠了一会儿，在两次穿行之间，窥视着、等待着。他在旋转的人群中重新出现。在我身旁响起一个声音，清晰、低沉，故意压低，表现出一种希望与人单独交谈的愿望，这张面孔出现在我面前。

"一次盛大的节日。对吗，观察员先生？……我可以声明一下我与令尊的交情以便您能记起我的姓名吗？"他笑容可掬地看着我，我脸上表现出来的惊诧并没有使他为难。"居里奥·贝尔桑扎……您很年轻时我就认识您了……"

他改用一种志同道合的语气说道："……尽管我不想把公务和消遣搅混在一起，我想我们今晚的职责可以使我们彼此更为接近。"

我猛然回忆起这个姓名。我启程前接到的官方文件使我明白此人乃是市政议会留在马雷马的密探。

我只讲了几句客套话，尽量不表现出职业特点。在他那副面孔上，有某种东西在对我讲述在瓦内莎的客厅里我讨厌听到的关于警察局的流言蜚语。

“是的。”他接着说，似乎并没有感到不快。

“您不会介意我这样说：让礼仪规范见鬼去吧！因为我今晚有幸遇到一个与上级机关关系密切的人……我在马雷马孤立无援，既得不到命令，又得不到情报。”

他的语气使这句题外话愈显苦涩。突然，他抬起头望着我。一副贪得无厌的神态。

“……有的只是些谣传……”

一丝忧虑闪过他那突然变得呆滞的双目，与他的微笑很不相称。我对他不能再掉以轻心了。

“我能得到的消息，恐怕比您所想象的要少得多……”我回答他说。

“你们在海军指挥所没有听到一点风声吗？这么说，我可就放心了。”

他的微笑中露出明显的嘲弄意味，我一下子感到恼怒。

“不，真的，我一点都不知道……我在这里实在没有多少事情。”我轻蔑地回答，“对于谣传我从不感兴趣。”

“在马雷马，人们对许多事议论纷纷，甚至可以说太过分了。”

“是对海军指挥所吗？”

“不，是关于法尔盖斯坦。”

他的声调像是一只无形的手，刹那间这只手正在掂量一个在谈话中更有分量的字眼，仿佛用手掂量过一般。我觉得一股细浪传遍我的身躯，如同一个渔翁目送他的浮子潜入平静的水下，顷刻之间，我甚至觉得自己变成了超凡脱俗的化身。

“当真吗？看来在马雷马人们对无利可图的假设很感兴趣。人们也谈月亮吧？”

贝尔桑扎用自作聪明的目光盯着我：

“很可能，看在他们的份上。他们中不乏虔诚的占星家。这正是事情的怪异所在，追踪传闻的根源与刹住谣言同样是不可能的。马雷马不是一个很健康的城市，也许您已明白了这一点，观察员先生……至于我，我是受人雇用来弄明白这一点的，我最终明白了市内高热病的发作并不都来源于沼泽地（他的声音尽可能清楚地说明他薪俸很低。我现在注意到他脸色蜡黄、神态谦卑，身材消瘦胜过苦行僧。一个念头匆匆掠过我的脑海：一个不修边幅的殖民军人。用不了几年，贝尔桑扎就会成为一个老可怜虫的）。”

“听起来可真有点令人不安。那您再跟我多讲一点就是了。”

贝尔桑扎的两眼变得模糊起来，两手紧紧地握在一起，似乎在竭力搜寻瞬间即逝的那些感觉。他像个做梦的人，为了讲述自己的梦中奇遇，不惜效仿一个贪睡者。

“我不该谈那些谣传，但有理由来讲高热病。在某种意义上，这是微不足道的。高热病本身并不重要，它不过是一种迹象……请别把我当作高热病患者，我也一样……我生活在这里。您看，让别人理解自己并不是一件容易的事。而我呢，我理解，因为我感到今晚非和您交谈不可，这一点使我理解这件事非同寻常。您不是马雷马人，与您交谈——我想您不一定会相信我——就等于打开病人房间的窗户。马雷马的气氛令人窒息，人们在寻找空气。对，就是这词儿，寻找空气。”

“虽然这个地方是传染病室，但是，奇怪的是，人们依然来到这里。”

贝尔桑扎丰富的面部表情表明他完全同意我的见解。

“这纯粹是异想天开，观察员先生。奥尔塞纳那些人真是疯到极点了……我要讲给您听的，要讲给您听的。”见我不耐烦，他收敛了些，改换口气说，“这件事开始将近一年了。”接着，他更正道，“就是说我开始留心一些事情快一年了。在这里，人们几乎不谈法尔盖斯坦，这是肯定的。就像它根本不存在似的，像是从地图上被抹去、被擦掉了一样……我们所忧虑的是别的事情。由于物资匮乏，这里的日子并不好过，表面的繁荣只是假象。我会请您参观马雷马的。”他用手指着那些客厅，酸楚地补充说，“马雷马并不像阿尔多布朗迪的宫殿一样华贵。”

“我知道，今晚有明亮的月光。”

“啊！您已经看到了。这不过是在夜里。您知道……天黑以后它只剩下秀丽的一面。在这座宫殿里，人们更喜欢在夜色中散步。我又离题了。”他停顿了片刻，做着手势让我放心。“现在我们来谈谈那边吧，人们开始知道一些事情了。”

“那边？”

“我忘了您不是本地人。久而久之，习惯成自然，人们对它的存在不再介意。我们很少说‘法尔盖斯坦’，在这里，人们从来不这样称呼，而只是说‘那边’。”

奇怪！不了解内情的人一点也猜不出，这里的人对法尔盖斯坦的称呼竟会这么随随便便。

“但在这里，人们总喜欢猜测。至少，我愿意相信这点。不费心思去猜想自然会更让人放心。人们会说……”

“确切地讲，人们说什么？”

这一次我真的被激恼了。贝尔桑扎不再讲话，他双眉紧锁，似乎在思考一个复杂的问题。

“确切地说，您提的问题击中了要害，观察员先生。我也喜欢白纸黑字写清楚的事实。但是，当我着手写一篇报告时，却不知从何下手。您还没来得及弄个水落石出，传闻已立即变得面目全非，好像它们特别害怕被人领悟、让人核实，好像人们尤其害怕有人阻止它们传播，把它们扼杀在摇篮里，好像人们尤其害怕传闻在马雷马消踪绝迹。”贝尔桑扎撇撇嘴，表示厌烦和不屑一顾。

“……大事可以化小，如果人们愿意这样做的话。小事也可化了，至少几乎可以化为无。据说，法尔盖斯坦发生了巨大变化，某个人或者不如说某种力量已攫取了政权。在这一点上，大家意见完全一致。这个人……这种力量……这种变化……对奥尔塞纳绝不是吉兆。”

“全是无稽之谈！……算了，不谈了。真是一派胡言乱语。”

贝尔桑扎用挑战者的目光直视着我。

“我也倾向于和您一样认为，不过，我可以告诉您，虽然用有力的事实来证明这不过是谣传总比口头上揭露它们强，但是到头来，这同样无济于事。”

“您可以用官方的名义辟谣。”

“我考虑过……不过，请相信我，这样做为时已晚。这里孕育着火种。所有的东西对于它都是易燃品，辟谣反倒会有助于谣言的传播。问题只在于温度。”

“谈论谣言的是哪些人？”

“现在，所有的人都是。”贝尔桑扎压低声音说道，“起初，我觉得只是外地人。”话音刚落，他便立即更正，“我又忘了解释，在这里，‘外地人’指的是奥尔塞纳那里的人。当我们想知道谁在传谣时，总不能凭空猜测。这件事并不简单，您明白我的意思吗？事实上，这里的人们很少议论，简直是金口难开。确切地说，谣言是通过暗示或故意疏忽的方式传播的，全是些似是而非的东西。一切都隐隐约约，被包得严严实实，一切都可以归结为谣传，没有什么东西可以揭穿它们。好像话语，日常的话顽固地构成了一个模式，某事某物的模式，而这个模式却是看不见摸不着的。我表达得很不清楚。我再作一个比喻，您该熟悉传环游戏，大家围成一圈，双手合十放在丝绳上，什么也看不见，只有手是它的帮凶。小环在丝绳上不停地来回滑动、飞转，从不会在某一点停留，每一只手空空如也，同时每个温暖的掌心又都在迎接它，或已经接触过它。在马雷马，大家每天都在玩这样的游戏……”

“……不，辟谣是没有用的。”贝尔桑扎若有所思地总结说，“重要的是要剪断丝绳，但首先应该找到这根丝绳。”

“丝绳？”

“就是游戏环在上面滑动的丝绳。”

贝尔桑扎神情专注地微笑着，我一时没有开口，也笑不出来，这番话不像我预期的那样缺少条理。

“我明白了。即使找不到丝绳，有时也可以把它抓住。你们没有抓到任何人吗？”

“没有，正如我没有发表辟谣声明一样，理由是同样的。此外……”

贝尔桑扎审慎地扫视了一下整个客厅。

“……我在奥尔塞纳没有后台，也没有势力，那样做等于惹火烧身。”

我觉得我的声音有点颤抖。

“贝尔桑扎，我和您一样，也是为市政议会效力，我和奥尔塞纳一些人的关系仅具有次要性。因此，我希望您的话能说得明确一些。您是担心您调查的线索会使您谴责这里的某个人不成？”

“也许是的。”

“是感觉还是确信？”

贝尔桑扎的声音表明了他的坦率。

“只是感觉。我再说一遍，所有这一切不过是感觉。也许我不该说出来。说我一时情绪激动也是可能的。”

“我看不出这些事情有什么严重性。在马雷马，人们的生活太单调，兴许传谣是驱除无聊的一种良药。”

“但愿如此，观察员先生。”

他的声音恢复了毫无表情的官腔。我感到，我密切注视着的那条裂缝重又合拢了。

“您刚才讲过一句关于‘那边’所谓政变发动者的话，这使我感到惊异，不知它是否出于您的误会。您说到了‘某个人’或‘某种力量’……”

“是的，我没有误会。这里面有一种奇怪现象……”

贝尔桑扎似乎遇到了一种意想不到的阻力。

“……观察员先生，您会看清一切辟谣不过是无稽之谈。但是谣言看起来却具有免疫力，只要一产生，似乎任何有力的证据都无可奈何。‘政变’一词其实很不确切。依据传闻，‘那边’发生的一切都是暗中进行的，表面上看，一切如常。而传闻的作用恰恰在于通过强调这种表面平静来传播更加令人担忧的信息，人们从中可以清楚地看出有一种潜隐的势力，或者说一个目标过激而不可告人——尽管我们还不能准确说出这些目标是什么——的秘密组织已经控制了国家局势，攫取了政权，悄无声息地插手一切政府机构。”

“真是奇谈怪论！不管您怎么说，我想不会有人相信这是真的……”

“这听起来确实有点不可思议，但请允许我作一说明。刚才我说过沼泽热和高热病，热病产生了奇怪的后果。我曾有机会在奥尔塞纳对一些江湖医生，包括那些最无能的庸医，进行过一次调查。请相信我，在他们的病人中几乎总少不了市内名流和博学之士。我可以举出几个名字……”

我没有知道这些名字的必要，贝尔桑扎的语言中再次显露出令我不快的含沙射影的意味。

“在我们周围我没有见到病情严重的患者。”

贝尔桑扎若有所思地将目光投向人群，我一下子想到了马里诺。

“我也没有见到过重病人，可是……”

他神经质地向我靠拢过来：“……您看，观察员先生，我对这座城市了如指掌。在某种意义上，它始终保持着老样子。我擦亮眼睛，仍看不出任何变化，一切都在按部就班地进行着。然而，有些事情发生了变化，有些事情……”他的双目又一次闪过一丝茫然的神情。

“某些事情不太正常。”

贝尔桑扎慌乱的神情和言谈中透露出的忧虑令我焦躁不安。那次萨格拉之行突然迅速地闪现在我的脑际。

“不管怎么说，这是您的事。我不相信谣言会自行产生，我感兴趣的是它的根源。您自然会思忖过，在马雷马是否有人通过不同的途径在与法尔盖斯坦取得联系。”

贝尔桑扎显露出一副惊愕的神情，我突然强烈地意识到自己的失言。

“取得联系？……这不可能。”

我变得怒不可遏。

“这是不允许的。然而，不可能与不允许是两码事。”

贝尔桑扎的脸上显露出一种奇特的表情，这是一个人虽被触犯、被深深地刺伤，但出于礼貌并不去谴责对方时的表情。在他面前，我忽然感到自己是一个外乡人，为了**不失体统**，人们只能借助于哑剧式的模拟动作向他表明难以言明的礼节。

“这是完全不可能的，您看……”

贝尔桑扎咳嗽了一声，眼睛一眨不眨地望着我。

“……您比我更清楚，观察员先生，就凭您在海军指挥所任职这件事，对这方面进行任何调查对您会是种侮辱。”

“那么很抱歉，在这种情况下，我不明白您对我倾吐这些隐情到底有什么意义。”

贝尔桑扎恢复了社交界惯用的轻松口气，我再次感到，我们之间的关系又一次**断裂**了，而且这一次是彻底地断裂。这次谈话从头至尾，都是含糊其词，令人生疑。在我看来，他像一个令人恼火的身影在斗牛场上若隐若现，在一块红布后躲躲闪闪，直惹得人心烦意乱。

“好了！我们只是随便谈谈，可不是一场严肃的讨论。我再说一遍，它与军务无关。我本来想海军指挥所对这些无聊琐事不屑一顾，现在我更坚信不疑。就这么回事。”

晚会的喧嚣气氛已接近尾声。我不再去想贝尔桑扎的谈话，这些话与其说令我惊恐，倒不如说令我分心，他就像朝远处放了一枪的猎手，还没等枪声传来，已在你眼前不着边际地指手画脚了。人声嘈杂，在我听来无异于海潮无休止的涨落声。而我自己，则是它们心怀敌意的海岸。在这群人中间，我像个对接头暗语一无所知、完全不受欢迎的人，感到每个人都面带诘问，幸灾乐祸地打量着自己。在我看来贝尔桑扎低沉而阴郁的声音，仿佛减弱的灯光，冲淡了晚会的辉煌气氛。我该去找瓦内莎了。

离开嘈杂的人群和炫目的灯光，映入眼帘的官邸高处的长廊似乎早已酣然入睡。在我面前，石板铺地的走廊隐没在昏暗和静寂中。深蓝色的落地窗向环礁湖的方向敞开着，湖面不远的地方，露出水面的月牙形锚链在船尾摆动，就像月光在缓缓流淌。我凭倚在一扇打开的窗户上，夜空一片静谧，仿佛人们在那里竖起了一盏灯。在肉眼几乎看不到的地方，涌向沙滩的海浪扬起的淡淡的白色镶边依稀可辨，说明那里是环礁湖的航道入口处。反射在墙壁上的光环的微微摆动，交织在水面上的束束光线，以及沉睡在昏暗中的瞭望台（驾驶台或长廊）的宁静，超然于这片杂乱的动荡，令我回忆起在**威武号**上度过的那个夜晚，想到那不见灯光的夜航与巡查。而这座宫邸正在深夜守卫着昏昏欲睡的马雷马城。在这空旷而朦胧的夜色中，马里诺的汽车宛如一颗飞逝的微型星体奔驰在远处的公路上。

城内万籁俱寂，贝尔桑扎也已返回他传播高热病的住所。想起他称这座宫邸是那些捕风捉影的谣言的发源地时的窘态与含糊其词，我不禁笑了起来。我还想起瓦内莎在海军指挥所所作的带有讽刺意味的许诺，于是我便推开她的房间，由于神情紧张，我的手指在不住发抖。

瓦内莎的房间位于宫邸朝海面整个侧翼的顶端，相当宽阔，没有任何壁饰，窗户朝三个方向敞开，环礁湖微弱的潮涌声可穿过窗户进入室内。尽管房间只有一角之地暴露在微弱的灯光下，但我一进门，就感到东方地毯的绚丽和大理石墙壁的华贵都掩盖不住它内在的衰败。本来，人去楼空，这个房间已成为被人遗忘的角落，而今，重新在此栖身的主人却像蜷曲在一件宽大的衣衫里，并随着它一起飘动。房子中间空荡荡的，为数甚少的家具像是极不自在地堆放在巨型船舱里，在船的颠簸下，它们全都拘谨而胆怯地靠在墙边。

“今晚马里诺很早就离开了，他去海军指挥所有事吗？来，快坐下。别害怕。”瓦内莎边说边笑，因为我还在迟疑着不想穿过这空旷的房间。

我惶恐不安地在她对面坐下。她躺卧在低沙发上，由于灯光被罩住，她几乎处在阴影中。墙壁意外的回音令我十分尴尬，它与卧室内这盏罩灯，这些深陷而舒适的靠垫所形成的不确定的亲密气氛极不协调。置身于卧室这样闲适的房间，我精神倍感紧张，仿佛一座空落寂寥的舞台重压在自己的双肩。

“别担心，真的。马里诺长官的来来往往确实太让你关切了。”

瓦内莎显得有些怏怏不快。

“你没有讲，对吗？我是说，你去萨格拉废墟的事。”

“当然没有。你怎么会有这种念头！何况，我还希望我高尚的灵魂能得到回报呢。总之，刚才，你去海军指挥所时过于谨小慎微，我本会为此而生气的。”

瓦内莎的神态相当严肃。

“假如马里诺发现这只船，会给我带来许多麻烦的。”

“是一个重要的机密吗？”

瓦内莎忧心忡忡，赌气似的耸了耸肩。

“这不过是孩子游戏，可是马里诺会对此大不以为然。”

“在这方面他可能会有些道理，我觉得自己都看到了这只船在离萨格拉较远的地方航行。至少可以说，这种情况并不正常。”瓦内莎瞟了我一眼，与其说抱有警觉，不如说是出于好奇。

“那你当时对这件事是什么看法？”

“我告诉了马里诺。第二天夜晚我们出海巡航过，应该说，你挺走运，我们没有发现任何东西。”

瓦内莎低下了头。

“谁也没有禁止我们在海上游乐。这些规章简直是荒谬透顶。既然马雷马海岸是人们乐于光顾的地方，军方应睁只眼闭只眼才对，马里诺该明白这一点了。”

“你可以试着说服他。”

瓦内莎停了一会儿。她在用心寻找字眼。

“这个指挥官是我所尊重的一个人，但他并不那么精明。”

“他不至于糊涂到对这类消遣活动不宽宏大量。他是水手出身，也许最好还是直截了当，并且毫不故弄玄虚地告诉他这件事。”

瓦内莎微微皱了皱眉，神态严肃地望着我。

“我不太欣赏你情节剧式的含沙射影，阿尔多，你可能把马雷马看成一个走私巢穴了吧。”

“没有。”

这一次，是我盯着她的眼睛，我接着说道：“……但是，假如你想知道，那就是我至少将马雷马城看作一个出乎意料的能供人娱乐的逗留地。我想马里诺也会像我一样，想知道你来此地的真正意图。”

刹那间的沉默。在摆脱掉忧虑的同时，我突然意识到我的发问蕴含着多重的分量。瓦内莎没有说出她早有准备的揶揄话，而是将脸转向打开的窗户，以便避开我的视线。

“我来的意图？没有啊，我向你保证，阿尔多。在奥尔塞纳我真是烦透了，而这里有我们这座旧宫殿。于是我就来了，而且待的时间比我预想的更长，仅此而已。”

在她的话音中有一种带有一丝怀疑的坦诚，字字俱实，而这实情却像做梦者在追述他的梦境时所讲的那些情况一样。

“你觉得这些沙石那么有魅力？”

“我几乎从不去看沙石，几乎从不离开这里……”

瓦内莎向我转过身来，她语气平直，声音也不嘹亮，宛若不明不暗的饱含感情的窃窃私语。

“……我在等待着。”

“你是在跟我打哑谜，瓦内莎。你不能对我明讲吗？……”

我觉得自己的心被异样地搅动了，而且，我感到自己说话的语气不由自主地变得亲切和蔼起来，仿佛面对着病榻上的病人，而瓦内莎的声音则充满温存与信任，她倚靠在我身上。

“让别人理解并不那么容易，阿尔多。就要发生什么事，这一点我坚信不疑。事态不可能这样维持下去，我回过奥尔塞纳，你知道，我有很长时间不在这里。我见到了那些人，那些街道，那些房屋。我的确感到震惊，就像几年过后，我们再见到同一个人时，明显地发现他面孔阴沉，毫无血色。周围的人依然谈笑风生，忙忙碌碌，若无其事地来来去去，可实际上，总会有一个人能看清楚，看明白，并且感到孤独和恐惧。”

“不过，有时这个人也会对这一切逆来顺受。”

瓦内莎望着我，表示不同意。

“我并没有变化。你知道，我恨奥尔塞纳，恨它过于殷勤，才智横溢，恨它追求舒适，醉生梦死。但同时，我自己也生活在其中。我真害怕……”瓦内莎陷入了沉思。

“……你看，我的亲人在这座城市已经生活了很长时间。他们的利爪和尖齿嵌入了城市的肌肤，我头一次看到了末日，感到头晕目眩。这使我想到，一条小船也会吞噬掉一只苹果。我知道这只苹果不会永久存留。”

“你来马雷马就是为了思考这些问题？难道没有别的考虑吗？”

“我不明白你的意思。”

“在马雷马，似乎人们不只是在思考，而且还在议论，甚至可以说是众说纷纭。”

“刚才贝尔桑扎想找你讲话，我已经注意到了。不过我看你并没有忘记自己应尽的职责。”瓦内莎悻悻地说道，目光中带着嘲讽。

“贝尔桑扎对这里听任人们说长道短感到震惊。果真如此，那么他不无道理。你应该制止这种局面。”

瓦内莎的表情显得庄重起来。

“我对此无能为力，也不想横加干预。”

“你可要提防点，瓦内莎。贝尔桑扎起了疑心。说不定哪一天市政议会会对这些幼稚之举感兴趣。你知道，他很多疑。阿尔多布朗迪宫不是一个客栈，在别处被当作流言蜚语的言谈，在这里就会令人想到一些严重的问题。”

“你没有搞清楚，阿尔多。在这件事上，所有的人都是同谋。贝尔桑扎第一个禁止传播谣言，自己却又迫不及待地讲给你听。”

“但是归根结底，瓦内莎，这些传闻预示着什么呢？”

“我一无所知，而且也不想知道。我关心的不是传闻的背后……而是在传闻之前隐藏着什么。”

“传闻之前？如果我没有看错市政议会的话，它会对某些多嘴的家伙来一次大扫荡。”

瓦内莎移开了她微闭的眼睛。

“不会这样。你能明白我的意思的。夏天，马雷马的沙滩热浪逼人。有些日子空气凝滞沉重，在那儿，简直无法呼吸，人们喘不过气来。而在宁静的午后阳光普照时，人们会出其不意地发现，沙丘上会刮起一阵阵小龙卷风，一团团尘土被卷上天空，一簇簇小草骤然间随风飞舞，我们完全不明白其缘由。然而，在十米开外，人却什么也感觉不到，那里没有任何动静。这就像打喷嚏一样出人意料，不合时宜。继之而来的是暴风雨。对这怪诞的气流，人们尽可以付之一笑。然而，只有旋涡本身最清楚这是怎么一回事。它明白那是因为它自身在盘旋上升，使空气渐渐变得稀薄，而旋涡中心则成了真空，将无论什么东西都吸到其中了。”

“首先是那些轻率的、没有主见的人。”

瓦内莎嘲弄地笑了笑。

“听我说，我还没讲完我的故事呢，假如卵石也能思考，它们肯定会觉得尘埃无风自舞是多么荒唐。”

我笑了笑，尽管有点不快，还是强作笑颜。

“你这一句比喻很巧妙，你讲给马里诺听了吗？”

“马里诺在这件事上可比你认真。”

“你对他说过？”

“你错了，阿尔多。是他给我讲起过。我只不过向他通报了别人在这儿所说的话而已，他可以耐心地听我讲几个小时。”

“这不像他的作风。”

“他会再来的，你也会再来的，阿尔多。”

瓦内莎漫不经心地抚弄起她的腰带扣来。

“当然，瓦内莎。我相信我有必要把这件事搞个水落石出。”

我笑了。轻轻地，我将她的一只手抓住，放在自己的手里，瓦内莎没有拒绝。

“我认为马里诺来这里不是为了探听消息。我可以告诉你，他是来取他的毒品，他需要吸毒。毒品是从奥尔塞纳运来的，这你看见了。”

“你说的是哪种毒品？”

“同一种，与你在藏有好多海图的掩蔽所里要寻找的东西相同，阿尔多。指挥官并不知道他为什么要来马雷马，而我却可以告诉他。他来这里是因为他睡腻了，是因为一个人睡得太久时会在床上翻来覆去，想找一处不那么柔软、不那么凹陷的位置，还因为他需要隐隐约约地觉察：奥尔塞纳的水兵们并不是命中注定要永远跟种马铃薯打交道，这一点是他的生活所不可缺少的。”

瓦内莎不再吱声，房间又恢复了平静，而我则感到心被莫名其妙地揪紧了。我似乎又看到海军指挥所的围墙正热情地向冷清的旷野发出信号。我祈望这个声音马上停止，以便不再驱散过多的阴影。突然，我害怕起自己来了。

窗口传来微弱而低沉的海潮声，加剧了室内的沉寂，使我们身边这间空荡荡的卧室越发沉闷。我觉得这个房间还在被掏空，同时正重重地压在我肩头。我神经质地跳起来，奔向一扇打开的落地窗。月亮早已升起，水汽在环礁湖面上呈穹状升腾。密密麻麻挤在一起的马雷马的那些滨海建筑，有一部分也从夜色中隐约显出了它们月白色的侧影。客厅里的乐曲声已经消失，远处虽然还有喧哗声，石砌建筑物却不为之所动。沙滩呈箭形延伸，天际处是黑色的沙洲。正是涨潮时刻，滚滚海浪闪烁着雪团般的粼光，无节奏地扑向航道两岸，在静夜心脏急剧的跳动中，一切都像是在戏剧般地塌陷。沙滩上响起了重浊的咔嚓声。一片光芒四射的平静水面在我脚下这潭死水上伸展平铺，宛如神奇般地越出铺着地毯的楼梯的流苏。我感觉到什么东西轻轻地落在我的肩头，不必转身，我就知道那是瓦内莎的纤手。我站着一动不动，瓦内莎在触摸我的那只滚烫的手在颤抖，我明白她感到恐惧。

“来吧。”她用紧张的声音对我说，“夜风太凉了。”

我又回到那间昏暗的房间。我对面的墙壁似乎在环礁湖散射的亮光中晃来荡去。一幅我进门时由于背对着它而未能发现的肖像，如同一个在视力不及的远方清晰显现的黑影，立即强烈地吸引了我。它的不合时宜的出现和令人尴尬而措手不及的临近，使我迅即感到，它的突然显现是由于我在这片洒满月光的地面上心不在焉之故。尽管画面被阴影所包围，而且在昏暗中我只向它投出一瞥，但我清楚地意识到它是**未曾所见**的，这个念头促使我毫不迟疑地拿起灯，像要去抓获躲在门帘后的密探。我也一下子明白了，在从走进卧室直到和瓦内莎谈话的整个过程中，我感到不自在的缘由：在我们中间有第三者存在。在空空如也的墙壁上，画像双眼圆睁盯着窗外，宛如船长指挥着航船那样控制着这间房间，同时他的目光又在变换着角度不由自主地透过门窗，像是紧盯着远处的海面或积雪的山峰。

我熟悉这幅名画，它是隆格纳所作肖像画中的一幅。在这些画像中间，画家用兴高采烈的笔调来表现最为深重的忧虑，从中可见他技艺的高超，而且在他晚年的作品中，他笔下的人物常常目光斜视，微笑中透出不易觉察的迷茫。因此，有人推举他在八十高龄时为最高行政官奥尔塞奥洛所作的画像为最佳作品。

我经常被奥尔塞纳议院画廊那些古画仿制品所吸引，不由自主地在这些仿古画前驻足欣赏。为了诅咒敌人，古老的礼仪要求人们在叛徒面前不得脱帽，奥尔塞纳对自己因被一名叛徒出卖所饱受的灾难有着刻骨铭心的记忆。这幅画画的正是奥尔塞纳的叛徒皮尔罗·阿尔多布朗迪，他全力支持拉热的法尔盖斯坦要塞。肖像画恰恰表现了最猛烈的进攻场面。只是这一次，我面对的是这幅油画的真品，它新奇得如同剥掉面皮的肌肉的光泽，肆无忌惮地暴露在众目睽睽之下。这幅原作本身与它在市议会的仿制品给人的印象完全不同，就像本来那幅活生生的无皮骨架与丰满悦目的裸体画像一样大相径庭。

画面的远景上，唐格里火山林木茂盛的最后几处山坡朦朦胧胧地延伸至海边，朴素自然的等距射影从高处投下，削掉了山脉的顶峰，而山峰上圆形低丘的密集的线条显示出主体部分的庞大与逼近，像一只巨型魔掌变本加厉地钳住并且挤压着从画框到海边的区域。

濒海地区，错落有致的房屋和城墙在阳光明媚的午后熠熠生辉，宛如海面上升起的海市蜃楼。在晒台上忙碌的人们显得无精打采，路上行走的微小的人体夜游一般动作迟缓，整个拉热像刚刚被人从午休甜蜜的麻木状态中惊醒过来。旋形建筑上的厚密皮毛般的火焰给被困的城市镶上了一层花边。这幅表现屠杀场面的油画之所以给人难以言表的印象，在于隆格纳为这种泰然的残忍蒙上了一层极其自然而适意的色彩。拉热军队的焚毁行径恰似一朵盛开的鲜花，看不见痛苦，也看不见悲哀；它更像一场平静中迸发的火灾，或者像正在不动声色地吞噬着整座城市的贪婪的藤蔓，像一片火棘缠绕、覆盖着城市，像一朵多瓣的涡状的玫瑰花箍住聚集在花心的昆虫。奥尔塞纳的舰队绕城呈半圆形摆开，团团浓烟从海上升起，围成一堵宁静的烟墙。但是，它令人想起的远不只是大炮发出的尖厉的轰响，人们还会不由自主地想起某种景色如画、清晰可见的大灾大难和再次使熔岩从海里喷涌而出的唐格里火山。

残酷得近乎逼真的画面传递着战争的信息，这唯一的空间使那张带着令人难忘的微笑的脸庞显得更加完美。它像一只拳头从画布中伸出，似乎要使油画的近景黯然失色。指挥官皮尔罗·阿尔多布朗迪未戴头盔，身着黑色胸甲，肩佩红色肩带，手握权杖，这一切将他与这屠杀场面永远地联系起来了。但因转身背对着屠场，他的手势冲淡了这种景象。隐秘的幻觉表现在绷紧的脸上，成为超凡脱俗的**冷漠**的标志。他微闭着双目，奇异的目光发自内心深处，陷入了沉重的恍惚之中；风从比大海更远的某个地方吹来，扬起了他的环形卷发，使他那带着野性的贞洁的面庞容光焕发，而他那钢铁般的手臂则发着暗光，全神贯注地举得与脸齐平。他所戴的护手甲是用坚硬的明角质背甲制成，如同昆虫一样有着残忍而优雅的肢节，手指尖中间，他拿着一朵腥红色的鲜花，一朵作为奥尔塞纳市的象征的红玫瑰。他对枪炮声充耳不闻，正在将花朵揉烂，动作中现出他假意的慈悲和一半的爱怜，仿佛他要让自己歙动的鼻孔充满圣洁的香气。

卧室不复存在了。我的双眼牢牢地盯着这张脸庞。这副面孔从胸甲锋利的领口中伸出，像七头蛇[1]新出生的头那样磷光闪闪，又像黑色太阳那样令人炫目。它的光辉从遥远的无名彼岸升起，在我看来，恰如充满希望的昏暗的晨曦。

“这是皮尔罗·阿尔多布朗迪。”瓦内莎像在高声地自言自语，“你不知道这幅画的真迹就在马雷马吗？”

接着，她又改换了语气：“你喜欢它，对吗？这可真是一幅绝妙的杰作。在这里，人们时刻都能感到有一种目光在审视自己。”

---

① 七头蛇：希腊神话中的蛇，生有七头，斩断后仍能再次生出。

第六章　沙岸热浪

在我们的生活中，有这样幸运的早晨：它对我们不啻是一种警告，刚苏醒过来，一个深沉的音符宛如无所事事的闲逛一般慢慢吞吞地飘然而至，就像人们出远门时在家里磨磨蹭蹭收拾一件件熟悉的物品那样心烦意乱。在这早晨清新的空旷中，征兆比梦幻还丰富，有种像来自远方的警报一样的东西一直传遍我们全身，它也许是大街的石砖路上孤独的脚步声，也许是驱散最后的睡意的第一声微弱的鸟鸣，但这脚步声在灵魂深处唤起一种在空荡的教堂里激起的回响，这鸟鸣像是穿过辽阔的空间；寂静中我们侧耳倾听心灵的空茫，它所发出的只有大海的回音。我们的灵魂驱除了那些骚动及驻留其间的各种声响，一个最基本的音符独自欢快地奏响，显示出它的正确的功能。在我们追寻回来的生活内部节奏中，我们重新获得了力量和快乐，但有时，这个节奏音符过于低沉，它像一个散步者的脚步在洞穴中产生回响那样打动我们：仿佛在我们酣睡不醒时，一个缺口已被打开；在睡梦的驱使下，一堵新的墙壁已经倒塌；我们现在就应该像在一间熟悉的房间里那样长期生活下去，而房门却出人意料地开向一处洞穴。

翌日，就是在这种无缘无故的报警状态中，我在马雷马醒来了。环礁湖上的一切仍然在沉睡之中，整个城市像是出于对这座府邸睡意未消的敬意随之调整了它醒来的时刻。太阳用它那如同盐场景色一般令一切变得干燥的光线，烘烤着空荡荡的水道和死气沉沉的沙滩，使穷人聚居区窗口上晾晒的衣服闪着白光，微微作响。一条渔船在僻静的水面上悄悄地驶向航道。一阵嘈杂的说话声从瓦内莎的客厅中传来，由于距离较远显得模糊不清；那清晰但令人费解的声音和我夜里的睡梦交织在一起，和我那一晚在与贝尔桑扎的交谈中所预感到的远处滚滚而来的暴风雨的低吼声相会合。在马雷马，一清早人们已经在**议论纷纷**。此刻，在整个昏睡的城市里，在这阵悄声细语中，我感到手腕上跳动的有点微烧的脉搏正在苏醒。

我就要向女主人辞行了。在瓦内莎的府邸里已经有不少人，但当我把门推开时，呈现在我面前的仍像是寂静无声的波浪。我感到很不自在。尽管人们个个衣冠楚楚，笑容可掬，不眠之夜和强烈的灯光还是使他们的脸色显得格外难看。大清早已经坐满客人的客厅，给人的印象像是驻扎于旷野的营寨，客人们由于被各种不确定的威胁所困扰不得不保持高度警觉，仿佛是一群黎明时分刚抵达安全地带的难民。临行前，瓦内莎迅速把我拉到一旁说：

“明天我去奥尔塞纳……月底就可以回来。我一回来就等着你，阿尔多。只是下一次，你一大早就来这里。天一亮就来……”

她又压低声音补充说：

“我们要去很远的地方。”

“是去探险吗？”

“是，也不是。总而言之，我希望它会让你大吃一惊。我一回来就会通知你的。”

这种有点发烫的声音像是在对我**窃窃私语**，我有点窘迫，立刻想到了马里诺。

“我得跟指挥官打声招呼吗？”

瓦内莎显得怏怏不乐。

“只你一个人来。到时候你说在马雷马有事要干就行了。”

汽车被路上的事故耽搁了。当我在午休时分到达目的地时，在夏末烈日的淫威下，海军指挥所所有的门窗全都紧闭着，像是遭人遗弃一般。库棚里阵阵铁锤砸在石块上，掀起股股热浪，传向四面八方。我那间面朝蒸腾的荒地敞开着的房子实在无法歇息，于是我便躲进马里诺办公室旁边一间我有时在里面办事的凉爽的房间里：一些信件已经堆在那里等着我拆阅，我开始无精打采地分拣出几份公函。在死一般的寂静中，除了我的笔尖的沙沙声外，只有苍蝇的嗡嗡声。突然睡意向我袭来，我往一张行军床上一倒便呼呼大睡起来。

醒来时，我的脑袋昏昏沉沉。太阳光在红色方砖上只挪动了一点位置。隔壁房间里有人在说话。单调而平和的说话声同我一大早听到的谈话声十分相似，还未完全睡醒的我仿佛被引回清晨时分初醒时的情景，宛如这几个小时都是在断断续续的睡梦中度过的。我气恼地缩了缩身子，不相信再也无法重新入睡。然而，那声音仍轻轻地、不断地透过门缝溜进来，无尽无休，拖拉的语调像农民式的交谈那样平淡乏味。现在，我清楚地听出了这是马里诺的声音，他知道像演戏一样放慢叙述的方式，我感到好奇，试图寻觅它所表达的唯一富有巧妙的声调变化的莫测高深之处，可以大致猜出这一神秘交谈的主题。一定没有错：这是调皮的法布里齐奥平时爱模仿的语调，也就是马里诺在谈论《地租契约》时所使用的那种语气。指挥官沉重的脚步声不紧不慢地敲击着地板，这时门开了：

“噢！你醒来了，阿尔多。夜太短了，我看……”

马里诺眨了眨眼，目光并不狡黠。他像是忧心忡忡。

“……来帮我一下，我们遇到了些麻烦事。”

在指挥官的办公室里，贝波，一个为我们的农垦队提供粮食的分队负责人之一，不自然地拉了拉便帽的饰带。

马里诺用一种将信将疑的口吻对我说：

“你明白贝波刚才对我们所讲的话吗？奥尔特洛那边拒绝再与我们续签契约了。”

我抬起睡意惺忪的眼睛望着贝波。这的确是个令人十分沮丧而又不可思议的消息。奥尔特洛是西尔特最辽阔的地域之一，长期以来一直是海军指挥所最坚实的后盾。总之，这块因组织规模盛大的狩猎活动及其殷勤好客之举而在西尔特享有盛名的农场，就像马里诺的长子，是他引为骄傲的事情。他自诩为子孙满堂的族长，是这块荒芜土地的养育之父。多亏有了他，土地才得以生长，他对它倾注了全部心血并因此而洋洋自得。当他侃侃而谈时，仿佛这一切是他用自己的双手耕耘出来的一般。

“出什么事啦？”

马里诺瓮声瓮气地说：

“他会亲口告诉你的，见鬼。真是莫名其妙！”

贝波咳了几声，清了清嗓子，一副无精打采的样子。我明白了马里诺对他的接待冷若冰霜。

“指挥官不肯相信我，但他们确实让我转告，他们对我们干的活一点也不抱怨。他们反复强调的只是目前的形势。”

马里诺生气地打断他说：

“你在为自己辩护。什么形势！可这究竟意味着什么？我问你，到底发生了什么变化？”

“啊！指挥官，这件事！……他们说他们再也不能提前支付两年的工资。现在，他们再也不能够签订这么长时间的契约。”

“他们想卖掉土地吗？”

贝波紧紧抓住伸来的鱼竿，感到自己能有办法让马里诺高兴。

“不会的，指挥官。肯定不会！那是怎样的一块土地！他们刚刚修好路，去年还在沙丘上种了油橄榄树。”

“那么，你能告诉我，他们打算去哪儿找干活的人手吗？”

“指挥官，这……”

贝波的声音又变得可怜巴巴了。

“……他们说他们将设法解决。”

马里诺双眼盯着他，吼道：

“然而，这里面肯定有名堂。你一定干了什么蠢事，没有别的原因。”

贝波的眼泪在眼眶里打转，他哽咽着说：

“我向您发誓，指挥官！”

贝波突然引起了我的兴趣。他窘迫的声音让我想起在贝尔桑扎稍纵即逝的目光里所包含的什么东西。马里诺冷冰冰的怒气显然把他吓瘫了，我预感到他的话还没有说完，便用尽可能关切的口吻说：

“在谈到形势时，你没有猜到他们的言外之意吗？”

贝波像是抓到了一个救生圈，连忙对我说：

“观察员先生，我可说不清楚。您晓得他们都是些老家伙，说起话来含糊其词，躲躲闪闪，可以说他们知道一些情况，但是不愿说出来。”

贝波若有所思地皱起了眉头。

“……他们现在还难以预料，他们就是这么说的。”

“难以预料？”

“他们说会发生新情况，他们不能提前做好安排。”

“这是什么意思？”

马里诺的声音有点微微发颤。

“指挥官，新情况，指的是讨厌的事情，换句话说就是战争。这就是现在他们所说的一切。”

贝波再也说不下去，就像刚承认干了一种见不得人的事情一样难堪。片刻间，房间里出现了令人难堪的沉默。我试图掩饰自己的窘态，我身后马里诺的那双眼睛让我害怕。不过，他又充满自信地提高了声音，我很欣赏这一时刻他的应变能力。

“得了，卡尔洛老糊涂了。贝波，现在你走吧。我将去奥尔特洛处理这件事。”

贝波的离去使我只好留下独自面对指挥官。马里诺双手背在身后，全神贯注地踱来踱去。寂静变得令人窒息，我机械地打开窗户。下午结束时分空虚的烦恼恰如一股气息涌入室内。脚步声停止了，马里诺的声音从我身后响起，就像一个重伤员的说话声那样平缓。

“这可真是件麻烦事，阿尔多。”

我用一种尽可能超脱的神情耸了耸肩。

“我看这太不严肃了。卡尔洛会考虑的。我实在想不出来，奥尔特洛没有我们的人怎么能应付得过去。”

“你这样认为吗？”

突然感到如此地**受制于人**，他真的显得苍老了。对他那像一只手一样贴近我的气喘吁吁的声音，我不禁有些同情。

他继续用一种疲倦的声音自言自语道：

“……就是这件事令我担忧。他们可以说离不开我们，他们清楚这一点。”

“您应该去那里看看，他们只听您的。”

突然，我想让他离我而去，就像人们逃避病房那样。他只需我同意了。

“是的，你说得对。我马上就去……”

他欲言又止，神色犹豫：

“我想告诉你，阿尔多……”

他显得有些不知所措：

“……总之，这是你的事，你想怎么做就怎么做。刚才你也听贝波讲了。那里的事说不定也跟你有关。”

“我也这样想。”

马里诺像是如释重负。透过窗户，我的目光盯着他那匹在环礁湖堤边的坐骑看了一会儿：水面上倒映出马匹瘦长的身影，我好像感到环礁湖上的热气扑面而来。于是我几乎是跑进我的房间，一种莫名的兴奋使我的太阳穴紧得发涨。显而易见，马里诺已陷于困境。他匆忙离去以后，我想抓紧时间在他返回之前，给他出一道难题。

一小时后，在把信函封好之前，我重读了自己刚刚写好的给奥尔塞纳的报告。我把签了名的纸放在桌上，打开一点朝向荒原的窗户，要塞那拖得长长的影子已使荒野变得阴暗了一些，地里升起的凉气仿佛使我恢复了平静，我把额头贴在凉下来了的窗户玻璃上，第一次感到在我的狂热中注入了一种紧张的感觉。

报告本身写得无懈可击，用一种不能完全保持冷静的头脑再读一次时，我得虔诚地承认它是节制和明晰的化身。贝尔桑扎的话语毫不费力地又闪现在我的脑际，会面时最微小的细节和缄默都用一种奇特而灵活的方式忠实地记录了下来。然而，我有些局促不安，不是因为这份平凡报告的字里行间所包含的毫无伤害性的内容，而是由于我在草拟它时所保持的那种异常的从容自得的感觉。这种印象酷似一位久病初愈的演奏大师，他感到自己的手指已经完全不听指挥，这些手指正冲着它们所熟悉的乐器大发雷霆。海军指挥所的邮车在我的窗前停了下来，到了信件送出的时刻了。我匆忙封好信封，久久地目送在灰蒙蒙的天空下那辆邮车颠簸着，顺着环礁湖边的道路驰向马雷马。热气降下来了，傍晚时分的天空呈现出一片暗灰色，我感到自己像产妇那样无力和虚弱。

那天晚上，马里诺回来得很晚，在晚餐桌旁，我们对着已经喝干的酒杯等了他许久。在这昏暗的房间里，大家的闲聊不时被难以驱开的窘迫和寂静所打断，马里诺空空的座位前摆着一只斟得满满的酒杯，它像一件遭神灵拒绝的祭品，众人的目光不自觉地被它所吸引：他没有就座的那个地方，仿佛被从敞开着的窗户里潜入的空寂占领了。荒野上传来的他的马蹄声使我们活跃起来，餐室周围也荡起了一阵柔和的火焰般的波浪。马里诺一声不响地走了进来，一边用手机械地检查他制服上装的纽扣一边坐下。这是他特有的一种信号：我明白了谈判进展得并不顺利。我似乎感到灯光忽然暗淡了下来，同时太阳穴也轻轻地收缩了一下：显然将会发生某种事情。

那天晚上，晚餐很快就结束了。我的目光始终无法从指挥官身上移开。在他那慢腾腾的动作中流露出一种突如其来的极度的倦意。我注意到他呼吸十分吃力，似乎比平日更为频繁地在搜寻我的目光。他的眼睛像是在单独与我交谈，当他的目光和我的相遇时，刹那间，像是在对我拂去那笼罩着它们的沉重不堪的疲倦的雾霭。在这一片刻，我感到马里诺在犹豫，也感到一切为时已晚：法布里齐奥、罗贝托和乔瓦尼一个个都沉默不语了，一种完全的寂静在桌子周围慢慢地形成，在这种贪婪的寂静的吮吸中，消息已经透露了。

当我们单独在一起时，马里诺一边用粗鲁的动作点燃雪茄，一边在火柴亮光的映照下嘟哝说：

“你跟他们解释了吗，阿尔多？”

我用一种近乎刻薄的口气回答：

“你本来不是相信这件事情还有挽回的余地吗？……所以暂时我什么都没有讲。”

马里诺做了个听天由命的手势表示无能为力，但他猛然又抬起头来，用灰蓝的眼睛坚定地盯着前方。我再次注意到了马里诺那极少使用的藏而不露的奇特的权威，他一下子提高了嗓门，清晰而又平静地对大家说：

“我请你们所有人都多待一会儿。在指挥所出现了麻烦事，现在是该告诉你们的时候了……法布里齐奥，你关上窗户好吗。我们不需要被干扰。”

法布里齐奥站了起来，庄重的神情中带着几分戏谑，他具有机智应变的天才，宛如他的脸上被抹上了一缕阳光。指挥官在晚餐结束时常逗弄他取乐。

“指挥官，我唯命是从。我们可不是每天都出席军事会议啊！”

他的话音一落，餐室重新又突然陷入一片沉寂之中。马里诺的嘴角开始轻轻地颤抖起来。

“你这句话是多余的，你也实在太愚蠢了……”

法布里齐奥的脸唰的一下子变红了，他一声不响地溜到自己的座位上。寂静中，可以听到一两阵干咳声。

马里诺扼要地叙述了奥尔特洛方面的情况。他没有提到谣传的事情，也没有把中止合同的理由解释清楚，只是含混地应付了几句。从马里诺的口气中大家知道海军指挥所农垦支队的工作不是十分令人满意。我注意到他一边说话，一边在用敌意的几乎是挑衅的目光盯着我：他的声音与平时有所不同，这番话似乎是针对我讲的。马里诺明确无误地**提醒**我，他刚才用强调的语气一板一眼地说出来的话，是关于《地租契约》中止问题正式的、唯一宜于公开的解释。讲话结束时，他暗示说当天下午他就相信从此以后所有的谈判都将是徒劳的。他的发言既出乎意料又言简意赅；马里诺显然不想看到人们脸上那种惊愕的表情，他迫不及待地要让事情全部了结。

“现在是该考虑下一步做什么的时候了……”

他突然抬起头来，仿佛把这件事**一笔勾销**，使我们感到没有必要继续议论。

罗贝托一个劲地猛吸雪茄，眼睛一动不动地望着窗外。天黑得伸手不见五指。对面要塞模糊的躯体披着黑纱，它在渐渐扩大，仿佛在把周围的夜雾吸个干净。

“指挥官，我们在奥尔特洛原有多少人？”

“八十个……八十二个，包括贝波和马利奥在内。”

“不可能考虑把他们转往别的农场吗？”

法布里齐奥用手做了个怯生生的手势要求发言。马里诺用下巴做了个懊恼的动作示意他讲话。

“我看这很难办到。指挥官，昨天为了办理结账的事我去过格隆佐。我从来没有把这件事放在心上。可是，他们也说明年要把我们的人退回来。”

乔瓦尼轻轻地眨了眨眼：

“这可真奇怪。”

大家你看我，我看你，像是在征询对方的回答，可谁也不愿开口。房间渐渐变得漆黑一团，所有的人都第一次感到一种不安的气氛伴随着一动不动的夜色溜进了餐室。

马里诺重又用一种干巴巴的声音打破了沉寂。

“问题不在这里。无论如何，应该考虑给这些可以支配的人派上用场。从明天起，他们就要由我们负担了。而奥尔塞纳又不允许我们白白养活他们……罗贝托，我看你好像有什么妙计。”

马里诺的声音缓和下来，他在寻找支持者。罗贝托是指挥所的一名元老，指挥官喜欢他那思考缓慢、深沉，在保持戒备状态的静夜中养成的近乎麻木的头脑，它给他以保证，使他的镇定有所依托。

“也许有，我寻思，无论如何，只要我们愿意，这里并不缺少活干。”

他又补充说：

“我是说，就在海军指挥所。”

罗贝托的语气越来越肯定，好像他相信自己的话千真万确，反映了最合乎情理的事实。

“在指挥所。”

他重复了一遍，用手指了指窗外。

“你们不觉得这座建筑不再是我们的荣誉的象征了吗？它完全倒塌了……我们的人这些年来一直是耕作能手……他们同样也能成为泥瓦匠……”

“你想整修要塞？”

马里诺的话音里突然冒出一个难以控制的颤动的尖音，尽管他一下子收缩嗓门想把它截住，但是内心的恐惧已暴露得一览无余。平时感情不轻易外露的罗贝托领会到了马里诺的不安，刹那间他愣住了。

“整修？这话说得过头了。那是项大工程。我们无能为力。不过，我们可以清扫它。这可是一座了不起的建筑啊！”

罗贝托又把目光重新投向窗外，他接着说：

“现在它甚至没有人样了。荆棘、丛林，就是这副模样。”

一阵热烈的赞同声浪暗暗地席卷着餐室，所有人的眼睛都发亮了。罗贝托笨拙的言辞融化了凝滞的气氛。

乔瓦尼诙谐地插嘴说：

“是的，真让人晦气。这座废墟总是让人感到我们的位置不在这里。生活在这堆瓦砾中，我们不能正儿八经地生活……要是这样，还不如到沙格拉的大街上搭个草棚，去干发掘古迹的行当哩！”

“指挥官，相信我，把奥尔特洛支队的人马交给我吧。”

法布里齐奥异常激动地站了起来。

“……只要两个月，我向您保证，会有一座崭新的要塞，所有的大炮都会擦得锃亮。”

果然不出所料：在指挥所刮起了一阵小小的旋风，在人们的内心深处触发了一场真正的骚动。马里诺疑惑的目光从一张脸移到另一张脸上，在这股骤然苏醒的潜能前，在众多声音交替的冲击下，他稀里糊涂地顺从了——他已经从**拖后腿**转到了进行绝望防卫的立场。他深深地吸着气，垂下眼睛盯着桌面，在慢吞吞地斟酌词语。

“这些想法当然很好，但有些不切实际。要塞已改变了用场，市政议会不会给这项毫无用处的工程拨出经费的。”

大伙儿的脸突然间都绷紧了，一个个表示反对，马里诺的反驳来得太晚了。一线微光从半敞开的门缝中照进来，而门后面一些人正在用肩膀使劲地把它挤开。

“假如我们算算账，所有的账，我想不如说，奥尔塞纳还欠您的账吧？”

“这只涉及保养工程，这个项目是有拨款的。”

“您已经够给他们节约的了，长官。要塞上毕竟还有武器，市政议会总得给自己装装门面吧？”

由于自尊心受到伤害，人们不约而同发出的赞同声使这一阵嘟哝突然变得有点滑稽可笑。马里诺吊起眼角瞄了瞄我。我抱着类似赌客的那种既冷静又兴奋的心情观察着这场看来有舞弊行径的纸牌游戏。马里诺单枪匹马地应付着局面，但他也不安分守己，同样在玩牌上要弄花招。

“先生们！……先生们！……”

马里诺猛地敲了一下桌子，使餐室恢复了平静。

“我看你们都有点走火了。奥尔塞纳在看着我们，听着我们哩。”

他一边补充说，一边向我投来捉摸不定的一瞥……

“我提醒你们不要忘记。阿尔多是我们的朋友，但你们说话也应有个分寸。我看他也太沉默了。”

我揪心似的感到马里诺在玩他的最后一张牌。我站了起来，脸色有点苍白。我将再次背叛他。

“我认为罗贝托的建议是合情合理的。无论如何，原来被安置在奥尔特洛的那批人员将要由我们来负担。只要我们安排得当，奥尔塞纳是没有理由反对我们的。”

我看到马里诺眼睛一亮，他猛地站了起来。

“好啦，法布里齐奥，我给你全权！明天我就和你一起去看看要塞。”

他迈开那守夜者的沉重步伐离房而去，不过，在门槛处又犹豫地停了下来，他用手做了个手势想说什么，但很快又放下了。他把头比以往任何时候都更深地缩进脖子里，目光一下子也变得黯然无光了。突然，那天夜晚他在海图室里提着灯笼的那副样子又浮现在我眼前。他悲伤地摇了摇头，动作像老年人一样懈怠。

“这些变化非同小可……”

大家都惊讶地抬起头来，但马里诺的话却没有说完，他仍然机械地摇着头，并且把目光漫无目的地重新奇怪地转向室内，就像一个无望的病人那样茫然不知所措，他那黑色的肌肤早已对他提出了严重警告。他压了压军帽，拖着沉重的脚步走了。

从那天起，指挥官身上发生了明显的变化。某种东西甚至动摇了他生活中根深蒂固的因素。当他在进餐前脱去那件沉重的大衣时，他的身体像是在日渐枯竭、消瘦。每天早晨，他的影子都镶嵌在走廊尽头他那间鸦雀无声的办公室内，这条走廊仿佛在为他驱魔，保护他逃避时光，而他就像在石砌的交通壕里用细带条紧紧裹着的体现着永恒的一具木乃伊。现在他的面孔看起来相当可怕，在那神不守舍的表情中呈现出来的是一种凄凉的木然的苏醒，在那含羞草一样的神经质的静止中，面部的每个线条都在不可思议、不由自主地收缩，好像它们只是用来拓宽和加深听觉的剧烈震颤。他的双肩几乎合拢在一起，身躯也显得比以往更沉重，更加毫无生气，全副骨架像是堆叠起来的一般。表面上，工作仍在一如既往地进行着。早上，一大堆公函摞在马里诺办公桌的左边，到了下午，这些文件又都重新叠放到了右边，它们就像人们所转的沙时计一样记录着海军指挥所度过的这些平淡无奇的时日本身。一双手虽还是那般勤勉，但指挥官的面孔却像脱离了身躯似的不由自主地不断抽搐着、哆嗦着。马里诺在倾听。要塞惊醒了，摇撼了。现在，从早到晚，从它的深处传来的长筒靴发出的沉重声响像一阵阵剧痛和叮咬骚扰着他。即使在大白天，他的眼睛也像被驱逐出洞穴的鼹鼠一样毫不透光。当我在他身旁，在他的办公桌前工作时，我会情不自禁地抬起双眼偷偷地打量他那副面孔，他那突然发作的令人惊恐的兽性的表情使我不禁微微一颤。马里诺的确老了，然而，这种兽性并不是衰老造成的。这种兽性和智能相比似乎有所退化，因为它只是生存在更深的层次中，确切地说，它使我想起兽性的人在全神贯注时那种既机敏又愚蠢的神态，有时还让我想起由发自生命深层的疑问所引起的那种令人困惑不解的神情：一如医生听诊时的困惑神情；又如孕妇窥视自己孕体时的羞涩情景；或如在温暖的夜晚，出于本能动物察觉到台风或海啸的来临。在这种几乎是被冻结的紧张状态下，我们预感到注目凝视是一种犯渎圣罪的行为。一种本能警告我们：在我们面前，每一秒钟都试图更深地藏匿起来的那种思想，正在危险地靠拢那些不容接近的中心，在那里，什么东西正在活动着。所以，对我来说，马里诺脸上一个细小皱纹的出现，都像是突然平衡了他身上某种严重的紧张因素。我慌忙移开目光，感到自己的心跳得更快了。

指挥所毕竟从酣睡中醒来了，现在，尽管冬眠时节已经来临，但是在小港口的河堤上，在炮台的垒道上，在茫茫荒原上，异乎寻常的沸腾驱走了沉寂，只是由于气候原因在西尔特形成了午休习惯，这时才有片刻的寂静。在很长时间已经改变了用途的、几乎要倒塌的建筑物里安顿不下从奥尔特洛撤回来的人员，法布里齐奥便让人清除了要塞后面荒地上的一部分荆棘，帐篷一字排开地搭了起来，晚炊时燃起的整齐的篝火构成了在海军指挥所人们所能看到的一切事物中最正规化、军事化的标志。马里诺用蔑视的口气把这些帐篷称为“大篷车”，对它们一点也不感兴趣。他跟法布里齐奥谈到这些“难民”时所用的讽刺口吻，相当明显地流露出这支不大受欢迎又引起他痛苦回忆的“援军”，对他来说仍然是一种包袱。但是这种不断的枪支的碰撞声，金属的叮当声和人们的高声叫喊会合而成的忙乱的搬动场面，这种重新适应在旷野上高声喧哗的嘈杂声反而使我们感到高兴。这儿成了海军指挥所最富有旺盛生命力的地方。在废墟的斜坡上突然冒出来这个营寨，就像在荒原上出人意料地长出的一棵充满活力的茁壮的树木。所有这些看来短暂的景色都在呼唤着未来。晚餐结束后，我们的脚步会不由自主地把我们带到那片荒野。黑暗中，篝火熄灭后还闪着微红火光的余烬散出的烟气，与过早笼罩在环礁湖上的雾气混杂在一起。夜幕中，在那些看不见的帐篷周围，欢快的高声叫喊在空气中注入了一个意外的、既粗野而又自由的音符，就像飘荡在聚集在一起的人群或即将启航的船只中人们所能听到的那样。我们突然体验到身上有一种探险般的微醉感。马里诺没有说错：这些变化非同小可。就像一棵把根扎向四面八方的小树，这个杂乱无章而又充满活力的细胞体向指挥所这架虫蛀的昏昏沉沉的机器展开了**冲击**，从四面八方拖曳着它，人们可以察觉它敲击指挥官麻木状态的咔嚓声。每天都有意想不到的新问题亟待处理：需要派人去马雷马采购营寨原材料，食品短缺和工具不足都使法布里齐奥大发雷霆。他突然意识到自己的重要性。事实上，这些问题都是微不足道的，但每个人都围绕着这些问题大显身手，对分外的工作十分关切，他们那过剩的热情中渗入了一种纯粹的参与兴致和游戏般的美好愿望，这一切日益明显地表明海军指挥所已为一种**狂热的需要**所吞噬。现在，在要塞里人们进午、晚餐时，都在轻声谈论计划、决定和预算数字，讨论后勤服务方面的问题，这些都让疲倦不堪的马里诺不时地摇头，他那机械的动作像是用手在驱赶成群的苍蝇。有时，在一些太热闹的晚餐结束时，他就在餐桌旁轻轻地打起盹来，也许他是在装样子——至少我怀疑这一点——这种半睡眠状态掩护了他，帮他重新找到那些隐藏着一目了然的面孔的阴暗角落。人们对他仍然深怀敬意，他过去一直知道如何指挥，然而，目前他在处理公务时那种有意识的、经过充分推敲的慢条斯理的作风必然影响工程的顺利进行，人们由此而产生的某些难以克制的不耐烦的迹象自然会不时地流露出来：指挥所急剧加快的生活节奏犹如海浪把什么东西卷回沙滩一样将他排斥在外，而他对此则听之任之，他这样做或许是为了积蓄力量以便应付未来的局势。我注意到在公务的正常秩序中经常会出现类似的**短路**现象，使人们产生他有一种袖手旁观的感觉。因此，负责整修要塞的法布里齐奥要解决工具供应问题，就得直接和管理原材料的乔瓦尼打交道。几乎每天晚上，法布里齐奥他们都会聚集在饭桌的尽头悄声交谈：马里诺并没有被蒙在鼓里，他用似醒似睡的神情向我眨眨眼，撇撇嘴，有时甚至把我看成他的讽刺眼光的见证人，让我看到他对这种狂热，对这种如此复杂、如此异乎寻常的事情竟会这般神速完成的奇迹所表现出来的异常惊讶的神情。在这些时刻，他眼里充满了深奥莫测的狡诈，含蓄的目光使我难以揣度，然而这种眼神所包含的默示或许还会使他本人感到诧异，因为他的目光并不对着我们当中的某一个人，甚至有时也不像是属于马里诺的，而是像受到别人的支配。事实上，这种略带冷酷的微笑与他的本性完全格格不入，仿佛某种老得要命、硬得出奇的东西替代了他貌合神离的眨眼，在他那突然失去年龄标志的眼皮缝隙中，那突如其来、冷若冰霜的反应就像令我周身寒彻的大笑一样。

海军指挥所像是摆脱了忧愁。法布里齐奥的工作无可指责。他完全进入了角色，从那些怎么也没有料到他们有朝一日会离开农场的马厩和烂草堆的水兵身上，他发现了一种热情洋溢的亢奋，一种人们在幸免于难的人身上看到的近乎狂喜的激动。承担危险工程的班组拒绝了许多心血来潮的自愿者，这些自告奋勇的水兵们仿佛突然回忆起了自己与桅杆打交道的那些岁月。有一段时间里，工地上就像是有一群猴子跳跃着攀上了这座高耸的废墟，因为法布里齐奥现在担心在西尔特封港季节到来以后，多雨的天气接踵而至，便忙着抢修上面的平台和堞道，以免像从前那样，雨水会像瀑布一般从那里通过张开的裂缝直泻而下，淹没整个掩蔽所，而把内部的维修工作留待以后坏天气所强加的无尽的幽禁时日去完成。几天工夫，要塞就被整饬一新，一下子就改变了模样。日复一日，要塞在脱去它那破旧的衣裳后显露出了健美的身躯，在其静止的、简朴的姿态和手势中熠熠发亮，就像在平静的水边竖起了一座赤裸、坚硬、悲剧式的雕像。它尖尖的脊梁伸向空旷的四面八方。望着它脱离其粗糙外表而逐渐显露出真容，我们就像是目睹一尊雕像的发掘，使我们突然发觉指挥所的空气重又变得畅通无阻。那些严阵以待而从未经受过炮火洗礼的高高的墙堞像是在呼唤外海的风来涤荡它们。从早到晚，狂迷的眼光死死盯着它们那轮廓分明的身影，就像舌头触在一颗刚被打碎的牙齿的断口上。这种无足轻重的变化竟然引起如此巨大的骚动，甚至改变了我们的口味和所呼吸的空气的气味，让我们的血液流得更快，这真是不可思议，然而，我的感受确实就是如此：现在要塞就在我们中间生长，宛如一颗新牙在阵阵刺痛我们，安逸一去不复返了。它矗立在那里，成为令人不安的象征本身，这种不安经久不绝，颐指气使，引起混乱，令人百思不解，像一个小针尖轻轻地、不断地刺破伤口，一阵极细微的刺激就会引起神经末梢极大的疼痛。

尽管海军指挥所的管理和内勤工作与我并无直接联系，我还是被卷进了这一新的活动的旋涡之中，我去海图室的次数减少了。这里已不再是万籁无声的会集地，以往，它那地下墓穴般冰冷腐烂的气息曾使我感到窒息。消除了积垢的窗户在黑漆的桌子上反射出更加明亮的亮光，有时，随着时间推移而缓慢转动的阳光会射出一束光柱，把空气中的尘埃照得透亮，犹如一指粗的灯光掠过一堆凌乱的海图。阴影下，在睡意未消的摸索中，一个陌生的地名或一个未知坡岸的轮廓顿时闪现出来。挖土的士兵从一个炮眼跳到另一个炮眼，他们的呼喊声在内院深处久久回荡，有时他们的身影像中国皮影戏中的人物造型一样突然出现在玻璃窗上。这些叫喊、吆喝和亢奋不已的乱哄哄的声响，一直深入到这座在灰尘盏罩下沉睡、与世隔绝、处于隐退状态的建筑物内部，并且展现出它们那出人意料的生动的一面；就像一幅在一间黑屋深处绘出的风景画失去了它闪烁生活气息的光彩，但反过来它却给眼睛提供了一种矿物质般的宁静，似乎在这种凝重中，微妙地在众多事物中筛选出一种能够反映宁静和安逸的灰色梦境般的深层的东西——仿佛噪声和其他音响在其中渐渐清晰起来，就像经过一件雪衣过滤了似的，在这里，它们失去了日常的意义，变成可以谛听到的一种回归的生活深沉而又模糊的喧哗，因此，这些由劳动者和工具所发出的熟悉的声响在这汇拢来的半阴暗的深处回荡，更像是这座废墟霎时间成了一群候鸟的战利品，它们绵延不绝，极具寓意，仿佛属于它们的时光已经来临，仿佛这是它们的秘密季节，一个与冬眠的临近大相径庭的季节，在岁月的尘埃中长久孵化出来的季节，它终于在要塞破壳而出，像使它解冻一样给它带来了生机。

现在，法布里齐奥谈起“他的”要塞时就像它是由他亲手建造起来似的。说真的，他对其他话题已不再发生兴趣。要塞就像大孩子手中的一件大玩具，在他的头脑里出现的与此有关的各种奇思异想不时地令人感到焦虑，因为他的确有“说干就干”的劲头；他具有立刻把他的那些最离奇古怪的迷恋传染给他的部下的天赋，这些人尽管头天晚上对第二天要做什么一无所知，但他的那些即兴的、怪诞的计划随时都能产生强大的吸引力，使他们对其他事物不再感兴趣。看上去这些断续进行的工程让他回想起海上那种随机应变的生活方式；在他的队伍中一种越来越瞧不起正规编制的军营生活的团体精神在蔓延，指挥官每天都收到水兵们要求加入施工队的申请书。这些尤其让马里诺头痛的报告纷至沓来，那些志愿人员胆子越大，他越是感到讨厌。

指挥官有时气恼地嘟哝说：

“让这个建筑物见鬼去吧！这真是自找麻烦！法布里齐奥煽动我们所有的人员改行。他在给我瓦解指挥所的士气哩……”

对他那痛惜的、阴沉的目光，我唯恐流露出讥讽的神情。不过，他也只是发发牢骚而已。马里诺为了言而有信，采取了一种克制态度。久而久之，我对此感到莫名惊诧：法布里齐奥可以为所欲为，而指挥官对工程则不再干预。

晚餐后散步归来时，经过堞道已成了我们的习惯。一天晚上，在巡查道上，有着满脑子想法的法布里齐奥向我们讲述了第二天的工程，那神态就像战场上的指挥官。他把我拉到一旁，双眼比平时更加炯炯有神。

"马里诺给了我全权。他没想到他的话果真应验了。他要去奥尔塞纳待上几天。等他回来时，我会让他大吃一惊的。"

"出乎我们大家所料的事可真不少，法布里齐奥，你可真发挥了超水平。"

"你这是在取笑我。不过，这一回，马里诺可真要大吃一惊喽。"

"你想要什么花招？是把它摆在空中花园，还是扔进环礁湖里？"

法布里齐奥把手搭在我的肩上，用自信和在行的表情眯起眼打量着要塞。他用一种谦逊的口气说：

"像这样，它挺不错了，这一点我承认。可它还缺少艺术色彩。你，你会理解我的。它已经擦拭一新了，一点不错，但充其量这只能算一个黑色的石头古董。现在，你来瞧这个。"

他从墙角下抬起一块崩落下来的布满黑色污垢的石块，石块上新的裂口处有一个闪亮的水晶般的斑点。

"一块神奇的石头，它闪闪发光！……你瞧，多像花岗岩圆锥。这上面有三个世纪的锈垢，这是饱经沧桑的积淀。我要擦刮它，洗刷它，去掉绿锈。半个月以后，我会把一座耀眼夺目的崭新要塞当作礼物送给马里诺。它将是我的杰作！"

他用一种飘飘然的口气补充说：

“你认为他会大吃一惊吗？……”

马里诺推迟归期使事情变得容易许多。仿佛一座堤坝被炸开了。在一种长期受压抑的青春浪潮的冲击下，指挥所从没有像现在这样意气风发。对于这项违禁工程，法布里齐奥不缺少同谋，他可以随心所欲地抽调预备队以供驱使。指挥所全部人马都在墙垛边一字排开，就像一群白蚁在巢边列队；要塞终日都在嗡嗡作响，直至朗朗的夜色降临。人们这种有一点近乎疯狂的狂热劲就像是在准备一个盛大的节日。

当奥尔塞纳的邮车很晚才把马里诺带回来时，夜幕已经低垂，指挥官看上去忧心忡忡。几个星期以来他一直故意疏远我们，我似乎觉察到那挂在他脸上的忧郁梦幻和无动于衷的阴霾变得更加沉重了，人也变得更难于接近。人们几乎是习以为常地向他提出与奥尔塞纳有关的种种问题，而他的回答却越来越简单，越来越漫不经心。我开始真的担心法布里齐奥是否能够激起他所期待的指挥官的热情。晚餐还没有结束，月亮就升起来了。马里诺刚一点燃烟斗，一直在暗暗窥视着窗户的法布里齐奥就装出一副若无其事的神情，领上这一小帮人开始了傍晚的散步。

尽管篝火已经熄灭，静夜中一种夹杂着谈笑的嘈杂声还是从营地方向传来，随着我们穿过沉睡的荒地，噪音渐渐消失，环礁湖的呼吸减轻了许多，并且变得开阔起来。我们绕过指挥楼的翼角，突然，一个令人炫目的东西惊得我们在原地愣住了。一个从未见过而又期待已久的东西，就像一头一动不动、硕大无比的怪物，经过徒劳无益的潜伏，从它那有标志的地方，在长久的等待之后一下子冒了出来。它像一种在黑暗的环礁湖畔被孵了许久的东西，最后终于不声不响地破壳而出，仿佛是幽暗的巨卵所孵化的产物：这就是呈现在我们面前的要塞。

月光垂直地照着平台和要塞高耸的部分，使沟渠和墙根沉浸在透明的阴影中，把建筑物和地面截然分开，像是为了减轻它的负担把它轻轻地吹向高空，被月光镶上了一层银边的环礁湖畔则成了要塞的泊锚地。蓦然间，它好像被一种流体所推动而漂浮起来，在由一艘抛锚的军舰自在地上下起伏所组成的景色的惰性中，这种流体使要塞获得了生命。就这样，它在梦一般的静滞中被惊呆了，我们不妨认为它是在无拘无束地抖动身躯，宛如夜晚我们在林间空地上玩静悄悄的游戏一般。就像第一场白雪用最庄严的手指去触摸高山之巅那样，建筑物虚幻的白色外表神秘地把它献给了要塞，并且用一种颤动着飘向月空的青烟缭绕着它，用燃烧着的木炭的炽热烘托着它。

罗贝托打破了延续了许久的沉默，说：

“这是个幽灵幻影，一个披着裹尸布的鬼怪。”

乔瓦尼接着说：

“你这话对法布里齐奥可大为不恭。不如说，是它的结婚礼服。”

大家突然又都缄默不语了，我们似乎感到，这个晴朗夜晚的全部寒气都落到了我们身上。

第七章　维扎诺岛

第二天清晨，我刚踏进马里诺的门槛，他就用一种粗暴的口吻对我说：

“我这儿有你的信件，看来上司对我们一直都很留意。”

尽管他竭力装出漫不经心的样子，在他声音中仍有一种焦急的疑问。他递给我两封盖了戳的信封。我认出了在奥尔塞纳管理高级警察事务部门的督察委员会的邮签——这预示着事件的严重性。我一言不发地接过马里诺递来的信函，等只剩下我独自一人时再把它们拆开。

我很不习惯市政议会管理机构那种行政风格，读完第一篇冗长而又累赘的训令式文件，我的头一个印象就是呈现在我眼前的是一份支离破碎的档案资料，它那种令人费解的经常带有影射成分的措辞属于众所周知的信息游戏，使人读后不知所云。孤立地看，这篇文章的每个字眼都一目了然，然而对其整体意义我却理不出头绪。在一些措辞表达得不够贴切的句子里，从那些人们最意想不到的咬文嚼字的语言堆砌中，我预感到了作者东一处、西一处所使用的表面上十分平庸而却有言外之意的词语，虽然确实切合他的意思，但与我所理解的可能迥然相异。现在，我回想起了我们以前一道就读于外交法律学院时，奥尔朗多对我所讲的话。我曾认为那是些极富浪漫色彩的话语，它们涉及奥尔塞纳所特有的**神秘特征**。在奥尔朗多看来，几个世纪完整的政治稳定状态使奥尔塞纳拥有一段非常难得的体验，也就是一段类似漫长而又巧妙的积淀过程的经历。久而久之，国家重大事务的控制权便落入屈指可数的几家贵族手中，这种持续不断的世袭垄断，就像一种缓慢的化学反应作用，使那些易于消逝的成分在看不出其生成年代的沼泽内部积淀，这个沼泽不是别的而是城市本身。尽管如此，在奥尔朗多相当晦涩的语言中令我吃惊的是，他远没有把这种活性成分即生命根源的缓慢体现看作使贵族的权利合法化的势力和意识的表现，而他在其中却发现了一种高度危险且可疑的反应，好像是在奥尔塞纳的登峰造极的苛刻管辖之下又产生了更尖锐的意识，伴随着高度智慧的政治精华，一种解体的潜在危险在蔓延。在奥尔朗多看来，某些有头脑的人——他们属于城市共和国最古老的家族——在奥尔塞纳，从其生活的深层因素，从其前途中形成的思想，这些人们能不断发现的形形色色的思想——它们并不存在于享有荣誉的高层官员之中，而是存在于一些表面上是次要的，但实际上却是真正控制着这架沉重的政治机构的部门中——久而久之，对于公众来说，这种思想也就变成了根本不可理解的东西，就像深不可测的海洋世界对那些生活在半透明的海水中的水族同样是不可理解的一样。他还声称：对于一个有远见卓识的人来说，奥尔塞纳的生活结构长期以来与一棵树的根和叶的结构迥然不同。他常对我讲："树叶是大树的美丽外表，是其生命的迸发和大量支出——它白天呼吸，能感知极弱的微风的吹动，根据它每时每刻从阳光和空气中领悟到的微妙感觉，它指引着树干的生长方向。然而，大树的真谛也许深深地隐藏在充满营养的黑暗和它的根部盲目的吮吸之中。奥尔塞纳就是这样一棵高大而又古老的树木，它把根深深地扎入地下。你知道在我们西尔特，树木为什么不能长大吗？三月以后，春天在此地像狂风似的席卷而过，一切都以无与伦比的速度溶解。绿色就像起义者高擎的旗帜一般招展，就像一个婴儿抓住奶头一样吮吸活力——但解冻没有触及土地的深层，树根仍在冰块中沉睡，纤维断了，树木在繁花盛开的草原上枯萎。我不喜欢奥尔塞纳那种不乏生机的衰老，而这种勃勃生机偏偏出现在城市不应暴露其过于旺盛的活力的时期，我更不喜欢那些阻碍奥尔塞纳昏睡的因素。”在我们最后的一次谈话中，他明显地影射那伙具有清醒头脑和冒险精神的集团对奥尔塞纳的攫取，让我领悟到他的言外之意，是在参议院进行最后一批任命之后，在公众不明真相的情况下，在他看来，这种攫取正在以一种令人焦急的方式加速进行。他又补充解释说：“就像城市上空笼罩着一层阴影。”然而，老阿尔多布朗迪的归来标志着在奥尔塞纳敏锐的观察人士所推测的这种平衡已经发生重大变化。这使我更加注意奥尔朗多阴郁的目光——尤其是没有发生人们所期待的他的出现所引起的政治风波，这表明了一种长期酝酿和由此引起的各个权力等级进行合谋所运用的高度技巧。奥尔朗多的暗示在我身上悄悄地起着作用，现在我像一位在岔路口面对难以分辨的动物足迹的猎人一样焦急地审度着时局：我并不想弄清楚怎样才能按上级训令行事，而是想如同镜面模糊的反光那样，在可以琢磨的范围内自行其事，人们或许希望在我身上唤起的正是这一点。

在形同黑夜的悠久岁月里，依据奥尔塞纳形成的习惯——很可能像保存每件信函的双重档案制度尚未施行的那个时期一样——文件从简洁回顾我前份报告的提要开始，然后，给我下达的训令围绕着三个要点展开，尽管它们完全与我毫不相干。

关于各种传闻的来源，这些形式空洞、拖沓冗长的训令不甚了了，思忖再三，我对此感到十分惊讶。当然，它声明并“殷切地希望”我把这些传闻的来龙去脉搞清楚，但这也许和我在海军指挥所应完成的使命风马牛不相及——文章在这儿就像陷进了极端的委婉措辞和过分讲究的礼貌用语的沙海之中——我不能像一名警察那样为了进行一项索然无味的调查进入细节，何况调查结果很可能预先就令人失望，而且得到的情报最终将会显示它们并无任何价值。这篇像是故意拖泥带水的文章给我的印象是它没有通常令人憎恶的感觉，而是不厌其烦地表达纷乱而又难以捉摸的烦恼，它没有为我指明要干的具体事情。为了避免招致疏忽的危险，它通过拐弯抹角的纯形式闪烁其词。从这种或那种意义上讲，它用十分高雅的词语让我明白，在这一方面应该明智地通过“正常程序”所要求的一切方法使用刹车装置，小心翼翼，三思而行。

传闻的真实的具体程度好像是用另外一种方法使训令的起草者焦虑不安，这里，我第一次在我所作的报告和这篇含义模糊不清的文件中感到一种微妙的视角上的差异。我甚至根本没有想到这些如此荒谬的无稽之谈竟会在某种程度上成为现实——或许从一开始我就本能地抑制了这种想法，仿佛并不轻信谣传本身就有可能引起市政议会的不满。然而，使我大惑不解的是，我的报告对谣传所持的怀疑态度——我认为非如此不可——竟然会使奥尔塞纳大为不快。他们对把这些谣传当作一种无须查证可以置信的情报充满了热情，对赋予这些毫无意义的传闻以一种可能、一种前景充满了热情。从这种热情中人们可以看到的仿佛是某种意愿。某种通过它们就能通向无法企及的远景、通往遥远的彼岸的意愿。训令用一种巧妙却格外关注的方式向我指出的正是这种可能性。他们似乎尤其惧怕我过快地关上一扇突然打开的门，一扇他们暗中等待已久，希望看到打开一条缝隙的门。训令所提出的最后一点内容如下："市政议会对此极感兴趣，并要求您不遗余力地将这一基本点搞清楚。关于在西尔特海面航行的现行的极其严格的规章制度——过去它们是十分必要的，除了可以避免航船在海上遭到敌方的袭击以外，更重要的是它有利于收集情报的活动。然而，久而久之，这种规章制度的代价会一览无余。不免使人希望它变得灵活些，这无疑会使调查工作变得更为棘手，甚至极不全面，但是，这要靠您的智慧和热情，对它们进行相应的有恰当规模和精确度的调查。"

"关于要塞处于备战状态一事（读到这里，我不由自主地圆瞪双眼：我的报告是在罗贝托提议之前写成的，不仅丝毫没有提及指挥所的备战工程，而且有关要塞的事我也只字未提，但是我看出在这里他们是想向我说明附加文件对此有所提示），市政议会间接地获悉这项工程未经上司批准就已开工的消息，并对此深表遗憾。然而，根据当前的形势，停止这项工程会造成更为严重的后果。您读了本文件的附件之后，即可明白其理由。市政议会承认这一决定是出于安全的考虑在现场合法做出的，亦是出于形势所迫，但它最终希望，今后类似这类涉及政治问题的敏感决定未经最短、最快的汇报决不应轻率做出。"

正式训令至此结束，它使我久久地陷入深思并不胜惊异。接下来**有人**以他自己的名义对我训话——就是那位在信纸下方潦草地签上笔迹辨认不清的名字的人——这个声音使我敬而远之，它十分耳熟，尽管我从未听到过，但总觉得它像从前出现过的某种洪亮有力、藏而不露的声音。现在不同于文件的官腔，有一个声音单独地传进我的脑海，它的作用比那些滔滔不绝的枯燥语言更重要，仿佛最关键的一点在于，令我的思想接受那**语调**深奥的、像是使用催眠术一般的暗示。

文件批示指出："首先，我们对您能够如此有条理地汇报表示钦佩，您知道情况的严重性并且及时地、毫不犹豫地向市政议会报告，此举说明您具有远见，我们对您的见解大为赞赏。然而，现在我得预先告知您，我本应遗憾地指出您的一些轻率之处，您的年轻并不足以完全构成自我原谅的理由。出于信赖，我可以提醒您作为一名观察员，其职责乃在于在思想上应和城市共和国完全保持协调一致，这一职责要求您每时每刻都用她的眼光来看待一切，尤其是对流传的议论保持高度警觉。在一定程度上，所有的人都可以发表议论，不过必须掌握分寸，然而只有极少数人能够了解真相。城市共和国和国外某种势力之间的正式敌对状态，随着岁月的流逝已在其人民的意识中消失，甚至成为戏谑或嘲笑的话题。然而您应该清楚牢记，一个**可怕的**真相从未消失，在必须与这类谈论作斗争时，在任何情况下对这类反应都要保持高度的注意力。您是这一真相的目击者，其他一些人也是它的目击者。在某些令人失望的情况下，国家机器的正常运转有赖于您和这些人，这些人可能会声称自己是国家唯一的受托者的化身。我建议您认真思考奥尔塞纳的箴言。它是那些树立城市共和国伟大形象的人实践所得的智慧结晶。一个国家的存亡在一定程度上取决于国家和某些被掩盖的真相之间的根深蒂固的关系。世代相传是维持这种关系的唯一媒介。这些真相很难使人念及、体验，它们又很危险，尤其是人民极易将其忘却。他们把这些真相称之为同盟条约，并能在各种情况下享受自身的荣光，诸如明显的选择性及其永恒性，哪怕是城市面临天灾人祸，处于岌岌可危之中也罢。形势总有一天会让您来维护这一条约。宣布废除它，城市就得付出惨痛代价。奥尔塞纳希望您能意识到它在西尔特的危险处境——您若不能尽职，必须递交辞呈。”

贝尔桑扎的报告是这个文件的附件。看起来，他决定不再沉默，称要塞“正在恢复其防御能力”（我对上司这样轻易相信一个通过间接方式了解情况的见证人的言辞至少感到不胜惊异）。贝尔桑扎的报告还说，马雷马全城每天都把望远镜瞄向这个焦点（要塞庞大的身躯在平旷的沙滩上巍然屹立），似乎已确凿无疑地证实了令人惶恐不安的传闻，明显地激发起使城市沸腾的狂热，以至于贝尔桑扎对此深感恐慌，他甚至决定——至少通过一种闪烁其词的委婉说法让人相信——在公共场合秘密地逮捕那些说话过头的饶舌者。这篇非常谨慎并留有余地的报告还反映出贝尔桑扎在窥测事态方向上的犹豫不决、顾虑重重。之所以犹豫，是因为一旦上司决定制止这种恐慌，就有可能指责他玩忽职守；之所以顾虑，是担心会出现一种更为激进的思想，担心要塞“恢复防御能力”将会真正成为引发某些严重事件的前兆。

浏览过贝尔桑扎的报告后，我认真细致地像翻译一篇文章那样从头至尾重读了一遍议会的训令，最终茫然不知所措地把材料放到了桌子上。就像一只滑向大海的船壳第一次难以察觉的颤动，似乎有什么我不愿相信的事情在眼皮底下发生了。在我身后，一种目光正在升起，我原以为它执拗地注视着地面，现在它却转向了远处的地平线，完全改变了我的观察角度。就像一位瞭望水手庄重的声音从桅杆上传送下来，一种预感伴随着这一呼唤“陆地”的目光从我身上扫过，形成一种坚实且已迷惑住我的幽灵般的外形。

一阵发动机的声音唤醒了昏睡的下午。从敞开的玻璃窗的反光中，我看到马雷马的汽车轻轻地停在我的门前。有我的一封信。瓦内莎要我第二天一大早去她那里。在阿尔多布朗迪官邸，人们似乎知道许多事情。马里诺离开海军指挥所已有两天了。在这个季节，他照例要登上**威武号**去巡视负责守卫海绵丛的部队的换岗情况，这无疑为我的工作带来了许多方便，想到这里我觉得有些恼火。我并不赞赏瓦内莎凡事都想插一手的做法，同时不禁想到她回避马里诺就像回避一个受骗的丈夫，而我则禁不住为他感到受辱。和她在一起的**私下交谈**把我本能地推向指挥官一边：在她对我显示出她的非分无礼、秘而不宣的要求和偏爱时，我感到自己对马里诺有着一种从未有过的如此强烈的友情。

在寒冷的清晨驱车驶向马雷马的途中，我重新感受到了纯粹期待的魅力，这种感情早在我来西尔特的旅途中便已体验过了。我甚至不去猜想瓦内莎所做的这一连串神秘的事情会把我引向何方。凄楚的鸟鸣伴随着白昼升起，既单调贫乏又无精打采，就像西尔特的每一天那样平淡无奇，就像沙粒在无垠的空间不断散落；晨雾中，灰蒙蒙的平原总是湿漉漉的，它的寂静宛如经过暴风雨洗礼的有气无力的夏日的黎明。有时，我回过头来望望身后在衣褶般雾气中青灰色的要塞；在我面前，远处水银般的环礁湖面熠熠闪光，在地平线上映射出一条镶着花边的黑带，在这个已经令人无法忍受的早晨，我似乎感到在雾霭笼罩下自己的生命正在两个敏感的电极间振荡。贝尔桑扎的报告又强烈地回响在我的脑际；我的目光注视着那在海面上延伸的阴暗的镶边，在阵阵昏沉沉的海风中，我已嗅到来自环礁湖的沉重的强烈气味；就像人们从山岗上把目光投向远处居民区的炊烟，我不由自主地竖起耳朵，凝神谛听记忆中这座隐藏的城市所发出的无尽无休的低声细语，恰如在一个暴风雨的夜晚人们倾听沼泽的声息；它们哺育着这沉闷的氛围，使团团迷雾在它的脚下软绵绵地飘浮，仿佛被柔软织物阻隔的心房在它的身后轻轻地跳动。

环礁湖跳动的反光映照在敞开的大门上，府邸似乎完全沉浸在沉睡之中。我的喊叫没有惊醒任何人。在这间我未能重新认出的空荡荡的房间里有着一种异乎寻常的气息，我犹豫不决，忐忑不安地向前走去。一种冰凉的冷漠气氛从拱顶滑落下来，我突然感到各种坏情绪全在自己身上倒流。我举棋不定，慢腾腾地从一个大厅转到另一个大厅，用烦躁的目光扫视天花板和壁画上面僵滞的波状线条，就像是博物馆里的一位游客。就这样，我走上了一条偏僻的长廊，它与环绕着一池死水的庭院相毗邻，一座小桥把它和这处破败不堪的花园连接在一起，就在水池的那边，我突然瞥见瓦内莎站在绿茵如盖的小径上。

很明显，她以为是独自一人待在花园里。沐浴之后，她只穿着一条宽大的海员长裤和一件裸露双臂的大领短上衣。此刻，她正在拧着潮湿的头发，在她双臂的凹陷处晃动着一撮浓密的棕色腋毛，而在乳房的凹陷处则露出一条阴暗的褶纹。她用嘴咬着饰针，使绷紧的面孔蓦然间荡漾着一股天真浪漫的气息；她那模棱两可的纯洁和小学生般怪癖的专注似乎说明这张应付事物直截了当的嘴是多么从容自若，它可以鼓起**如簧之舌**，如同一朵贪婪之花的这张嘴唯一肆意的动作，具有施展捕捉和衔住的功能。

待在这个隐蔽的处所，打量着眼前的瓦内莎，我的心禁不住怦怦直跳。她突然展现出来的陌生的、纯兽性的优雅令我不知所措。

手指滞留，展开在松柔的头发里，朝后倾仰的头使她的脖颈像是变成苍白的雨柱，这种动作轻轻地拧绞着她的乳房，使它们像是在匕首把柄周围一样缓缓旋转。她酷似人们看到的炽热的火焰上方颤动的气流。瓦内莎第一次展示她丰满的肌肤。她从我狂迷之梦的退潮中涌现出来，她那结实又富有弹性的肌肤使她的脚掌和手心就像一片沙滩，像是她发髻上的雨水鞭笞下的一块温馨的软土。

我敲了敲玻璃窗。瓦内莎看见我，穿过小桥向我走来：

"我把所有的人都打发走了。庭院空空的。今天只属于我们俩。我带你走。"

"去海上，我知道。"

"是的，很远，得花一天时间。我们要去维扎诺岛。"

这个名字引起了我极近的回忆，我感到一种好奇的冲动。在我脑海里浮现出一幅在海图室里我经常在想象中航行的图像，在那蓝色的海图上一个孤零零的黑点。维扎诺只是一个极小的岛屿，在指挥所我翻阅过的航行条例中有关它的记载只有短短的一条：人们提到它时主要是它那陡峭的海岸以及面对着环礁湖半被淹没的尖顶部分的悬崖。当冬季南风突然袭来时，它可以成为航船的避风港。从前，海盗活动在这片海域十分猖獗，对于海盗来说维扎诺岛扮演了一个筑有防御工事的货栈和船籍港的角色，他们无疑看中了它那众多的能够避身的小湾和在不同的地方把岛屿切割成一个个宽阔的洞穴，它毗邻大陆还提供了更多的方便，可以在夜晚把货物装上简陋的小船，发运到沙滩对岸的货栈。但是，我对这些血腥的历史以及用野蛮手段聚积的财富一点也不感兴趣。地图上的这个黑点，也引不起我更多的记忆或对其景色的向往，对我来说，它不过是一颗星光似的亮钉而已。它是我注目的群星中的一颗，是我所凝视的群星中闪烁的一个点。倘若人们把圆规的一脚插在拉热，那么，维扎诺岛就是在奥尔塞纳领土的半圆中距离最短的一个点。

我们离开府邸时，阳光已洒满环礁湖面：可以肯定这是一个艳阳天。在离开府邸以前，瓦内莎强令我和她一样换上一件上衣和一条水手裤，风就像一只手充满快感地钻进我宽松的衣服里。

“在船上你最好别让人们认出你。你会明白原因的。再说，这样也更方便。”她一边把目光从我的赤裸的脚上移开，一边用有点不自在的声音对我做了解释。

穿上和瓦内莎一样的衣服，一种四肢就像是跟她一样自如的感觉把我和她连在了一起，使我们倍觉亲近。我感到风从她和我的肌肤上掠过，仿佛她的呼吸掠过我的嘴唇一样使我们结合为一体。我们肩并肩、老老实实地坐着，一言不发地微笑着相互注视，为这种像小学生逃学似的感觉所陶醉，一阵风吹乱了她的头发。我的可笑的新装束成为我对她表示亲昵的借口，这些想法使我透不过气来，话到嘴边也哽塞了。我是多么害怕使我感到不自在的喉咙会突然暴露自己；我感到她发烫的手指正在轻轻地抚摸我的脖子。这时，船身突然横摆了一下，她的脚踩在我的脚上，同时，她又用温柔的手臂搂住我的腰，发出了一阵短促的笑声，我什么话也说不出来，只是把冻得发凉的赤脚贴紧潮湿的船板，她的手臂在我身上停留了一会儿，我闻到一股从她头发中溢出的一股林木的气息和孩子身上的味道。在这一时刻，我甚至对她失去了欲望，除了亢奋的风在用它粗糙的翅膀抽打我们之外，我仿佛再没有其他感觉，一种像是在甜蜜之夜张开成千只臂膀的柔情，充满自信地把一切都拥抱在它那温馨的热气之中。

小舟现在划到了环礁湖的出口，继而把我们带向广阔的海面。

难道我们就乘这条轻巧的小舟驶往维扎诺岛吗？此刻，再也没有比这更令我目瞪口呆了。我转身面对瓦内莎，作了一个果断而又滑稽的示意手势询问她，而她却放声大笑起来，就像前一个夜晚在码头上时一样。

“维扎诺岛有点远，这你知道，阿尔多。不过，海船已经在等待我们了。”

她又用一种焦虑的，甚至有点生硬的疑惑口吻补充说：

“……你还记得它吗？”

我当然清楚地记得它：在外海沙滩边箭头指示处停泊的一个纤细的侧影，它那露出的船首在阳光闪烁的海面上仿佛变小了，那是萨格拉神秘的船。

“阿尔多，我应该事先告诉你，我忘记把它注册了。这特别应受到责备，对吗？你登上这条违禁船不会有太多的顾虑吧？”

在她那平稳的语气中不经意地流露出一种傲慢的神情，她转过令人感到怜悯的目光，但是我能理解其中的催促之意，这是她的突然进攻。我一登上这条船也就成了囚徒。我感到自己将要做出一举定终身的决定，于是便探寻起瓦内莎的目光来。现在，她那如星辰一般熠熠闪光的双眼正直视着我，并且穿过我射向我毫无所知的未来——此时此刻，瓦内莎甚至并不注视我。她紧贴着我，一声不响，全身挺直就像夜间一堆沉重的过磅物品，上衣里面她那沉甸甸、赤裸裸的乳房被凉气绷直，宛如一块扯紧的帆布。我的目光滑向她那因毫无规律的呼吸而挺起的乳房的根部，然而，一阵云雾使它们变得模糊不清；我一言不发地低下头，口干舌燥，似乎觉得手心有些潮湿。

“来。”她用简洁的口吻对我说，我站起来跟她走。

我对这次渡海的记忆就像是那种终日在我们身上燃烧的快乐的炽热火焰，它平静地吞噬和浓缩着一切事物，似乎像是一个巨大透镜的焦点，只需天空或大海一丝透明的反射就可以点燃。阳光驱散了轻雾；秋后积集起的琥珀色的热气，就像土地渗出的甘美的气息一样，可以和在烤得皮肤发烫的夏日我们咬一口可口的果肉相媲美。在波浪汹涌的西尔特海面上，到处充盈着稍纵即逝的旋涡状的泡沫，成群的海鸟在我们周围不停地翻飞嬉戏，掠过变化无穷的开阔的海面，就像在宁静之夜在翻耕过的土地上空飞翔。我们周围的一切都在轻轻地膨胀，飞向云蒸霞蔚的天堂：海鸥用柔软的羽毛拍击着泡沫，那长长的、软绵绵的击水声夹杂着沙哑的啼鸣；风的长羽拍打在我们脸上，波涛摇晃着船体，使我们像是在天鹅背上快速滑行。

船首被掩盖船门的低矮的隔板和一卷卷篷布、一堆堆缆绳所遮蔽，形成一个狭小的、各个部位都向大海敞开的陋室。我们在那儿铺上垫子；我紧挨着瓦内莎躺下，手指放在她那缓缓跳动的肘弯处，注视着在我头顶上空交叉的大块云朵。船身平静地摇摆着，与浮云用同一个节奏飘荡。刚上船时那种短暂而强烈的焦虑消失了；我似乎觉得万事大吉，一切都在井然有序地和着亲善的血液的流淌按部就班地进行。瓦内莎似乎得到了解脱，沉浸在幸福之中。当我把嘴唇贴到她潮湿的手掌上时，她用手把自己昏沉沉的全身重量都压到了我的嘴唇上，她的手指仿佛与手完全分开了，这些冰凉、弯曲的手指把我的眼皮合上，使我感受到她的启示。维扎诺这个令人迷惑的名字在我耳边微微作响，就像钟声在风中传过沙漠或雪地；它是我们约会和结盟的信号，我似乎觉得我们正躺在上面的这些木板一听到它的召唤就会在波浪上飞起，艏柱前方的地平线也会朝着同一方向神秘地裂开。

当那些雪白的悬崖影映在远处的海面上时，维扎诺岛突然奇怪地临近了。这是一种岩石般的冰川，被浸蚀的痕迹随处可见，破碎的巨大断面在波涛的冲洗下更加灿烂夺目。礁石在大海中露出峰角，它的白色胄甲在海空中闪烁，若隐若现，扑朔迷离，它在地平线上轻轻飘荡，要是岛屿平面的边界上没有长满这条在细谷里蜿蜒，甚至在狭窄的裂缝中穿梭的青苔，它就会酷似一艘帆布塔下的帆船。这些白色悬崖白雪般的反射，一会儿为它披上银装，一会儿在晴朗天空下的雾纱中又把它冲成细沟。在平静的海面上，我们航行了许久，直到最后视线中只剩下这座类似高耸在恶浪之上，形状俗不可耐、残缺不全的灰色巨大峭壁。一群稠密的海鸟箭一般地飞向四方，然后又拍打着翅膀轻轻旋转，落到一块岩石上，使岩石变得像一口间歇热喷泉呼出的羽毛柱。这些单调而雷同的啼鸣像是从一个被割断的喉咙里发出的喊叫，像剃须刀一般把风磨尖，它们的回音在悬崖中久久地回荡，使得这个小岛具有一种怒不可遏、心怀敌意的孤寂气氛，这种啼叫比悬崖还要严严实实地把小岛围了起来。

航船在陡峭的悬崖间的避风处泊锚，那里的海面平滑如镜，这处由悬崖绝壁构成的避风港发出一股地窖的气息；我们把一只小艇放入海中，瓦内莎对我做了个手势，示意我和她一起下去。

她带着捉摸不定的微笑，在我耳边像是道歉似的喘着气说：

“你曾想乘小舟去，对吗？再说，我们这条航船的船长对此也不会介意：没有人来这儿，谁也不熟悉最好上岸的地方。不过，你得小心一点，可别把我们淹死了。”

小艇在划桨声中飞速前进，随着我们不断钻入这令我脊背发凉的阴影中，这座我将前往的死气沉沉的“极乐岛”[①]使我不寒而栗，一种孤独感也油然而生。笼罩着这个小岛，冻结着这幽灵一般的阴影的海岛凄凉、粗野的叫声，这灰白色砾骨般的光秃秃的岩石，还有那不祥的过去的阴影，在这壮丽的大海上空投上了一块意想不到的乌云。就像在一个大教堂的拱穹下面，我们静静地沿着光滑的侧壁滑行了许久，惊动了栖息在高处崖石洞穴里群居的小鸟：在这个绝妙的围场里，没有一处裂缝有开裂的迹象，拍打悬崖的波浪的轻微的声音突然和一股活水的流淌融合在一起，几乎同时，我们滑进了一个只有几米宽，但深得就像高原上的一条锯缝一般的小海湾。在这个小海湾的深处，一条细谷越来越宽，一湾小溪从卵石铺成的河床上流过，欢畅地注入海湾。

我们跳上满是卵石的海滩。在昏暗的崖石深处张开的裂缝中，溪水的哗哗声滤出清澈透明的黄昏，而浪涛的咆哮传过来则变成了哽咽的窸窣声。通过头顶上张开的裂缝，我们看到纯净的天空变成了蓝灰色；日光坠入鱼贯相接的幽谷。在我们头顶上方高处，长着一棵孤零零的树，它的侧影披着阳光，像是在召唤我们向上攀缘。这处昏暗的咽喉地带及其周围沉寂的亲密气氛是那样的出人意料，以至于我们默默不语地在那儿待了一阵子。我们十分尴尬，相视而笑，酷似两个溜进禁止进入的地窖里的孩子。这座四周紧闭的像地下室般的避风港为我们两个人布置了一个再好不过的藏身之所。瓦内莎像是落入了陷阱一般，突然感到一种无法克制的恐慌。她像是被一种无意识的忧虑所困惑，踉踉跄跄地在卵石滩上踯躅了几步，仿佛要逃离这里似的；我注意到了她呼吸急促，时断时续，便从她

① 极乐岛：原文为基西拉岛，指希腊传说中充满田园诗般的情爱与欢乐之岛。

的身后走上前去，看到她的这一弱点动人地暴露在我的眼前，使我抑制不住自己的冲动，把胳膊放到她的下面，并把她的头压到我的肩上。她一下子像散了架似的身体变得越来越重，成了软绵绵、热乎乎的一团；只见她朝后一仰，面庞完全贴到了我的嘴上。

我们可能在这酣眠与遗忘之井中度过了很长的时光。我们头挨着头，在它们的上方，崖石的裂缝是那样狭窄，镶嵌在这里的天空是那样遥远、那样平静，在缺少光线移动的阴暗的深处，时间的变化已经不能触及我们；我们全身心地把自己注入这教堂地下墓室的安宁之中，在这里白昼徒有虚名，阴影仿佛也在深水中被稀释了；在我们周围可以听到各种轻微的响声，卵石上流动的溪水声，涨潮时崖石缝中溢出的海水的汩汩声和几乎察觉不出的撞击声，只有通过它们长时间的有间歇的停顿和突然重新开始的运动节奏才能显示出时光的流逝。这些微弱的声音使人产生一种飘忽不定的不确切感，而它又为短暂的睡意所打断，就像是一种不时地在我们身上显露出来的一种虚无缥缈的意识从中摄取了微量，旋即又消失在其中。我把瓦内莎背到一条小溪旁，在小溪和崖石中间有块窄长的空间，上面长着又黑又深的野草。瓦内莎似乎处于半苏醒状态，在极度困乏中闭合着双眼，只用半张开的嘴笑了笑；她伸出手来触摸我，刚一碰到我就像感到一种充满信任的保证而产生的麻木，随着一声自在的叹息，她又重新回到了梦境中。

然而，敏感的太阳大概正在降落，因为河谷两侧已变成了灰暗色，只有我们头顶上崖石一侧的顶端仍然闪烁着一条阳光编织的狭窄的花边；波涛声似乎也在减弱，几颗星星看上去勉强像是真的，就像一些宝石发出的光芒一样闪烁了几下，在失去光彩的蓝色天空中微微地眨着眼。寒气从潮湿的草丛中升起；我把瓦内莎扶起来，双手久久地紧抱住这个弯曲的、温暖的身躯，感到一种永恒充实的感觉。

我用充满睡意的口吻说：

“我们回到船上去吧，天已经很晚了。”

“不，你来。”

此刻她一下子充满了狂热的生机，把我如此熟悉的双眼转向我，并且向我指了指溪涧的高处。

“船在傍晚时等候我们。你想我带你来这儿是为什么呢？”她冲着我说，那专横傲慢的口吻既伤害了我又激发了我，因为我有一种受到女王粗暴对待的感觉，但几乎同时，她又低垂下双眼，轻轻地把手放到我的肩上。

“至少我们应该勘探一下我们的王国。你想，阿尔多，这个小岛上只有我俩，难道你情愿走吗？”

我们不无困难地攀上了溪涧河床石块砌成的摇摇欲坠的炉壁一般的小道。瓦内莎在卵石上紧紧拽住我，不一会儿她赤裸的双脚就被扎破流血了。我感到突然清醒过来：已经灰暗下来的日光对我来说似乎是个坏兆头，再说这个声名狼藉的小岛实在令人可疑。我再次建议瓦内莎往回走，可她径直回答说：

“不，我们在那上边休息。”

细谷渐渐地变得宽阔平坦了。现在，我们走出了峡谷，悄无声息地行进在一块低矮的草地上，这是把这条小山谷和岛上的高地天然地连接起来的一处洼地。在空气自由畅通的地方，置身于这个还有温暖阳光的高度，我们快乐地呼吸着。小岛的顶部宛如一张平桌，四周全是按等距离切割的沟壑。迅猛而暴烈的波浪从下面枯萎的干草上滚过；看不见的波浪在悬崖凹陷处汹涌澎湃，沉闷的轰鸣随风传来，像是暴风雨正在远方肆虐。一团团白雾伴着夜晚清新的空气开始沿着地面四处弥漫，宛若一群受惊的牲畜。暮霭已笼罩在小岛上空，可以说在夜幕降临之前，黑夜的幽灵正在忙着重新占领荒原。现在瓦内莎带领我快步走向一座陡峭的小丘，它是这块平整的高地上唯一的凸出部分。在我们面前，在悬崖的尽头，它向着东方展示出自己的侧影。在这一端，岛变得越来越小，酷似昂起的船首伸向东方；在我们身旁，峡谷之间蜿蜒的痕迹只剩下一条狭窄的、弯曲的山脊。瓦内莎一言不发地走在我前面，呼吸短促，步履匆匆。一时间，我产生了在这个小岛上也许有人居住的想法，并且认为仿佛从这些崖石中间会冒出一个人影来，使我们心中焦躁不安的感觉变成一种活灵活现的威胁。

到达小丘的顶端后，她停住了。在我们的前方，小岛下面是绝壁悬崖；那里吹来的海风狂暴地抽打着山巅，悬崖下传来的一阵阵不间断的波涛击石声清晰可闻。瓦内莎一点也不忧虑，她甚至像是忘记了我的存在。她坐在一块突出的崖石上，把目光投向海天相接处；看上去像是突然变成了这块独立礁石的守夜人；犹如岬角上一个着丧服的身影在永恒地等待着一艘帆船的归来。

我的目光不由自主地随着她的视线望去。一股相当耀眼的亮光驻留在穿透雾衣的山丘的凸出部分上。在我们面前，在提前降临的黄昏中，海平线被镶上了一条令人惊讶的透明的灰白饰带，宛如一个充满阳光的通道在蒸气形成的穹形下的水边消失，预示着一场暴风雨的结束。我的双眼扫过这空旷的海域，而后对一朵圆锥形白云的四周注视了片刻，它像是在不断减弱的阳光下飘向远方。在这清晰的夜色中，它与周围景色异乎寻常的不协调和它那沉重的外形，一下子便以一种模糊的方式和我头脑中的思绪结合起来，使我感到一种来自远方的威胁，产生出一种对海面上即将升起暴风雨的忧虑。此时，一股不期而至的凉意向小岛袭来，风也变冷了。在这夜幕降临时分，连海鸟也停止了喊叫；我突然想尽快离开这座荒凉凄楚、就像一只行将沉没而被人们抛弃的小舟。我冷冷地碰了碰瓦内莎的肩头：

“天晚了，来，我们回去吧。”

“不，还不到时候，你看见了吗？”她说道，那双在黑暗中睁大的眼睛向我投来一瞥。

就像一滴逐渐饱和的水，白日的天空一下子变成了月色的天空；海平线变成了一堵半透明的乳白色的墙，它在还有微弱反光的大海上空变成了绛紫色。一种突如其来的预感使我又把目光投向了那朵奇特的云朵。蓦然间，我看见了什么东西。

现在，在阴暗的天际深处，一座山清清楚楚地从大海里冒了出来。一个雪白的圆锥体飘浮着，就像从脱离了海平线的淡紫色的轻纱中升起的月亮，在与万物隔绝的雪一般的纯洁中，在其完美的匀称的闪烁中，它就像那些从冰海中跃出的晶莹透剔的灯塔。这星体般的升起与远方的陆地毫不相干，却和子夜的太阳息息相连，它是对想使它在特定时刻掠过海空并被拽入一尘不染的大海深处的平静轨道的反叛。它就在那里，冰冷的光芒就像寂静的泉水和空旷的星辰般的洁白无瑕一样闪烁。

“那是唐格里火山。”瓦内莎头也不回地说，她像是在自言自语，我再次怀疑她是否意识到我在那儿。

我们久久地待在变得越来越深沉的黑暗中，默默无语，眼睛盯着大海。我似乎失去了对时光飞逝的感觉。月光朦胧地脱去神奇山巅的阴影，又立即将其恢复原态，使它虚幻般地在空茫的大海上跳跃；我们像着了迷一般目不暇接地眺望着这种奇妙的变幻，它酷似北极光最浑浊、最神秘的最后微光和气息奄奄的光波。夜幕终于完全落下了，寒气穿透了我们整个身躯。我一言不发地扶起瓦内莎，她重重地倚在我身上。我们头空脚软地走着，眼睛由于盯得太久而隐隐作痛。我紧紧地拖着瓦内莎，走在夜色笼罩、难以辨认的光滑而危险的小路上，这时我对她的搀扶只不过是一种毫无温情的机械反应。我似乎感到在白昼充满温存和抚爱的热气中吹进了一股来自雪地的纯净而又暴戾的寒风，以至于在它的冲击下，我的肺再也无法穷尽它那死一般的圣洁，它像是要在我的眼睛里依然保留异样的闪烁，在我的嘴里同样保留冰冷的味道。在这条不断陷落的小径上，我走着，不由自主地把头仰向那布满星辰的天空。

第八章　圣诞节

最近，我经常去马雷马，因为有车不断往来于海军指挥所和马雷马之间，为要塞工程运送材料。午饭后，我又离开指挥所，这短短的路程竟使我急不可耐。当我们进入马雷马有人居住的地带时，我发现，一看到那面他们十分熟悉、在汽车挡泥板旁金属杆上飘动的海军指挥所的小旗子时，好奇的人们就围了上来，而且一路上，行人只要抬头看到我们，就眼睛一亮，我感觉到仅仅汽车从这里经过这件事本身，对他们来说就是一条新闻，它给他们的生活增添了不少色彩。我们的出现似乎是一种信号，证实了什么事正在酝酿；我们有时甚至看到，在我们经过时，人们举起手彬彬有礼地向我们致意，而这种仪式般的手势，我们通常只能在奥尔塞纳庄重的场合中才能见到。似乎每个人都本能地试图向最接近秘密的人靠拢，而且我知道，“海军指挥所的汽车又来了”这条消息很快就会传遍街头巷尾。想要从汽车里出来，必须先把那些像蝇虫一样缠着我们的人赶开，然而，他们的目光，却像贪婪吸气的大嘴一样，死死地盯着我的后背。

这些还不是我们在马雷马注意到的唯一的变化。每次去贝尔桑扎办公室了解新情况时，我发觉他一次比一次更显得忧虑不安。他的办公室设在贫穷的街区，墙壁已变得斑斑驳驳，整个屋子充满着一种发热的纸张散发出来的令人唇焦舌燥的气息。他一言不发地将报告递给我，眉头仍像看书时那样皱着，嘴角叼着烟卷，仰起头，用半睁半闭的眼睛飞快地把我审视一番。这本印满脏手指印的记载本无情地记录着破坏城市的一种狂热正呈上升趋势，一些令人生疑的迹象，如同清洁工扫帚底下油腻腻的废纸那样堆在我眼前，由此似乎可以推断出，这种狂热，就像一个脓包已经熟透，随时都可能溃破。警方的统计数字表明，人们的道德水准正在日复一日地急剧下降，特别是裸露放荡，怂恿淫乱的行为与日俱增，这种行径像是得到了目睹者的默契配合，因而常使警方难以侦破。贝尔桑扎有时也告诉我一些带刺激性的细节，每次开口讲话之前，他总是发出一声庸俗下流的笑声，在我看来，与其说这是一种病态，不如说是一种临床症候，它使我回想起从前在阿尔多布朗迪府中隐约看到的那些东西。警方在公开有关情况时总是选择对自己有利的东西。

“这时他们不会想到别的事情，”贝尔桑扎眯着一只逗乐的眼睛向我吐露说，“警方早就看穿了这一切，而且我对警员们有时参与煽动并不感到意外。”

不过，显而易见的是，马雷马人并未因此而不想到别的事情。常常，当人们领来一位预言世界末日即将来临的占卜者或是其中一位长发的“负有使命者”（这是当地人给他们起的名字）时，贝尔桑扎的高兴劲就会一扫而光，这些人目光游离不定，语气卑谦，这阵子他们正趁着夜幕降临之际在码头给那些船夫算命。

“这些人都是些可恶的家伙。他们肯定受某些人或某种势力指使，我一定要抓住那个在幕后指挥他们的家伙!”贝尔桑扎咬牙切齿地低声说道，语气中不无愤怒，但又无可奈何。

他们的态度如出一辙，都带有一种对权力标志和权力代表者的过分的尊崇，而且，似乎不是在装腔作势。他们被押进警察局办公室里时一个个用一种夸张、激动的礼节向每个警察致敬，而恭敬的程度又根据对方的职位或级别精确地区分开来，然后，他们背靠着墙壁，双眼盯着地面，沉默不语，而后，就再也别指望从他们嘴里掏出些什么东西来了。尽管贝尔桑扎对他们使尽辱骂、恫吓之能事，但他所能得到的只是他们在沉默中偶然胡乱吐出的一点只言片语，这些支离破碎的语句，如同在他们粗俗的预卜中不断重复出现的，愚蠢透顶的话语一样，反过来又给法尔盖斯坦赋予了一种含混不清的启示者的角色，一种异乎寻常的神授的使命。

“是时候了……我们都被获准到达彼岸……神令已经发出……我们已被从第一个数到了最后一个……”

在这四面光秃秃的墙壁间冷漠的氛围中，他们那像诵经一样单调含混的声音，突然令人不解地炸裂开来，以至于他们不得不立即住嘴，重新藏头缩颈，像受惊的、抑郁的夜禽被自己的鸣叫所惊慌，又像落入陷阱里的猎物禁不住心惊肉跳。贝尔桑扎耸耸肩，从他当时的情绪看，非得把他们撵出门外，或者送他们去城里蹲几天监狱不可。临走前，他们通常要被搜身，然而奇怪的是，几乎从来也没有从他们的衣袋里搜出钱来，这种怪现象似乎否认了贝尔桑扎的看法。

这种审讯常使我很不自在。那一张张黑洞洞的、猛然间像孩提做噩梦时那样不由自主地大张开来的嘴，给我留下了难以名状的阴森可怖的印象。那哆嗦、猥亵的下唇松弛、下垂尤其使我震惊——

仿佛从嘴唇上可以看出生命最后防线业已崩溃，仿佛某种东西要趁人们的意志瓦解之机来显示自己，这种类似溺水者发出的声音似乎比另一种声音来自更深处，它从背后卡住了坐在桌旁警察们的脖颈，并在他们中间掀起了一阵无声的波浪。置身于这间污秽的、令人昏昏欲睡的办公室，置身于这座木乃伊似的、被烧成僵尸般死寂的废墟城里，如同光天化日之下出现了一条通向黑暗的裂缝，就像百年昏睡所引发的噩梦突然发作，站起身来，走下阶梯，直挺挺地来到我们面前一般。

然而，在这蛆虫般令人恶心的乱哄哄的人群中间，偶尔也会看到一些骄傲的身影。一天，在我巡访期间，人们带来了一个姑娘——看上去一副穷酸样，但面庞精细，带有几分高贵气息——她被带来是因为她在菜市场的角落里用灰烬算命。审问进行得很不顺利；她顽固地保持沉默，近似于傲慢无礼，那茫然、轻蔑的神情对贝尔桑扎来说无疑是一种挑衅，我看得出，在他那张比平日更为激动的脸上，渐渐显露出冷冷的愤怒。

“你不开口，我们走着瞧。这可是你自找的。”他从嘶哑低沉的嗓子里挤出一句话，“鞭子伺候！”

房间里光线昏暗，我似乎感到那女孩的目光也黯淡下来。她的一双手被反绑在背后，一个警察拉起夹住她的脖子的墙脚上砌起的铁环，把她的头压得很低，然后另一名警察从后面撩起她的裙子，裹到她的头上。警察局里洋溢着一种狂热、兴奋的情绪。贝尔桑扎不喜欢这种庸俗消遣，但是奥尔塞纳当局主张重罚，由于长期使用棍棒政策，使人们把这种体罚当成了家常便饭，实在令人啼笑皆非。但是，在这死一般的沉寂里，一种异乎寻常的东西阻止了这习以为常的恶作剧。

“你还是不说?”贝尔桑扎从牙缝里挤出一句话来。

翻起的衣裙下发出小声的抽泣，我想此时她是不会开口的。对她来说，最难熬的时刻过去了：这拍卖牲口的笼套，这衣服下暴露出来的丰满的臀部，在这猥亵的快乐中，那几近放荡下流的笑声使在场的人感到十分难堪。

她的臀部上留下了一道道红色的痕迹，如同大理石花纹，在皮鞭的抽打下，它一上一下地单调地抖动着。一种难言的烦恼开始在室内蔓延：也许抓错了人哩，人们抽打的难道不像是一个死人吗?

“够了!”贝尔桑扎隐约意识到这一举动会令我不满，他不自在地说，“滚吧，别让我们再抓住你!”

她顾不上面孔还烧得发烫，就哆嗦着抖起衣裙，敏捷地整理了几下头发，那双既无情而又火辣辣的眼睛，好像受到难以忍受的攻击，在被烤得灼热不堪的房间里飘忽不定，表现出一种带孩子气的冷漠的挑衅。

“好了，不说了。这件事没有什么了不起!”贝尔桑扎摸着她的肩膀，猛然间显得亲热得可怕。“现在，你得想想将来，否则，你会感到后悔的。”

然而，她的眼光在他身上停了下来，黑亮、灼热，透过泪水，闪闪发光的双眼忽然充满了胜利者的疯狂。

“你们害怕了!……害怕!……害怕!……你们打我是因为你们害怕。”

贝尔桑扎将她推出门外，她赶紧跑开，但是我们还能听见她赤脚在石板上拍打的声音，夹杂着神经质的笑声和小姑娘尖厉、愤怒的叫喊，像是空中一只嗡嗡叫的马蜂：“害怕!害怕!害怕!”在她跑过的路上，一排窗户像阳光下的贝壳一样半开着，在这贫穷街区的寂静中，这无声的贝壳正一点一点地将她的叫声吸收进去，而我们则个个感到心绪不宁。

有些迹象令人更为不安。尽管雨季就要来临，而且很显然，在那些带裂缝的房子里冷风窜来窜去，根本谈不上舒服，但那一小群外地移民却不急着离开马雷马，并且打算留下来过冬，瓦内莎就是其中之一。这部分额外增加的人口，对当地贫瘠的资源来说是很大的压力。据预测，食品供应很快就会出现问题，这使贝尔桑扎忧心忡忡，情绪更加低落，并且迫使他分析究竟是出于什么原因，这群游手好闲的流浪汉一直逗留到封港时期。关于他们的所作所为和打算，他手下的暗探们无法弄个明白；警方很难掌握名噪奥尔塞纳的那些人的行踪，他们在市政议会的势力不可忽视。此外，这些人有太多的机会接触，而且他们的见面方式不容引起丝毫怀疑，通常是在阿尔多布朗迪府邸那闪着撩人灯光、充满节日气氛的欢乐场所，面对这种虽然无所顾忌却又迷雾笼罩的景象，贝尔桑扎不但感到无所适从，而且觉得深受嘲弄。

“请理解我。”有一天谈起一次晚会时他对我说，他的眼睛像在犯困，半睁半闭，仅仅从细如一枚硬币厚的缝隙里可以看见他来回游动的眼睛。“昨天的晚会就有费尔佐纳公爵，议员蒙狄的夫人和驻地管理委员会的秘书参加。如果有人在晚会上策划阴谋，那简直可以说是奥尔塞纳自己葬送自己。我开始考虑警察到底是为谁服务这个问题了。谁敢说不是他们最先读到我们的报告的？”

他那深埋在眼皮下的目光执拗地要探测我的反应。我知道我同瓦内莎的亲密接触使我俩产生了隔阂：似乎这只狡猾的眼睛在诱使我和他重归于好，通过我来打开通向和解的缺口，他那一副沉重的肩膀同时也流露出厌倦和沮丧的神情。

“我担心的是，”他接着说，“奥尔塞纳对此保持沉默，再说我们在这里所干的一切成效甚微。我并不以鞭打小姑娘为乐。另外……”

他做了个无可奈何的手势，将眼睛转向窗户。

“……也许他们说得对，不会有好结果的……”

房间里一片寂静。单调的步履正沿着航道在昏昏欲睡的下午缓缓消失，我隐约感到有一种东西如同流沙一般在我的压力下让步了，我无意识地朝房门口迈了一步。贝尔桑扎猛地跳了起来，恍如大梦初醒：

“……公主旅行回来了，您得到她的府邸去。多幸福的人啊！我可不能想去就去。”

他用敏锐的目光望着我，严肃地说：

“有时我甚至这么想，也许他们邀请我去，仅仅是因为这是我执行公务的需要，是为了给我点面子。请您让公主放心，我不会使她为难的。”

就这样，不安情绪日复一日地蔓延开来，人们可以看到一些新的防御以意想不到的方式退却了，就像一支在雾里偷偷行进的部队，敌方每一次声东击西，都足以轻而易举地把我们引入歧途。当我回想起不久前从奥尔塞纳收到的训令以及从那里传来的各种令人狂喜的传闻时，我常觉得奥尔塞纳耽于昏睡，而又不敢承认这一事实，甚至还想找到一种有生命力的感觉，证实自己在这种逐步加深的无声的恐慌中仍然保持着完全清醒的头脑。仿佛这座幸运之城曾把自己的每一部分都分散到了大海上，并且曾让自己永不停息的心脏在许多强劲面孔上和无数冒险精神中久久地放射出光辉，而今它不甘心于自己的老化，仍在呼唤着各种不幸的消息，这些消息像是能使它的全部神经发出更为令人愉悦的震颤。

我离开贝尔桑扎后，便一头扎进渔民聚居区穷困小巷的迷宫中，以便到达小船在那里等候着我的码头。尽管我迫不及待地渴望和瓦内莎见面，但我仍能不时地在这些小巷中发现一种魅力，使自己在路上耽搁一会儿。这些小街巷曲曲弯弯，两旁坐落着没有窗户的建筑和一些建在沙丘上的忧郁的小花园。这些花园从下午起就沉浸在一片清新的气息中。这里地处令人沮丧的、乱哄哄的郊区，它在形同软垫的沙浪上不住地摇晃。这些沙丘构成了坚硬土地的边线，它那像麻风患者遭人嫌弃一样受人冷落的境遇和那虽然年深日久但却摇摇欲坠的景象，在沙粒的不断涌动下，它变得更加荒凉。在那些被废弃的花园里，植物再也无法使这些沙粒固定下来，有时人们看到在海风的吹送下沙粒像数不清的闪闪发光的细羽毛洋洋洒洒地在围墙上方飘飞，然后，又像无声的瀑布一样落下，铺满狭窄的碎石路。然而，当我把头探向墙外时，呼啸的风声掀起海潮，掠过海面，猛地拍打在我的脸上。我喜欢这种受到威胁的宁静和隐秘的阴影，它们宛如悬在一种既深且广的喧嚣之上；我让沙粒从指缝间滑落，多次被风暴扬起的沙粒现在又将城市禁锢在昏睡之中。我注视着马雷马把自己深藏起来，同时，任凭横扫沙漠的狂风吹痛我的双眼，抽打我的面孔。我觉察到生命的冲动狂暴地刺激着太阳穴，有某种东西在沙层底下往上蹿。有时，在街道的拐角，常可瞥见一位渔家妇女，头上稳稳地顶着一只水罐或鱼筐，她们戴着永恒的黑色面纱，并且还将其一角用嘴咬住，以防止沙暴的袭击，她们使人产生一种印象，仿佛马雷马的街道随处可见送葬的队伍；当一名渔妇悄无声息地从我身边走过时，她就像在死城里徘徊的一个幽灵，给我同时带来大海和沙漠的气息。她像是从无法居住的死亡之城走出来的身影，摇曳着飘忽不定的象征死亡的火焰，来到这块吞噬了无数死者的土地上。生命正在这片极为脆弱和裸露的边缘地带冒险，宛如一种精疲力尽的标志伫立在沙海交接的地平线，又像一片被白昼遗忘的黑影飘忽在渐渐消失的街道上。海面上，光线已经暗下来，我觉察到身体内部有一种越来越可怕的愿望：把原本不长的白天尽可能缩短。这是一种想要落日重升的愿望，一种让一场令人怀疑的最后冲突的时刻到来的欲望。整个城市大瞪着眼，张望着厚墙般的大海，在黑暗中与我一道呼吸，像一个正被黑暗吞噬的监视者，凝神屏气地盯着黑夜的最深处。

我觉得瓦内莎时而萎靡不振，时而异常亢奋；这些天下午她似乎一直使我处于烦躁不安之中，因为她像是逃离了平日喜爱的喧闹的生活环境，抽空和我单独在一起，不允许任何人打扰。如此平静的下午使她变得六神无主，仿佛**空空荡荡**。虽然有时候她表现得既温柔又活泼，但是，我总觉得这种宁静空寂的状态使她手足无措，犹豫不定，她并不害怕和我在一块儿，倒是更像害怕独自一人形影相吊，当我在她身边时，她的这种感觉便会油然而生。每当天气晴朗，她常在旧花园的运河对岸跟我打招呼，这使我想起了清晨，我们在维扎诺岛相会时的情景；天气阴沉的时候——这种天气在这一季节屡见不鲜，她便在那间空荡荡的，总使我惶恐不安的客厅里等着我。一股清凉的气息从平静的水面升起，笼罩着静悄悄的府邸；大门朝向运河大开着，从那里传来单调的划桨声：我可以肯定，此时此刻除了瓦内莎以外，我不会碰到任何人。有时，我会在冰冷的门拱下耽搁一下，聆听自己的脚步在石板上发出沉重的响声。我有一种惊醒了一座沉睡的古堡的感觉，从面朝内院的门洞望去，冬季花园里的树叶纹丝不动，就像被透明的晶体固定住了似的。通过长达几个世纪之久的光线的过滤和灰尘的积淀，它们的棱角一个一个被磨光了，不知不觉中，它成了宁静和蛰伏的杰作，没有什么比这座年代久远的住所能更好地体现这座城市特有的深藏不露的**中和者**的特性，它能使一切失去最明显的特征，久而久之，就像是给日常生活的氛围染上淡淡的香脂气，并且像是使自然景物也失去了其深邃的含义。于是我想到在萨格拉的历险以及奥尔朗多曾对我说起的话，想到在这座深宅的寂静的厅室里滞留，如同处在冰冷寒彻的一潭死水中，想到呼吸秋日清新透明的空气，想到聆听细木护壁板发出的爆裂声与悬浮在空中的沉寂突然吻合在一起，我觉得有一种东西在向我展示它的魅力和它那无可挽回的裁决：就像奥尔塞纳旷日持久的努力和它竭力赋予自己的有生命的形象，试图造成压力大幅度的下降，寻求均势的最终确立，在这种均势中，万事万物都得以摆脱它们那必然存在的伤害性，摆脱那种危险局面一触即发的状态。

这些极富人性的形象，在经久不息的摩擦中不断地损耗，使生命在其中得以延续，它们像是为奥尔塞纳披上了日益丧失知觉的外衣，无论任何接触再不能给她增添活力。每个清晨，微醒的奥尔塞纳便肩负起世间万物，它们酷似裹着她的一件紧身衣，衣服虽然年代久远，却是为她精心制作的。奥尔塞纳与这身紧身服之间的关系过于舒坦和融洽，以致人们无法判明二者的分界线；而她对于自身的一点微弱的感知则渐渐地在渗透着人道观念的土壤中扎下深根。久而久之，这一观念似乎已将奥尔塞纳完整地吞噬掉，这种思想的精髓越过它曾嵌入万物中心的痕迹，留下奥尔塞纳在虚空中摇曳、倾斜，直到在这些纹丝不动的水面上找到与她极度相似的反光，如同一个人感觉自己从镜子的这一端滑到另一端。

当我重新想起这些单调、重复的日子，然而却是充满着期待和苏醒的时光——如同孕妇那无精打采、身体不适的样子，我惊异地发现，瓦内莎和我，我们似乎已无话可说。那种把我抛向她的激情一旦得到满足旋即烟消云散，就像环礁湖午后直线上升的忧郁的气温。这座府邸实在不宜居住，它的门窗随风开关，回声清晰可闻，光线半明半暗，如同教堂一般；墙根流淌着的一股细水永不停息、熠熠反光，使府邸在我们眼里成了一座变幻莫测的营地和在静寂的暮霭中张开双臂供人栖息的树林，那里有一只窥探的眼睛在不断地张望，使我从来也没有和瓦内莎单独在一起的感觉；相反地，睡在她的身边，手指悬在床沿，在一场战后溃败的疲惫中，我感到像是有一道无法截断的湍流在急速地和我们一道滑落：瓦内莎裹挟着我，就像去维扎诺岛时一样。她轻柔地使这座位于死水之上滞重的府邸之舟处于运动状态。这些充满温情的下午，快速而炽烈地溜掉了，宛如被河水卷走了一般，恰似人们远观瀑布时，觉得它像羽毛装饰过那样，比人们所察觉到的还要均匀整齐，还要悄无声息。有时候，我望着躺在自己身边熟睡的瓦内莎，她不知不觉地与我保持着距离，仿佛我是陡峭的河岸。极度兴奋之后产生的那种疲惫感像海浪一般把她卷起，在这些时刻，她从不赤身裸体，而且总是躲避着我，宛如畏寒一般敏捷地将盖毯拉到颈部——她的肩膀像是被沐浴过后的头发弄得湿漉漉的，高高顶起的毯子好像要把她同广袤的外界分开：床铺神圣的平面将她掩住，无声无息的垫单同她一起滑动；我撑着一只肘臂待在她的身边，仿佛在观赏两道流水间随波起伏的一颗沉睡的头颅，它向远方飘去，渐渐地在我眼前隐没。环顾四周，灰蒙蒙的亮光透过阴郁的倒映着运河水色的玻璃天棚，仿佛也在室内浮动，使我不寒而栗，感到身孤影单：托着我的潮水似乎退到了低潮线，昏眠的噩梦形成的黑洞在不断扩大，整个房间似乎在慢慢消失。瓦内莎生性高傲，放荡不羁，像公主一般无忧无虑，她总是让房门自动开闭：在这酷似那淡红色细小的灰烬缓缓下落的短促白昼的半明半暗的光线中，我恍恍惚惚，四肢酥软，心情沉重，感到有股寒流穿过高大而破败的房间，吹拂着我裸露的肌肤；此情此景恰似造成一场浩劫的旋风将我们忘却，让我们躲在墙隅，而我们则像是在这戒备森严的城市里的寂静深处，不由自主地竖起耳朵凝神谛听被追踪的远处猎物的声息。一阵不适，迫使我在屋子中间站了起来，我隐约感到在物体和自己之间有着一段存在于感觉之外的不断增大的距离，有着一种隐藏在悲哀的敌意下悄悄退却的运动；我向一个熟悉的支撑物摸索过去，它却在我需要保持身体平衡时突然消失，使我顿感置身于一群已经获悉其恶行的朋友中间遭人白眼那样孤立无援。我不顾一切地用手抓住瓦内莎的肩膀，她昏昏沉沉地苏醒过来，在我的身下，她的眼睛在迷乱的脸上闪着更加苍白的灰光，仿佛在其深处隐藏着一种阴暗和沉睡的好奇心；这双眼睛引诱着我、牵动着我，如同一名潜水员面对深水那黏稠的暗影；她的肩膀张开着，环抱着我，在黑暗中搜寻，我们像一同沉溺于灰暗的池塘铅灰色的水中，脖子上还挂着石块。

在马雷马这些经常与她相伴的整宿整夜中，我找到了一种凄凉的欢悦。这些黑沉沉的夜晚在其顶部形成了一个奔涌着慵懒的空洞，宛如黑水泛滥的环礁湖中的桩基，就像我那感到疲惫、空虚的实体让我自己同周围衰败的环境一同消失，同它们一样屈尊就范、备受压抑。穿过这多雨地区饱浸水分的云层，然后再透过窗户照射进来的群星已无半点星光；仿佛这片虚脱了的土地连一片破碎的肺叶所能发出的微弱的叹息也发不出来：这片土地早已为沉重的、喷着热气的猛兽据为洞穴，而黑夜又将自己身躯的全部重压附于其身。有时，在沙洲背后，一支船桨激起浑浊的水流，要不就是一声轻微的、晦淫的叫喊戛然而止，发出声响的是正在未掩埋的骸骨四周窜来窜去的大老鼠和其他小动物。在这片抑郁、沉重，像是抹上了羊毛粗脂的夜空下，我沉默而孤独地不住徘徊，寻找着空气，仿佛在令人窒息的潮湿中滚动；瓦内莎枕着我的手，偎依着我歇息，如同正在扩展、越来越沉重、越来越封闭的黑夜。此时在我眼里，瓦内莎像包上了一层铅，密不透风，漆黑一片，她就是我无法进入的黑夜，是被活埋的生灵，是炙人而遥远的黑暗。她那浓密的头发宛如群星闪烁，酷似一大朵黑玫瑰，尽情舒展，供人欣赏，却紧紧地贴在她那沉重的心房上。这极度温湿的夜仿佛掩盖了一场酝酿已久尚未来临的暴风雨。我又站起来，赤着脚在厅室里踱来踱去，这些厅室同样如同在森林深处遭人遗弃一般，几乎因孤独而呻吟、哭泣，宛如某种既令人不堪重负又令人微微飘逸的东西在向我暗示，它同时又穿过这些高耸、潮湿的廊道中凝滞的空气，从一处厅室向另一处厅室蹿去。我不由自主地倾听这一阵阵声响，仿佛深夜里远处一场火灾传来的喧哗与闪光把我们从梦中惊醒一般，我再也无法进入睡梦。当我往回走时，我远远地看到一个黑影在地面上晃动，在灯光的照射下，我才看清瓦内莎已经醒来，是她在梳理蓬乱的头发时，她的手惊动了宛如贴在墙壁上的夜蛾一样的阴影，使它们飞舞晃动起来。光亮中她那不胜疲惫的神情使她看上去既苍白倦怠又神态严肃，仿佛依然噩梦缠身无法解脱，或许是那一动不动的灯光使我产生了这种惴惴不安的感觉。蓦然间，她开口说话了，那声音十分奇特，完全不像是她而是一个通灵人或梦游者发出的，那痴人呓语听起来十分安详：

“你撇下我一个人，阿尔多。你为什么让我独自留在黑暗里？

我觉得你离开了我，我做了一个伤心的梦……”

她抬起头，睡眼惺忪地望着我：

“……你知道，府邸里没有鬼魂。过来吧，别丢下我一个人。”

稚气的话语中带有的温柔打动了我，我轻轻地抚摸着她的额头和柔软的发根。

“你害怕了吗，瓦内莎？怕这漆黑的夜，怕这阴森的古堡，是吗？……这可真是一座了不起的古堡！我的天哪！……就连在我们这个房间里也陈列着威风凛凛的甲胄和盾牌。十四代阿尔多布朗迪家族成员的人头像都在守护着这栋府邸哩！”

她闭上眼睛，伸开温暾的胳膊，像小姑娘一样噘起嘴。我兴奋地吻了吻她，像是咬着一只甘甜的苹果，但是一股轻风拂过，她重新倒在床上，牙齿打战，浑身发抖。

“啊，我好冷。”

她抓住我的手，神态紧张，表情严肃，目光沿着敞开的廊道移动，仿佛凝视着遥远的灌木丛林。

“这里多么令人忧伤，阿尔多！为什么我要到这里来？我讨厌这空空如也的四壁，讨厌这看不完的浓雾中的波涛和沙洲。”

她的声音贴着我的耳朵回响。

“……我就像置身于遭到洗劫的港口，闸门裂开了。在这个空旷的房间里我仿佛随风飘荡，像是在一艘抛了锚却停不稳的舰船上。”

“可是，是你要这些门开着的呀。瓦内莎，我总觉得我们像是睡在大街上。”

“可怜的阿尔多。”

她心不在焉地抚弄着我的头发。

“……你是多么善良而有理智，真是个温驯的孩子！……”

一丝隐约的不快控制了她，她把脸转向了一边。

“即使我们是睡在大街上，即便所有的人都从这里经过，走进这个房间，那又有什么呢，阿尔多？你想会怎么样？谁也不会注意到我们的存在。”

她提高了嗓门，像是在悲恸欲绝中做着忏悔。“说真的，在这儿又能跟谁打交道？我刚来时，精疲力尽，心烦意乱，冷酷无情，我希望重新塑造自我，把自己磨炼得跟石头一般坚硬，成为一块投向众人面孔的石头，真希望与什么东西发生碰撞才好。在这片窒息中，击碎什么东西就像打碎一块玻璃一样容易。我跟你说，在这儿发生了猥亵和挑衅行为，出现了一些超出常规的事情，这并不滑稽，阿尔多。这是严酷的，一点不错，是严酷的。”

她无力地耸了耸肩。

……

“这里的情况就像一颗投进环礁湖的石子，激起了一股既使人厌倦又令人好奇的涟漪，然后，沉重的流水又重新闭合。这并不是因为我瞄得不准，而是因为那里有些动物具有神奇的消化系统，连我们扔下的石头也能吞食——环礁湖就是口袋，就是肠胃。我也一样，同样感到自己在被消化，毫无抵御能力。你懂吗？我被吸收了，跟那些在胃里杂乱无章地翻滚、碎裂的谷物没有区别，真可怕！即使有沙粒，它反而会消化得更好、更快，我们大家不是都在致力于……”

她失望地摇着头。

“如果我们是在大街上——即使我们在大街上一块儿睡觉，那又有什么关系？难道你以为会发生什么事情不成？会有许多双眼睛注视着你，阿尔多。你可明白，事情顶多到此为止，并没有真正的**关注**。可我，我需要这种关注。哎，是的，关注，被人关注，但要用全部眼神，真正地被人注视，相对而视……”

我俯身望着她，听到她发出惊恐的叫喊，如同喷涌而出的鲜血。在我眼里，她突然变得出奇的美，一种沉沦的美。在她浓重的长发下，在她圣洁的严密防范的冷峻中，俨然是在电闪雷鸣的城市上空一位挥舞着利剑的冷酷而阴郁的女神。她用臂肘慢慢地支起身躯，盯着我的双眼，用平静的语气说道：

“我所想的这些也正是你所思考的，不是吗，阿尔多？我肯定你明白我的意思。”

这下轮到我盯住她的双眼了：

“我想我能明白，瓦内莎。不过，这种关注，你肯定也会理解的。马雷马为它定下了基调，它对这里的人是一种威胁，你和你家族的人从一开始就明白它的真正含义。”

她用手抓住了我的胳膊，这只手是那样安详，就像静静的黑夜。

“对，你自己也清楚。自从你来这里后，你没有别的目的，所以我才去海图室找你，带你去维扎诺岛；至于目前你的所作所为，其缘由你同样心中有数。”

这一夜，我再也无法重新入睡，完全是像在爱河第一夜中那种迷乱、亢奋、神经质般的狂热中度过的。瓦内莎紧贴着我沉沉睡去，面无血色，由于睡得很熟，脑袋侧到了一边。她像产妇那样伸展开四肢躺在床上，使重压下的床变得弯曲。她是在一切全都烂透后才萌发的花朵——是聚拢又散开的气泡，它在致死的哈欠中与空气交会，在沼泽泥塘的表面将自己被激怒的、封闭的灵魂交付给一声黏性物质的炸裂，如同一串有毒的亲吻发出的噼啪声。

阳光滤进室内。瓦内莎已经起床，她急匆匆地穿好衣服，在房间里来回走动。透过半闭的眼睛，我看到她在守候着我醒来。她穿着一件灰色的起伏不平的浴衣，脚步听起来不太真切，酷似躲进山洞里的一只过路的鸟儿，醒来后辨寻感觉和方向时那种笨拙的飞行。她来到我身边，轻柔地跪在床沿，用带有海风的新鲜气息的胳膊绕着我，而我则在她的双唇上像是尝到了海水的咸味。

“我要把你撇下几天，阿尔多，你知道我必须回奥尔塞纳。”

“你又要走吗，瓦内莎？”

她没有回答，而是把头贴在我的胸前，我以一种从未体验过的激情用双手将她抱紧。

“时间太短了，你会记得这一夜吗？……”

她低下头，显得局促不安，又说道：

“这是一个难以忘怀的夜晚，你说呢，阿尔多……”

突然，她粗鲁而又笨拙地吻起我的双手。

“你的手多有力，阿尔多，这么强健、有力……”

她用脸颊轻柔地一点一点地揉擦着我的双手。

“一双把持着欢乐与坠落的手；一双令人甘愿奉献与屈服的手，即使为了杀戮，为了毁灭——即使为了完结。”

“完结可谈不上，瓦内莎，你使我这般幸福，难道你不幸福吗？”

她的一双大眼睛直直地盯着我。

“噢，当然，亲爱的，我幸福。不过，我想告诉你：我很勇敢，我不害怕一切后果。即使到了末日……”

她抖了抖身躯，让浓密的长发散落开来，如同一片乌云；我将双手伸入这片潮湿的、卷曲的隐蔽场所，用我全部的柔情使这双手在虚幻的安全中滞留，沉重的心使我觉察到时光的流逝，就像一个蜷缩着身体躲藏起来的小学生，在一点点地啃食分分秒秒，推迟闹钟尖叫声那令人心碎的时刻的到来。

“你知道我要带马里诺去奥尔塞纳。他请我让他坐我的车去。市政议会很重视他。”她用低沉的声音暗示说，“不管怎么样，你要一个人在海军指挥所待上几天……”

她又用一种半带挖苦的奇异语调对我说：

“……除了上帝，就是船长。阿尔多，干你们这一行的不是这么说的吗？”

瓦内莎走了，我感到无所事事，十分伤感，决定在马雷马再待上一天。这是圣诞节前夕，在这样的夜晚，遁居于海军指挥所潮湿的四壁之间，实在使我感到不堪忍受。大街上人群熙熙攘攘，一种本能驱使我最后一次投入人流中去。在这些令人不安的日子里，我感到城市的神灵在摇曳，一种灵感促使我来到船的甲板上，使自己的脸颊面对无数张丰满仍有生气的完好的面孔，而此时战舰正在摇晃着身躯，一种发自深处的巨大的撞击声向我袭来。

沿着马雷马几条商业街道闲逛，在这期待已久的神圣时刻到来的前夜，我仿佛体察到这座小城的脉搏跳动得更加剧烈。在这圣诞前夜，奥尔塞纳的地方传统是穿着色彩鲜艳的服装和五颜六色的羊毛大衣，它们使人联想起沙漠和把遥远东方的圣诞仪式移植到这些沙地的边缘，不过我觉得在许多人的思想里，今年这些虔诚的装扮具有双重含义和特殊意义。置身这些时而奔走于大街小巷，时而在简陋的灯饰下四处留下点点红光的行列中，我注意到了一些与众不同的身影，他们比具有千年历史的东方更容易令人想起随着沙漠中人流飘荡的灰红相间的帷幔和宽大的羊毛外衣，这种习俗从过去一直到现在都在法尔盖斯坦大行其道，他们路过哪里，都会引起孩子们的一片尖声叫喊。在这些儿童眼里，这些稀奇古怪的打扮仿佛让他们重新看到了童话中那个吃人的大魔王。不过，令人怀疑的是，这些面具是否仅仅用来吓唬孩子。忽然间，人群都把明亮的眼睛从四面八方投向这些身影，走到近前去打量他们。很明显，这些令人生疑的服饰比任何其他事物更能激化这紧张的空气，而人群在心怀叵测地幸灾乐祸，仿佛在微微发热的战栗中人们发现了畏寒的魅力，或许是对更加紊乱的**自我存在**的一丝模糊的感觉。人群似乎在触摸这个幽灵，如同抚弄唯一还能给他们带来温暖和力量的一面镜子。

“观察员先生，您对这些西亚的贝督因人①的大放风有何评论？”我在街角碰见了贝尔桑扎，他出其不意地这样问道。

他情绪不佳，言谈中明显地流露出粗俗无礼：

“我真恨不得要去揭开蒙在这些脏脑袋瓜上的面纱。这些不老实的家伙，不久前我还着实教训了他们一顿哩！”

我用略带生硬的语气反驳他：

“我可不赞成您这样做。我看今晚这群人不大好惹，今天可不是警察局抓人的日子呀。”

“我有别的理由，而且是更好的理由不这样做，请放心好了。”

贝尔桑扎带着一副诡秘的神情，突然抓住我的衣袖，把我拉到一处角落。

“您知道大家在说些什么吗？听说我们的圣诞化装舞会不过是使某些人为所欲为再恰当不过的借口，我还听说在今晚出来透气的人群中，躲在这些面纱后面的好几个家伙并不是本地人，您注意到了没有？”

---

① 贝督因人：西亚地区的一个古老部族。

——“哦！”

很显然，今晚贝尔桑扎身上有一股酒味。

“我被要求谨慎从事，一点不错，听到命令就得服从嘛，这是我的职业要求。但我向您发誓，观察员先生，在这儿，这些瘦脑袋瓜别想再嘲笑我多久了，他们还认为可以随心所欲地捉弄我们哩，我指的是**那边**……”

他抓住我的胳膊，仅以一种戏剧性动作把我松开，情绪变得越来越激动。

“观察员先生，我们忍气吞声地受够了，您可以作证，这已经足够了，足够了。我也许会因此丢掉我的差事，管它哩。今天晚上我又对执政官代表说：忍耐是有限度的……奥尔塞纳并不是一张可以扔给沙漠里的寄生虫啃食的破草垫子……人家在向我们挑衅，我们会作出反应的（他做了个果断的手势，一副高贵的神态）……今晚到圣·达玛兹教堂来吧。”他眨了眨眼睛，补充说了一句，语调含混，频率很快。

我目送着他远去，自问他扮演这个角色会到什么程度，想凭借酒精的力量会把自己变成什么样子。但是，这位“好汉”那俗不可耐的言语所表达的意思再清楚不过了。贝尔桑扎终于发现体察自身的孤独是十分困难的。这个偏离河岸的平庸灵魂的机械性漂移表明现在河水已达到了最低水位。

我烦闷地回到府邸用晚餐，和人群令人兴奋的接触，使我感到倍加孤单。夜课经的钟声响了，这是贝尔桑扎约我在圣·达玛兹教堂那高高的波斯风格的穹顶下会面的时间，我几乎不知不觉地走到了约定的地点，我去那里并不完全是因为没有别的事情干，主要还是因为这处地方激起了我的好奇心。

在南方的土地上，根本没有什么著名的教堂，这并非因为它们吸取了很多东方建筑风格，有着装饰华丽的穹顶，而是由于人们对它所保护的宗教仪式表示顽固的猜疑。在南方比在北方更明显的是，过去官方宗教无法摆脱异端邪说和东正教内部争端的影响，不得不做出些让步，达玛兹的穹顶就是几个世纪以来这种有选择的重新集合的体现，它包容了奥尔塞纳那些不安分分子和冒险家们身上的各种宗教观念。在很长一段时间里，西尔特的商人行会间或与东方的异教徒有过联系，然后又同跟耶路撒冷的秘密组织“正直兄弟会”有暧昧关系的教派挂上了钩，这种暗中交往与当地流传的对弗洛尔的约阿基姆和里恩佐的科拉这种深不可测的神明顶礼膜拜有关，摩尔人殿宇的穹顶和建有渗水地窖的教堂高大的黑色的拱穹是一次次密谋策划的见证。这种活动最终遭到禁止，无可救药的反抗很久没有爆发。渐渐地，它被罩上了一层神秘的面纱，在广大民众中备受青睐，这可能与它具有异国情调和不易为人理解的形式和装饰有关，因此人们应该更仔细地观察这个充满神秘色彩的宠信物，它对那种希望进行**双保险**的情绪以及对占统治地位和官方认可的神性的可靠性始终持有保留态度。这使马里诺——此时最了解西尔特的人——能够巧妙地说：“马雷马在上帝面前娶了圣·维达尔大教堂，与此同时又娶了圣·达玛兹教堂。”也许久而久之，神职人员便认为异端的危险不及一堆梦想严重，这些梦想在无人继承但又极具吸引力并且不加掩饰地将自己奉献给黑暗的圣人遗骸盒上变得越来越沉重，因为近几年来，一次赎罪仪式以后，教堂又重新开放用来做礼拜。对正统的宗教团体来说，并非没有付出代价，只是他们的妥协被掩盖起来了。后来事情的发展表明他们这样想原来不无道理；很明显——贝尔桑扎收集的资料使人对此深信不疑——圣·达玛兹教堂很快地便处在一种特殊的气氛包围之中，而今在马雷马人们所呼吸的正是这种气息，这所教堂成了那些搞得人心惶惶的造谣者们所选择的难以受到监视的聚集点，同时也是那些城里人数日益增多的对官方宗教持怀疑态度的避寒过冬的富人们的聚会地。瓦内莎尽管不信教，却常常前去那里，对此她也只能做出模棱两可的解释。她去那里是为了保护神职人员，在他们当中天启论①的偏向已经在他们心中扎根，这或许是由于他们着了魔，或许是由于她干预的结果，我感觉在这模糊不清的闪光中，在奥尔塞纳最有影响的势力范围中，可以看出得到**最上层认可**的迹象，它使我立即想到这与来自市政议会的训令有关。达玛兹教堂就是那些通过它使流言蜚语扩散到大街小巷的众多裂缝中的一个。看一眼这个弥漫着恶魔气息的小教堂无疑是十分必要的。

教堂耸立在紧靠海岸的沙舌地带，位于渔民聚居的贫困街区的中心，即使是在圣诞前夕这个庄严的日子里，它那简陋而可怜的景象仍然令人过目不忘，映入我的眼帘的只是一张张挂在墙上补过的渔网。根据西尔特水手古老的传统，一条扯满帆的渔船能代替象征耶稣诞生的马槽；在教堂的灯光下，凹陷而飘荡的摇篮不可思议地表现出具有农民生活色彩的景色，将它转换成一种深受威胁的耶稣诞生图，给人一种耶稣诞生在风高浪急的大海上的感觉。除了与拱穹垂直的地方周围有一团亮光外，教堂殿室的其他部分都是昏暗的，然而从中却产生出一种磁场般的几乎是可以触摸的沟通和交流，就像一条滚烫的道路上方战栗的空气，它正从极度虔诚的人群中冉冉升起，这种热忱同奥尔塞纳久负盛名的在假日里人们像牛一

---

① 天启论：印度教教义之一，强调神灵启示的权威性。

样进行反刍的生活方式毫无关系。每个星期日，他们都像一群被重新点过数的畜群一样悠闲自得，将鼻孔浸泡在自身气息里。在街上，人们骤然间在这里那里闻到的都是这种充满异国情调的味道，一旦进入教堂，感受到的气氛就像是猛然当面挨了一拳一般。一种强大的力量使人群骚动起来，他们头顶上的穹顶也在喘息，人头攒动的波涛顶着这条神秘的船；它随着古老、深沉的歌曲节拍单调地摇晃；在这个如同笼罩在空蛋壳里的黑沉沉的冬夜，在苏醒过来的热烈的声音呼出的人们的气息中，我感到脚下的冰雪在破碎，在融化，我的心也怦怦跳动，仿佛从地下涌出了一股不祥的热浪，——冰雪消融得太突然了，真像是一个被判处极刑的春天。狂风卷起了地上的枯树叶，古老的摩尼教曲调同时从人群中升起，如同一阵来自海上的风：

> 他来自深沉的黑夜，
> 我的双眼渴望与他相见。
> 他的死亡就是许诺，
> 他的十字架是我的依托。
> 哦，可怕的代价，
> 哦，我的恐怖的迹象。
> 胸腹如同是坟茔，
> 对于痛苦的诞生。

这歌声令人心碎，采用了古老赞美歌那奇特而悲哀的曲调，它的出现如同是欢乐的节日飘动的黑帆；这深沉的声音，朴实地再现了过去的凄凉。我听着这支歌，抑制不住战栗，这是因为它表现了一种无声的恐惧。就像濒临死亡的人嘴里不住地呼唤母亲的名字，奥尔塞纳在危险临近的关头也躲到了自己藏匿在最深处的“母亲”的背后。像狂风里的一条船本能地立于浪尖那样，奥尔塞纳将它的全部历史都包容在一声尖叫中，并同它化为一体；在同虚无进行的争斗中，她一举担当起了崇高的精神境界和内在的差异；或许是由于我第一次卷入如此狂热的人群之中，我从他们中间听到了自己毫无掩饰的嗓音。

然而歌声停止了：一种更为专注的沉默意味着群众的激情期待着在一种明白易懂的符号中消耗殆尽，意味着主祭者就要开始讲话了。我仔细地观察着这位主祭人。他穿着南方修道院修士的白色长袍，而他身上的某种东西——云遮雾罩的近视的眼神，既有冷漠的温柔，又有发狂的贯注——令人想起那些在奥尔塞纳沙漠边缘举目可见的可怕的想入非非的人，他们就像是被海市蜃楼和沙漠之火吞噬了一半的煤块。他在一排排听众中间穿行却并不触及他们，像一团白色的火苗移向讲坛，然后，当他踏上台阶时，堆成金字塔般的大蜡烛从下方照着他，在他的下颌部形成一道可怕、贪婪的阴影，整个面部似乎同黑夜模糊不清的表面齐平；他使听众们不自觉地挤得更紧，比一双握在一起的手还亲密，我想预言家们的时代又到来了。

像是犹豫不决，又像是疲乏厌倦，他首先不动声色地宣称在这个节日里举行宗教仪式具有重大意义，并对今年这个节日能一如既往在圣·达玛兹教堂热烈庆祝感到庆幸，因为这是神授的恩惠的特殊的形式，它是“这个神圣夜晚会集在战斗教会唱诗班的各种声音中的最强音，人们可以听到它那非同凡响的共鸣，它已在我们全体教徒心中发挥显著的效应”。

在这段乏味的开场白之后，他稍停了片刻，然后声调渐渐抬起，像一把被人缓缓抽出刀鞘的利刃，越来越尖，越来越亮。

“有些事情令人十分不安，尽管他们对你们中间有些人来说可能具有苦涩的嘲讽意味，但很值得我们深思，这个充满期待的节日，这个对希望之神进行赞颂的节日来到我们身边，今年我们将在这片没有倦意、没有安宁的土地上，在这片被噩梦吞噬的天空下，在我们因经书中曾作过可怕描写的各种征兆迫在眉睫而抑郁苦闷的心境中庆祝它，然而，这并非我们的真意。我希望你们，兄弟姐妹们，能够找到隐藏的含义，在战栗中寻回能够让我们揣测生命起源的秘密，只有在最黑暗的冬夜，我们才会得到希望之神的庇护，只有在沙漠之中才能绽开使我们获救的鲜花。在现在我们得以复生的这个日子里，天地万物都已衰竭虚脱、悄无声息，言语失去了力量，更没有声音的共鸣；在这个夜晚，星辰运行到了它们轨道的最低处，恰似睡神让它的灵魂渗进了一切物体；仿佛甚至在人们心里，大地也在为自己的沉重感到欣慰，好像万事万物本身最后成了堵塞创世者呼吸的一块沉重的巨石，而人注定要直挺挺地睡在这块石头上，一如在黑暗中摸索着走向自己的床位，因为人喜欢用毯子蒙着头。你们中有谁不曾推进自己的梦想，不认为如果将自己的身体变成床铺，头变成枕头会睡得更甜蜜？精神世界也有封闭的卧床。在这里，今天晚上，我要诅咒你们陷入泥潭不能自拔，诅咒所有陷入自己织成的罗网的人，我要诅咒他的洋洋自得，诅咒他的慨然允诺。我要诅咒这过于沉重的土地，诅咒那使自己百事缠身的手，诅咒那因揉搓面团变得麻木的胳膊。在这个期待之夜，颤抖之夜，在这世界上最贪婪无厌、最变化不定的夜晚，我要为你们揭穿睡神的真面目，揭去安宁之神的面纱。”

每个听众无不神情专注，像是在轻轻战栗。黑暗中谁都大气不出一声。

“在这宛如白昼一般令人深深失望的今夜和这裹着永存之光的面纱的黎明，从其诞生的这一时刻开始，大地已在扩大，它用来隐藏自己的，恰恰就是这充满含糊指示和不祥预言的黑夜，而在黑夜降临之前，预示着她的到来的东西，就像迎接一支军队的滚滚尘土一样，是可怕的谣言，遍地的鲜血，是毁灭与死亡的先兆本身。几百年前，也是在同样的深夜，人们同样彻夜不眠，忧郁扼紧了他们的太阳穴，他们挨家挨户地掐死刚刚离开母体的新生儿。他们彻夜不眠为的是使期待永无止境，使休憩不被干扰，使砌牢的石块不被撼动，为的是使一切井然有序，因为对有些人来说诞生本身就是不受欢迎的事情；它摇摇欲坠，平添烦忧，伴随着鲜血和尖叫、痛苦和贫困，是一阵可怕的骚乱——诞生犹如人们无法确定的时间，是休憩的中止，是不眠之夜，是小木盒周围骤起的龙卷风，就像是童话中盛风的羊皮袋开裂了一般。诚然，诞生带来死亡，是死亡的先兆，但它却是感知。我要跟你们讲的是那种不知死亡为何物的人，不与外界进行交往的人，他们坚信地球有它的盈满和足量，我要你们提防的正是这些守护着永恒安宁的哨兵们。

“哦，兄弟姐妹们，在这充满可怕的不确定的晚上，心甘情愿庆祝这神圣诞生的人是很少的。他们来自遥远的东方，对自己要干什么一无所知，唯一指引他们的是殷殷血花或灾祸之血喷涌时无动于衷地映红天际的烈火的征象；他们肩负着一个有着神奇财富的王国，就在这黑夜深处，他们的衣服仿佛闪着微光，就像人们看见地窖里堆积的财宝微微下沉一般。然而他们走了，把一切留在身后，仅仅带走了保险柜中最稀有的珍宝，却不知道把它们奉送给什么人。在这沙漠中央，我们姑且把这盲目的朝圣和献给纯洁的救世主的降临的祭品看作是一个伟大可怕的象征。我们中有一大部分人尾随他们走上了这条无声移动着的星球背后的黑暗之路，他们沉溺于完全的等待和深深的迷茫。夜阑人静中，他们上路了。我请你们进入他们的感知，和他们一道盲目地祈求未来的结果。在这个一切仿佛都被悬置起来的时刻，连时间本身都在迟疑不决的含混时刻，我请你们参与他们崇高的背叛。半夜时分，谁能觉察黑夜在孕育，并能从中得到愉悦，谁就是幸运儿，因为黑暗给他带来果实，而光明则已被他挥霍殆尽；谁能舍弃一切，无条件献身，谁能从心灵深处听到隐隐约约寻求解脱的呼声，谁就是幸运儿，因为世界将在他的注视下干涸以便获得再生；谁在水流最急的地方弃船而去，谁就是幸运儿，因为他将能到达彼岸；谁背离自我，放弃自我，同时在黑暗中仅仅崇尚深层的实现，谁就是幸运儿……”

布道者又一次停顿了一下，他的话音现在又高昂起来，只是更缓慢，蒙上了一层庄严的色彩。

“……我对你们所讲的这个人是一位不速之客，是个像夜间窃贼一样光临的人。我跟你们在这里，在一片黑暗中，在这片禁地上谈论的是一个黑暗时刻；我跟你们所谈的是一个不该入眠的夜晚，我给你们带来的是一个神秘诞生的消息。我还要告诉你们，地球又一次要在他手上掂量的时刻来到了，该你们作出抉择的时候也临近了。哦，但愿我们能不拒绝我们的眼睛注视深远的天空中闪烁的星辰，但愿我们能理解来自忧郁深处的比忧郁还要强烈的难以扑灭的欲望。和你们一道，我的思想转移到那些来自沙漠深处的人身上，他们喜欢模拟马槽里诞生的君王，尽管他带来的不是和平而是战争，他们同时在晃动如此沉重的负荷，它使大地为之震颤。我和他们一起顶礼膜拜，和他们一样钟爱母亲怀里的婴孩，钟爱忧郁流逝的时间，钟爱辟开的道路和清晨的大门。”

人群突然涌动起来，原来他们正不慌不忙地一排接着一排跪下来，那神情就像镰刀下懒洋洋的麦穗，在一阵强大的、不开化的窃窃私语似的祈祷声中，教堂的整个内空如同退潮的海水涌回，给了我一记耳光。人流肩并肩地在一阵可怕的静穆中祈祷着，把教堂高高的拱顶凝固了起来，将空间凝成一个紧凑的团块，使它紧紧地挤压着我的双鬓，以至于我突然感到无法呼吸，大蜡烛冒出的烟雾顿时也强烈地刺激着我的双眼。我觉得双肩像是压上了一种沉重的东西，并且产生了一种人们在盯着一位满身血污的人时所体验到的恶心感。

我没有在人群中寻找贝尔桑扎。我被激动卡住了咽喉，我不无厌恶地——这是一种难以言状的厌恶——回想起缓慢移动的近视目光从我身上扫过时的情景，那目光如同插向铠甲薄弱地带的利刃。我匆匆跳上一条载客的渡船，沉重和潮湿的夜晚拖曳着我，我没有回府邸而是任船载着我穿越环礁湖远去。

夜晚带着凉意和咸味，十分宜人。我的前面，阿尔多布朗迪府邸灯光俱灭，如同一大块漂于宁静水面上的浮冰；我的左边，马雷马稀疏的灯火也渐渐沉入海底，浓缩成瘦小的一团。大地仿佛被吞噬了，水平线也在这些闪烁的群星面前隐去。马雷马像是在夜体中被融化，被稀释，宛如一座在它的时空中消散、被信标细小的火舌吞没的城市。

在这个极乐之夜，很长一段时间我完全不知道身在何方。我时而在浪尖上漂荡，时而又随其消逝，渐渐离去。潮湿使我的大衣上结了一层冰冷的水珠，在渡船信号灯微弱的灯光形成的小圆圈中，湖水撞击着船板，发出经久不息的汩汩声。我不知不觉地沉沉睡去。马里诺坐在海军指挥所办公桌前的形象不时地从我眼前掠过，他那狡黠而又见多识广的微笑异常奇特，他的身影伴着船行的节奏在我面前摇来晃去，如同水上行者，又像一个可怜的木偶，接着，这些摇曳的影子渐渐缩小，不一会儿工夫，我面前的这张面孔依然处于一片滞重的凝固中。我觉得他沉默专注的目光刺入了我的眼睛深处，很快地，我就进入了梦乡。

圣诞前夜的欢庆活动过后，我回到了海军指挥所，它并不像人们想象的那样萎靡不振。**威武号**停泊在码头，它的甲板也不像平日那样零乱，一些人，在煤堆旁忙个不停。法布里齐奥从船舱里走出来，一瞥见我又匆忙退缩回去。不一会儿，从那里面传来一片震耳欲聋的哨声，像是海军司令大驾光临，前来巡视泊锚的全满旗的舰队。

“全体人员甲板集合，指挥官回来了。”法布里齐奥高声喊道。

我明白这是个经过周密策划的玩笑，我的三个伙伴刀出鞘，直挺挺地排成一行，脸上挂着狡黠的微笑在恭候我，甚至有人在那里哼着一小段军歌。等我一上船，他们欢呼雀跃地围了上来，不住地拍打我的肩头。我立刻宣布给他们每人多分一些饮料。这种没有私心杂念的亲密关系使我异常激动。我们四个年轻人个个精神饱满，精力充沛，大家在明净、干燥的旭日下完全融成一体，我真想拥抱他们。

“……这次他可真的要当我们的头儿了……”法布里齐奥边打呼哨，边带着崇敬、羡慕的口气说道，“……说心里话，你来的正是时候。让我先把罗马教廷教皇的敕书给你。”他止住开玩笑，递给我一个信封。由于马里诺行动迟缓得像主教以及他经常足不出户，所以有时我们开心地称他为“罗马教廷”。

马里诺的信很短，看上去是匆匆写就的，出于微妙的友谊，他对我并不顾忌采用固定的书信格式，我不知道为什么通过这一简单的事实，我竟然觉得马里诺为人善良，并且对我怀有信任，这种感觉像一股暖流涌上我的脸庞，使我的面孔发烧。我又一次强烈地感受到，他的这种本领像是某种奇异的东西，只要触摸一下就能洞悉事物，而他所讲的普通话语的声调，便足以把回忆变成美妙的音乐——是的，他对所有事情的天真的看法就像是一种虽然笨拙但却动人的旋律，如同他做所有事情时就知道修饰那些最简单、最出人意料的和弦一样。他告诉我他把海军指挥所的负责权暂时交付给我，并且已经下令今晚安排出海巡逻，他不怀疑我会做得很好。“要好好照顾威武号，”他补充写道，“我一直很怕那些该死的浅滩。我们的舰只已经老掉牙了，因此当你驶进狭窄的被沙淤塞的水道时，要注意测定好位置；法布里齐奥上次就出现过失误。这几个年轻人都很冒失，他们自以为懂得航海，不过有你在，我就可以高枕无忧了。不要忘记——我不是命令你——快下夜班时才能喝酒，在这一点上千万可不能听法布里齐奥的意见。我祈求圣·维塔尔神（这是马里诺最崇拜的神灵，我想是海神）保祐您，愿您在海上平安无事。”

“阿尔多，答应我，带我去吧。”法布里齐奥站在我身后的门槛上，用手做成喇叭筒状，冲着我喊了起来，“……讲点交情吧。我们三个人抽签，我替你驾驶**威武号**……你想去哪儿都行。”

整个上午都是在令人兴奋的往返奔波中度过的。没过多久，我便返回了自己的房间，打开了所有抽屉，弄得室内一片狼藉，像是准备一次远行，如同一名游泳者在水中漂浮，使自己不至于沉没；

由于只是专注于不打断这种感觉，我几乎没有注意发生在这种感觉背后的事情。我突然带着一种胆怯、窘迫的感情，意识到自己将要坐进马里诺的船舱；翻箱倒柜的忙乱和这种梦游者般的不安，只能表明我急不可耐地想登上舰船。我像一名听到航船拉响汽笛时才匆匆赶到的旅客，担心船完全丢下自己不管，我真希望自己已经置身船上，于是，我三步并作两步地向前赶，突然，我带着极其兴奋的确信看到了船，它仍然停在那儿，就像一头刚刚醒来的野兽，在冒出的一缕青烟下微微颤抖，然而，我却委屈得像一个被从梦中叫醒的孩子，因为在我的眼里，它竟然显得那样渺小，貌不惊人。

威武号上空无一人，它酷似一只预示凶兆的大虫。在这沼泽地的麻木中，只有来自底层的难以感觉到的嗡嗡的颤抖声充满了船舱。我只对舰船有个大致的了解，因为在我第一次巡航的那天晚上，我一直待在驾驶台上。此刻我漫无目的地在沐浴着阳光的甲板上踱来踱去，握在手中的扶手已被太阳烤得发烫，面对这个复杂的机械装置，我十分胆怯，就像人们面对一个齿轮系统，害怕把手夹进去一样。我用马里诺的钥匙试了几个门，扭曲的钢板压在这万籁俱寂中发出的吱吱声非常刺耳，曲曲弯弯的昏暗的过道里空气令人窒息。我气恼地不想再试，就在这时，一扇小门终于被打开了。我刚一迈进这间狭窄的舱室，鼻子便撞到了隔板上挂着的一顶我所熟悉的旧军帽上。

一缕相当强的阳光从后面的舷窗射了进来，然而，我还没来得及仔细打量船舱，马里诺的形象便涌上了我的心头。在这间充斥着滞留的烟叶气息和枯萎的野花味道的房间里，我无法睁开眼睛。这股迎面扑来的气息与我熟悉的海军指挥所他的办公室里的气息别无二致，如同被解开带子的木乃伊的气息一般。我环顾四周，心里一阵阵作呕，又一次被一种身临其境的感觉所攫取，这种现实比自然的力量还沉重，使我觉得像是面对着马里诺本人，始终无法抬起头来。仅仅说这个船舱与他的形象惟妙惟肖还是不够的，事实上把它比作四壁刻着假花的浮雕、石棺周围雕有不规则的花环的那些埃及地下墓室更为恰如其分，它们成了死者的替身。不过，在这间窄小的舱室里东西并不多。在按规定配备的武器架上挂着几只马里诺常用的烟斗；一张小桌上放着一只在西尔特烧制的绿色上釉陶瓷花瓶，瓶内还插着几朵凋谢的花；几本厚厚的**航海条例**，便是他用来防止花瓶左右摇晃的镇物，这些由于潮湿而生了一层绿霉的厚书就像被粘在那里一样。我来到一副镜架由动物角制作的眼镜前，眼镜架朝上翘起，我又朝一本摊开的厚厚的本子上瞥了一眼：那是一些地租账本，马里诺出海时一直带着它们以便检查。蓦然间，我强烈地感到这种被幽禁的不平静就像一本半开半合的标本集，它那有着百年历史的花粉对人的鼻子仍有微弱的刺激作用。这种平静使舰船与陆地紧密地连在一起，比铁锚的固定还牢靠，这种感觉如此强烈，以至于我猛地推开舷窗，像是需要一些新鲜空气；然后，我开始仔细地打量起挂在近处墙上的一个小玻璃框来，那里边夹着一张已经发黄的航运学校的毕业证书，上面写着发证日期。镜框四周摆放着马里诺的各种奖章：一枚镶着红边的蓝色西尔特奖章，它是对他十五年来在沙漠里勤勤恳恳工作的嘉奖；一条海军救援机构颁发的绶带和一枚上面有着殷红的、神圣的血斑的圣·于德奖章——奥尔塞纳的每个人都知道它是马里诺用失去两根手指的代价换来的。我沉思着，对这些东西观察了一阵，它们都失去了昔日的光泽，犹如一片放在圣物盒里的枯叶。我试图想象马里诺皱起双眉仔细端详他的这些奖章时的那副天真、独特的面孔：如此遥远的景象、如此漫长的时空实在令我窒息；我躺在窄小的床上休息了片刻，在这如同梦幻一般的房间里，我觉得难受万分；天花板上一阵轻微的响动吓了我一跳，这是马里诺放在床头的备查询的罗经仪的指针发出的声音，这鬼东西在我头顶上像一头被吵醒的野兽一样在蠕动。我无法在房间里待下去，索兴爬起来无所事事地翻阅一本航海条例，书上沾满了青苔丝，散发着一股刺鼻的霉味：显然，马里诺出海时无须翻阅这本条例。他那沉重臃肿、寡言少语、像是在平静的土地上耕耘的身影又一次映入我的眼帘，以至于我觉得我是在看这本被遗弃的书时产生的幻觉中见到了他，他的双眼紧盯着近处的东西，眼中闪着一种近乎奇异的光，这种眼光只有在焦虑的病人眼中才能看到。一阵沉重的脚步声震得我头顶的铁皮嘎嘎作响：一想到受到惊吓，我快快不快，于是便走到镜子前整理了一下上衣。我凝视着镜子中灰暗的影子，似乎觉得这是无数个完美的身影的重合，这些无穷无尽的身影在我面前，犹如一部书的书页，窄如我手中**航海条例**的切口，飞快地一个接一个地相叠在一起，我闭上双眼，关上了舷窗，挡住了直射的阳光。犹豫片刻后，在一阵凋谢了的花香中，我蹑手蹑脚地重新推开舱门，就像是关上死人房间一般。

随后，我去海军指挥所下达了几道命令：我会带上法布里齐奥，因为这是早就商定好了的，我还让人检查了所带的粮食和武器是否符合要求。农场解雇大量垦殖战士后就任海岸部队军需官的贝波，对我翻了翻眼皮，他觉得这些命令不合常规，甚至是多此一举，我一边咬着嘴唇，一边想：人们从未触动过**威武号**上的任何东西，可以想见，那些成排搁置在一起未开封的箱子底下长出了薄薄一层绿霉，而装好子弹的手枪也被遗忘在床头柜那一堆废文件里了。

“难道你打算惹事不成?”法布里齐奥笑着说，他正四处忙个不停。这家伙对准备工作总是兴趣极浓，即便是为了去打一局牌也罢。

“傻瓜……”我边说边亲热地推了他一下，接着又用挖苦的口气说，“要是你有那么一天越过浅滩险道永不返回，你就会称心了。”

“啐！浅滩险道……你想想看，靠这些不中用的……”

法布里齐奥耸耸肩，指着一身白装的城堡，显出一副气恼的样子。

“不过话说回来，过浅滩险道对我来说简直就像儿童游戏，我说的是现在，就是在夜里也算不了一回事，可马里诺却无法接受这一点。上司偏偏不发给我海上历险奖章，真不公平！……其实我倒无所谓，你信不信？今晚在这风平浪静的海面上，天气会好得出奇的（在要塞的行话中，风平浪静的海是对西尔特海的戏称）。”

法布里齐奥一边搓着手，一边斜着眼观察天气情况，他摆头的姿势跟马里诺一模一样。在他的言行举止中隐藏着一种有点反常的狂喜，就像人们在等待一个节日来临的前夜在孩子们身上所看到的那样。

中午，一切就绪，就连最后的工作也准备得十分仔细，准备工作实在微不足道，自然花费不了多少时间。我觉得自己身上溢出了一种不可抗拒的奇异的力量，如同捕鲸炮手在手中握着一团待抛的线团。出发的时间很晚才下达，因为夜幕来临之后大海才会涨潮，这使我处在一种无法忍受的空虚之中。我让人鞴好马，心里烦躁至极，这对我来说的确是一个寻找孤独的好借口。

现在空气清新而干涸，燥热的太阳像冰霜一样洒满沙漠和干枯的草原。此时，我清晰地记起了在奥尔特洛我们还有一小笔钱要收回，即补发给我们垦殖队人员薪饷的余额，这样我正好可以借此机会远走一趟。灰色的小路延伸到沙地尽头，在这空旷开阔的地方，在阳光的照射下它出奇地显眼。海风从两侧的斜坡中间迎面吹来，从温热的沙地中不时传出震耳欲聋的昆虫的鸣叫。翻过第一道沙丘后，我便回首面对着无垠的大海：湛蓝的大海呈半圆状，随着我的马向前行去，大海似乎把沙岸围得更紧。我俯视着海军指挥所，它服帖在温暖的地面上，已经变得很小，像一只被孵化的鸡蛋，溶化在白色景致的强烈反光中，一大片白色的、耀眼的闪光吞食着要塞，使它成了一堆堆积在方形黑影上的生石灰。**威武号**静靠在防波堤边上，像戒指底盘一样紧贴着它，一切都处在一种僵化的静止中，周围的景色如同一片干涸的沙土，使人类无法生存，只有舰船的浓烟像竖起的、挂满羽毛的旗杆，在这广袤的沙漠中产生出一种难以觉察的紧张气氛的信号，带来一种不祥的气息。这种景象消失在沙丘背后，只见那一缕青烟，在没有一丝微风的空气中，从天边袅袅升起，我觉得自己像是一根干木材在透明的空气中熊熊燃烧，身上每一个有生命的肌体都处在紧张而危险的运动之中。

奥尔特洛农庄坐落在一座陡峭的山坡上，被橄榄树或荆棘丛所环绕，它那些长排的石头建筑物像巨大灰色的台阶一样沿着山坡错落有致地排列着。农庄入口处的打谷场满是尘土，空空荡荡，用来晾晒夹着泥土的羊毛的棚子也是空空如也，在那里我曾经参加过多次欢乐的野宴。我察觉到自己身穿的制服在这个大院子里像一个小小的阴影，在昏昏欲睡的仆人中引起了一阵慌乱，尽管他们对此并不陌生，还是带着一种尊敬与惊恐交织的神情，仿佛这种陈旧的标记充分地显示了它的意义和威力，仿佛它也像要塞一样突然被刮掉了那一层掩盖了它的尊严的污垢。

“主人一定很高兴见到您，”管家一边接过缰绳，一边对我说，“我们很少有外面的消息，自从……”

他停下来，神情尴尬，急忙跑去给我报信。

我看到老卡尔洛在面对着海岸的阳台上，一个爬满葡萄藤的支架遮挡着他；从一堵低矮的土墙上望去，是一片矩形的黄土地，它在阳光下显得十分刺眼；远处，在沙丘的肩脊中，大海显露出一道矿石般的青蓝色，像是异常明亮、熠熠闪光的一条细线，宛如一位放哨的哨兵眯缝着眼睛。在树荫处，老卡尔洛直挺挺地躺在一张柳条躺椅上，一副老态龙钟的样子。轻微、平稳的呼吸使他那硕大的身躯反射出暗弱的红光，如同一块被遗忘在打铁炉灰烬中的木炭。在他的身旁，有一张低矮的草编的桌子，桌上放着一只杯子和一把光亮的南方产的水壶，这只水壶整个下午一直湿漉漉的，周围渗出了细小的水珠。一阵阵海鸟刺耳的叫声不时传来，旋即又消失在灰蒙蒙的草原上。

“你是一个人来的吗，阿尔多？”

老人眨了眨眼，算是表示欢迎。他像一颗冷却的行星，只有几处裂口、几处皮肤表层的皱褶还有反应。

不等我回答，他朝我背后打了个手势。几乎同时，管家就走了过来，他二话不说，就把一袋金子放到了桌上。我转向老人，对这种举动有些吃惊。我拉住他的手，竭力装作笑容可掬，然而我的微笑像碰上冰块一样，马上就冻结了：这张脸上的目光是那样冷漠，已经显露出了死亡的征兆。

“卡尔洛，我不是来催债的。”我温和地说。

“我知道，阿尔多，当然不是……”老人和善地拍拍我的手背。“可是你看，我早有准备，现在是结账的时候了。”他用一种奇特的语调补充说，同时，又微微地侧过脸去，似乎这些光秃秃的荒原的反光刺疼了他的双眼。

突然，他扭过头，用一种询问的方式死死地盯住我的双眼，一边继续默默地拍我的手，仿佛他在为一个途中陷入困境的消息铺垫道路，在我的脸上尽力寻找它的到来所产生的效果。

“我活不了多久了，有什么办法呢？”沉默了一会儿后，他接着说道，“嗳，阿尔多，沙漠太容易使人衰老了！”

在说最后一句话时，他的眼中闪过一丝狡黠的光亮：显然，他不希望人们相信他。

“我活不长了。”老人又用一种阴沉尖酸的声音说，“现在我老得更快了。”

“卡尔洛，十年以后，十年以后你再说这种话吧。‘不要在橄榄树长大之前’，你知道这是西尔特的民谚。贝波告诉我们说，你可种了不少橄榄树。”

他的话一下子使我收敛住那本来不自然的笑容。

“不，阿尔多，我说的是现在，我的确老得太快了。”

老人不声不响地喝了一口水。海鸟的叫声重新从沙谷中传了过来，它预示着大海就要涨潮了。

“好啦！卡尔洛，到那个时候……”我觉得自己的声音变了，我感动地触了触他的肩头，动作中充满了真挚的友情。“……难道这里不是一切井井有条吗？”

他的脸转向沙漠远处的地平线：

“一切井井有条。只是我对它感到厌倦了，阿尔多，就是这么回事。”

他下意识地握起了我的手。

“阿尔多，你知道，对我来说事情已经到了尽头。信教的人会说，我的工作会受到上帝的赞美。所有这一切全出自这片来之不易的土地。我活不长了，可我凭着合法的手段积攒下了这么多财富。”

他紧紧地盯着我。

“……你明白吗，我是被束缚在这里了。我是作茧自缚。被捆绑、被束缚、被缠绕，便是这里的一切。我的手脚一点也不能动了；阿尔多，你认为这是出于疾病吗？不到半个月之前，我还抓住过一只野兔哩，我做的事太多，再也没有力气继续干下去了，这就是实情。可是，当人们明白这一点时也就来不及了。弹簧断裂了，精力过早地衰竭了。这就叫衰老，阿尔多。我再也挑不起压在自己身上的担子了……”

他用一种更加坚信不疑的口吻重复说道：

“……当人们再也无力承担自己过去做过的一切事情时，也就意味着棺材的盖子要合上了。”

一名女佣端来了清凉的饮料，然后她又找出种种借口，想方设法留在老人身边。

刚才管家的那种举止以及现在女佣这种无声的、拖延时间的做法使我顿生疑团。他们像是不愿意让老人长时间单独跟别人待在那里，不过我注意到这位孤独的老者始终恶狠狠地盯着女佣的背影。

女佣退了回去。此刻卡尔洛缄默不语，一动不动，我隐约地察觉到这个硕大身躯所发出的喘息声变得越来越急促。我不安地欠起身，在他身边小声问道：“您觉得不舒服吗？”

“阿尔多，我说不上好，也说不上坏。剩下的力气足够我做完该做的事。在这里，你知道人们连呼吸都困难，这里太缺少空气了。”

“还有什么地方比这里离海更近吗？”

老人耸耸肩，神情酸楚，感到失望，不想再作任何解释。

“不，不，这里没有空气，从来就没有空气。可马里诺向来不这么认为。”

“您为什么辞退他的人呢？”

话音脱口而出，我想收回也来不及了，老人用锐利的眼神盯着我，这目光仿佛重新闪现出生命的火花。显然，我勾起了他一段美好的回忆。

“阿尔多，他很不高兴，是吗？他为这事立即来找过我。我只能说他被我的决定压垮了。”

“您为什么要对他这么做呢？”

“为什么？……”

他的脸一下子沉了下来，仿佛陷入了一种麻木不仁的状态。

“……这很难解释。”

他努力思考着。

“……别以为我不喜欢马里诺，他是我交往时间最长的老朋友。我这么对你解释吧：当我很小的时候，我的老仆人常去黑洞洞的粮仓睡觉，由于对过道非常熟悉，他在黑暗中也能放心大胆爬向通往粮仓的楼梯，跟在大白天没有区别。可是后来，由于他过于自信，从天花板上另一处翻板活门里掉了下来，那处翻板平时总是关好的，可我偏偏把它打开了。”

看样子老人吃力地在搜索着自己的记忆。

“……我想，可真叫人受不了，世界上人们太过于相信事情本来就该是原来那种样子。”他半闭着眼睛开始摇头，一副昏昏欲睡的样子。

“……如果所有的事情都一成不变的话，也许这并不是好事情。”

不知从什么时候起，管家又在走廊尽头探头探脑。我知道交谈的时间太长了，老人莫名其妙地激动起来，我只好向他告别。

“……永别了，阿尔多，我们不会再见面了。”他对我这么说，手在我的肩上搭了许久。“不要太听信马里诺，”他摇着头补充道，一副自得其乐的神情，“马里诺是一个从来不会说‘可以’的人。”

他目送了我一程，仍在那里摇着头：

“马里诺从来就不会说‘可以’。”

管家牵着我的马，他感谢我的来访，一再解释老人对此感到欣慰，他代替主人跟我说话，那口气就像代替一个孩子或者是代表一位残疾人。这番话既使我吃惊又让我恼火：显然，卡尔洛还没有老糊涂到那一步。

“我看你们对他照顾得无微不至。”上马时我干巴巴地对他说。

“我们不得不这样照料他，他的身体虚弱多了，神经也有些不正常……”

他把嘴贴近我的耳根，悄悄地对我说，像是有一种负罪感。

“前天夜里，他差点放火烧了农场。”

当我重新踏上去海军指挥所的归途时，太阳已经西垂了，黄昏来临之际，荒野上一片寂静。在这个一望无垠的地平面上，瞬间停止的运动呈现出不连贯的短暂的攒动，像仰面卧在床上睡觉的人的动作一样漫无目的，一只沙漠跳鼠不时地蜿蜒奔跑着穿过路面，身后扬起一阵细微的尘土，随后便隐没在草丛里；在没有飞鸟的苍穹下，只有那尚存的无声的生命在啃着草根，它们似乎胆战心惊地潜伏在一顶无形的拱顶之下，更衬托出夜晚可怕的滞重和寂静。我颓然地从奥尔特洛回来；尽管不情愿相信，然而，我却明白自己是想在这个农庄寻找一种迹象，就像人们本能地抬起目光聆听一句过于严重的话语，抬起眼睛看清使人可以放心的东西：那太阳下的云影或是随风摇曳的花朵，而这种景象竟然一下子在这个夜晚所包含的令人不堪重负的确信中一览无余。现在我仿佛恍然大悟：老卡尔洛将不久于人世了。

晚餐时谁也没说话，乔瓦尼和罗贝托闲散得像只搁浅的船，法布里齐奥忙着进进出出，以便使启航的最后准备工作全部就绪。这是最后的饯行晚餐，我真想将这平静的分分秒秒记录下来，法布里齐奥却把它搅得一团糟；出于友谊和习惯，我的心情变得格外沉重，我觉得自己和这个平庸但却温暖的团体很不协调，我已经明白这是最后一次晚餐。用餐完毕，我立即点上灯笼，去海图室取**航海条例**和海上资料。这道程序令我十分尴尬。从一开始起，我就知道只有待到最后一刻我才能完成它。

几乎是深处地下的海图室内一片昏暗，关上门后，寒冷与孤独一齐向我袭来，而我的心早已变得冰凉；尽管这间冰窖似的屋子用这种一触即发的遁世的敌视态度迎接我，但是一种它始终就在那里的强烈而新奇的情感使这一切顿时一扫而光，它比世上任何东西更能将这种急迫的存在的拱穹填满，唯有这种存在能使人识别用石夹板做成的陷阱。这间五颜六色的岩洞令我恐惧，我让灯笼的光束照着地面。我走得很快，虽然神经紧张，手在不住地颤抖，我还是情不自禁地不时地回头看看那间空洞洞的、似乎要将我吞食的房间，好像有什么东西在墙上做着鬼脸。我快速地收起各种海图。我那像鼠类碎步一般的动作打破了这难以接近的寂静，我感到羞愧，自己以前从来也没有这样羞愧过。此刻我所做的是一种义无反顾的侵权行为；我倒退着离开禁区般的房间，面色苍白，抱着卷得紧紧的图纸，像一个为饥饿所迫的盗墓贼，感到宝石在手中滚动，仿佛有一种魔力在使自己的血液凝固。随着夜幕的降临，海风刮了起来，我走出海图室，风像一张巨大冰冷的布裹住了我，我把航海服扎得更紧了。在防波堤的尽头，几道灯光正在升火的**威武号**周围晃来晃去：红色的火光不时地映着缕缕青烟，在煤山上留下幽黑、冰凉的影子，像是照入地狱的黎明时光就要来临。黑暗中，我急迫地抓住罗贝托和乔瓦尼的手。模糊不清的面庞使声音变得更短促、更有力，有人在高喊“平安归来”，这声音像火把一样旋即被阴冷之夜的凉风所吹散，甲板上到处漆黑一团；我感到脚下舰船的轻微震动以及它黑暗中穿行的力量。**威武号**小心翼翼地倒退着驶离海岸；幽柔平和的海水的反光不断增大，一条铁链清晰地敲击着防波堤的石板，岸上懒散的声音也离我们远去了。船头附近，一团黑影突然堵住了我的去路，让我大吃一惊：我没有认出来这是法布里齐奥，他正凝神站在那儿，耸肩缩颈，紧裹着那件呢上衣，像钉子一样钉在甲板上纹丝不动；一阵海风给我送来了煤烟又黑又冷的气息，随后，一阵骤雨像拉开了天幕一般洒落，浇灭了星星点点的火光，我们完全笼罩在浓密的夜色之中了。

第九章　巡航

在这暴风骤雨即将来临的夜里，再也辨认不出西尔特海了。即使在沙舌以内避风的空间里，黑暗中的波浪也鼓足了仿佛是从海洋远处不断涌来的一股力量，它像一个深长而又平静的呼吸在蓬乱芦苇丛中形成了一种可怕的威胁。仿佛是掠过雪地的一阵寒风，清纯至极，在分分秒秒之中不断增强，用粗壮的手臂从侧面敲击着这只舰船。在一片嘶鸣、扭动和剧烈的摩擦声中，舰船的黑影似乎正在寂静无声的林中空地上悄然滑行。一点昏黄不明的灯光笼罩着驾驶台，在那昏暗的光线中，值班船员像是在海底走动，眼见得他们隔着一层层海水，动作显得笨拙而缓慢，神态也宛若昏然欲睡。

法布里齐奥站在我的身边，缄默不语，如同一尊雕像。他不时用钢琴家般灵巧的手轻触一件仪器，那令人不解但又确切无疑的姿势，恰如外科医生那双在白布单上游离的神秘之手一般，在这昏乱之中，牵住了我的眼睛。

突然，他回过头来对我说话，语调中重现平日那种带有亲切的鲁莽，仿佛一个人的苍白的面孔突然间又恢复了血色一般。我久久注视着面前这张汗水浸湿的面庞，才发觉它原来在对我微笑。

“这就是航道。你不怕吧，阿尔多？如果马里诺没有带我来过一次，恐怕应该说我真是心中无底哩！”

我盯着他，目瞪口呆。

“你难道就没认出这是新航道？”他说着把手放到我肩上。

“现在既然已成为事实……我不想对你说。以前我早就想来了。”他压低声音补充说道。

当他转过头去时，我再次好奇地看着他，由于风大他双眼眯成一条缝。此刻，我恍惚觉得海军指挥所已悄然远去，正在层层浓雾之后的地平线上隐没。

“你现在可以去休息了。”他说，声音发紧，极不自然。

他轻轻地摆了一下我的手臂。我可以猜想到黑暗中他的嘴角挂着微笑。

“……我来负责。一切都会顺利的。”

马里诺的小舱间里又湿又冷。我摸索着点亮了灯。灯光在天花板上开始轻轻晃动，映出斗室中摇曳的影子，显现出气氛的单调与沉闷。

我和衣躺在小床上。水波的轻声喧哗传入我的耳际。它从远处传来，像是要在这封闭的小天地中销声匿迹，可实际上它却像手指擦划玻璃发出的声响，使我难以入梦。马里诺的大衣沉闷地撞击着隔墙的墙板。我的双眼机械地注视着舱顶的罗经仪，想象着**威武号**在航道上画出的弯曲航线；远处机器在低声轰鸣，恰似一辆夜行火车不断地停车又缓缓开动；宛若四周那无声无息的荒原，那空寂与忧烦的气息兼并了空阔的大海和那破烂不堪、布满灰尘的小舱室。在那封闭的斗室里飘荡着一股淡淡的汽油味，使它酷似一间废弃不用的旧式灯具店铺。霎时间，我想起阿尔多布朗迪府邸在湿润夜晚敞开的转轴大门；这种回忆就像暗夜中的一阵花香向我飘来，我仿佛把嘴唇贴紧在瓦内莎未加整饬的秀发上——黑夜不断地在卧榻上抚弄着、吹拂着她的乱发，好似涌潮颠簸着一簇海藻一般。于是我裹紧大衣，昏沉中彻夜难眠。

我推开小桌上那枯萎的花束和那几本**航海条例**，打开了那捆海图。在舱间昏黄而脏肮的灯光下看到这些令我熟悉异常的轮廓。我产生了一种不真实的感觉，恍如隔世，仿佛这些我在其地下镶嵌框深处长久沉思的武力的象征正在那里排列成行，**等候使用**。法布里齐奥让船驶入沿着海岸的安全航道；我看了看表，估计了一下航行速度，然后用手指指出了海图上我们实际应该到达的位置：几乎正在穿越马雷马的海域。我推开舱室的舷窗，满怀欢乐的好奇心理，恰如一个孩子在试着摆弄玩具的机械装置：一阵狂乱的海风拂过我的脸庞和双肩，如同一群在门后乱踢乱撞的猎犬。航船行进着，在黑黝黝的海面上耕出一条巨大的黑色犁沟，闪闪发亮的海水不断地向着舷窗喧嚣涌来；地平线远处，在航迹的尽头，无数平静的灯光形成一个不规则的半环，恰如大渔网的浮标，圈着那不可侵犯的海域。奥尔塞纳的灯光柔和、宁静，犹如一位死者睁大的眼睛，在那里昏昏欲睡地守卫着这片驯服的水域。螺旋桨转动的声音减弱了。**威武号**的笛声在我头顶上空突然拉响，在这黑暗的空寂中使人惊骇又令人发笑，恰如一头大象，孤零零地在林中空地上抬起长鼻，发出震天撼地的叫声。舰船轻微倾斜，马雷马的灯光被撇在船的右侧，随即很快地消逝了。此刻，我的视野里只剩下黑色的大海和那片在幽暗的水面上显得略微明亮的天际。

我注视着为黎明的曙光所微微冲淡的天际；在海平线的顶端，

它仿佛正被一把摇动着的光之羽扇不断划破。在西尔特海上度过的第一个夜晚重返我的记忆。犹如压平山峰和深谷的浓雾，那幽暗的皱褶掩盖了起伏不平的大地。奥尔塞纳正在神话般地消逝，在这洒满星光的尘埃中雾化为无——而在这微光之下，法布里齐奥正在辨识着我们途经的航道。星光闪烁，永无倦意。在无数夜晚之后的这新的一夜，奥尔塞纳躺卧在繁星之床上，犹如一颗死寂的行星，依附于带有惯性的、亲密的天体，正在惬意地与星云的形象融为一体。我回忆起在一个暑热难熬的沉闷的夜晚，当我们在奥尔塞纳城墙的巡逻道纳凉时，奥尔朗多对我说过的令人费解的话语：在外域的平静夜晚中，人们仿佛可以听到野兽带有热气的呼吸，以及一颗心的奇异的跳动；而在奥尔塞纳的明朗夜空下，我们仿佛意识到孩童重返母腹的奇幻，并且还能在无意中察觉来自宇宙天体的旋律。船猛地横向摇晃了一下，使马里诺的大衣滑到地上，落到我的脚旁，我笑了笑：我感到在这个夜晚，指挥官马里诺会睡得多么香甜，多么踏实。

威武号重新以它那慢腾腾的巡航速度前进。在我那朝向船尾开着的舷窗下面，此时的海水，犹如犁铧顺着船体耕出了一条深深的水沟。幽暗遮掩了平直如线的陆地，它离我们这样近，以至于在这明朗的夜空下犬吠声清晰可闻：有时牧羊人会在莽莽荒原上丢失自己的护羊犬，一丢就是几个星期。时间一长，在那不见人迹的草原里，护羊犬便会退化到一种半野生状态。久而久之，人们便会发现它们终日沿着海岸的沙滩四处游荡。凄凉的犬吠划破寂静的夜空，时断时续，仿佛在这万籁俱静中它正在绝望地寻找一个回答，徒劳地期待着一声回应。我能辨别这种叫声，阿尔多布朗迪府邸的高墙为我传送过这种叫喊。这不是恐惧的叫声，也不是呼救的叫喊。它在所有人的头顶上掠过，平坦的大海并不能使它减弱。这是生命在原野上的呼叫，它在纯净的空冥世界的岸边减弱了。这是天下一切荒漠之地在它那最遥远的边界所显示出的无遮无掩的**挑战**，然而，奥尔塞纳这片荒漠，却是许多人落脚的地方。此刻，瓦内莎的微笑宛如在眩晕之上摇曳的黑衣天使的微笑，突然重新浮现在我的眼前，化作一阵游荡的哀叹之声：该我结束的事情，就让我现在把它做完吧。

我重新坐在桌前，十分细心地在海图上测量几个地点之间的距离。我虽然想方设法把这种工作纳入常规的十分熟悉的工作范围内，然而，最终我还是茫然若失地发现，我测量的距离是那么微不足道，仿佛这封闭之海的半圆形海岸突然冲向船首，相隔之近似乎伸手可及。当我回忆起自己在海图室里的遐想时，我仿佛一下子明白了，沉睡的奥尔塞纳和它那有气无力的举手投足如何使它最靠近海岸的疆界，终于淹没在远方的浓雾中：人的行为好比是一种尺度，它能使梦幻里膨胀的空间突然在你眼前重新缩小。法尔盖斯坦这片土地在我的眼前展现出梦幻般的崖礁，对我来说，它不啻是虚幻之海的**神话天地**；现在它变成了遍布崖石的陡峭海岸，从奥尔塞纳到达那里需要两天的航程。最后的诱惑，无可救药的诱惑，在这可以触摸到的幽灵的幻影中形成，在已张开的手指威胁下依然昏睡的战利品前变得具体化了。

当回忆霎时间掀开噩梦的纱幕，驱散那笼罩在被毁故国上空的那火焰般的血色反光时，这一夜，如此多的事件如悬空中，凝滞不动，那令人惊异且使人沉醉的**敏捷才思**，已经展现出它的魔力，这种敏捷才思似乎正在燃烧我生命中的分分秒秒。一种异常的信念骤然间使我意识到：我受到了恩惠，更确切地说，是具有讽刺意味的恩惠，它使我能够识破那承担历史使命的人觉悟到的那瞬间的奥秘。时至今日，当我在自己可憎的历史中寻找一种借口，至少能够给我那种具有教化意义但又不幸蒙上一些高尚色彩的借口时，即使明知自己事实上无情可原，一种思绪还是不时地掠过我的心头，那就是——一个民族的历史往往在这里那里为一些形同黑色巨石的幽暗形象所标注；它们注定被看作受人诅咒的对象，其原因与其说是有过明显的背信弃义的行为，不如说是因为时光的飞逝反而赋予他们一种特殊的能力：与民众的悲惨处境**化为一体**，或是与他们那些无法挽回的行为化为一体。这种行为远远超越普通人所能完成的事情，然而，在众人的心目中，他们却不折不扣地要对这种行为承担责任。

这些被黑暗笼罩着的面孔，比任何其他人被时光的侵蚀更快地磨光了轮廓和特征；从普遍意义上说，背信弃义的暴行提醒我们它具有一种特性——这种提醒更甚于历史教科书无精打采地讲述的公众平淡无味的指责——一种使人追悔莫及的特征，它隐秘地感觉到同流合污之举无异于一个不断扩大的伤口；这是因为把这些使人不得安宁的面孔推向历史边缘的力量——在那里，光线更加斜射——恰如一个为噩梦缠绕的病人所产生的力量：它并非出于冷静客观的道德意识，而是当高热燃烧病人的血液，并且产生令人难耐的痛苦时才形成的一股力量，它使病人迫切希望得以**摆脱邪恶**。这种人身上唯一的过错或许不过在于过于信任和顺从一个原来怀有歹意的民族意识。事情过后，那支配他们的民族竟把他们抛弃掉，就像凶手把**作案凶器**遗留在现场一样。面对这一事实，那个民族竟然矢口否认是他们支配了这些人的行为，并且通过他们试图达到某种可怕的目的；人们本能地回避他们，小心翼翼地与他们保持距离，从他们的孤独中首先暴露出来的并不是他们个人身上的耻辱，而是使他们蜕变为匕首的那种具有多种根源的能量。他们与那个民族的实体非常密切地联系在一起，这种联系比形和影之间的关系更加难解难分，他们的确是这个民族卖身求荣、注定要入地狱的灵魂。带有半宗教色彩的恐惧使他们显得比事实要高大得多——这种恐惧来自他们所体现的、从未被人们意识到的现实，也就是人们成千上万种分散的、不可告人的欲望随时都有可能具体化，并且最后演变而成的一种可怕的意志。扫过这些身影的目光在深渊中消失了，在那里，人们由于恐惧而不愿正视它们；这些身影所起的蛊惑作用与我们所产生的怀疑有关，我们怀疑他们被赋予的那种非凡的交流能力——即使这种能力不会使他们有好下场也罢——抬高了他们的身价，并且在一生中最值得经历的几秒钟里，使他们达到了生命的**最高存在**。我们像只瓶塞在波涛上跳舞。大浪时时向我们压顶而来，但是世界的一瞬间在觉悟的无限光明中出现在他们的眼前——在这瞬间里，黯然失色的绝望情绪在他们的心中熄灭了——通过他们，雨骤风狂的世界把成千上万分散的电荷在一次无边无际的电闪中全都释放了出来，而它们的世界则退缩在一条通道的周围，在那里，深深的安全感与沉重的忧患意识错综复杂地交织在一起，顷刻之间，这个世界和枪筒中即将飞出的子弹简直没有什么区别。

一直敞开着的舷窗突然撞击到舱壁上，好似舰船突然转了舵；转身固定好舷窗之际，我看到海边远处的天空已经微微发白。风几乎完全停息了，海恢复了平静，黑色的海鸟不时地在舰船附近的浪花上翻飞。密密麻麻的海鸟发出凄凉的叫声从舰船上空迅速掠过，像是朝我投来的无数石块。我微微俯下身去，发现远处地平线上显现出一座黑色山峰的轮廓：维扎诺岛已经在望了。这里就是马里诺为巡航划定的最后一道分界线：该是返回驾驶台同法布里齐奥会合的时候了。清晨的这个时刻，就像在陆地上的一座城市里一样，船舱纵向通道的迷宫中空无一人，实在令人惊异：一种虚无缥缈的苍白，像是从金属舱壁上渗漏出来似的，缩小了那些彻夜不灭的灯光的微弱光晕；我感觉自己像一个影子，飘荡在灰色舰船的中央，在这灰色的天空下，在这灰色的海水中，黎明时分这无力的风平浪静使我变得萎靡不振了。

法布里齐奥独自待在驾驶室里。他的小脑袋、孩童般的面孔像是在他那水手大衣上垂塌的风帽里摇晃；值了一夜班，脸上的线条使他显得更加年轻。听到我下舷梯的声音，他转过身来，一言不发地望着我从风衣斗篷中钻出来，他皱起眉头，装出一副极不自然的吃惊的样子。我猜想：他一直在等待着我的光临。

“长凳下的匣子里有热咖啡。”他说。当我向他靠近时，他连身子都没有转动。“你最好还是喝一杯吧。”看着我没有反应，他又补充了一句，“西尔特海的早晨还有寒意。你昨晚觉睡得好吗？”

他故作神情专注地凝视着船前方的地平线，语调又紧又快，仿佛要把这空寂填满，那神态就像一个对爱情的**表白**不无担忧而又满怀期望的女孩子。一下子我突然感到自己自在了许多。

我不慌不忙小口小口地喝着咖啡，时不时地偷偷望他一眼。他依旧泰然自若地注视着海平线，可是那突出的喉结和双手神经质似的颤抖，却使他内心的紧张状态一览无余。

“……维扎诺岛！……”他压低声音对我说，用快速的手势指了指前方的岛屿。岛的顶端从飘浮在海面的轻雾中显露出来，现在它真像逐渐明亮的天空的利齿。

“臭名昭著！……”

我一直沉住气，从容不迫地又咽下一口咖啡。

“……不过，有人说从那上面可以欣赏到一片美景。”

我用眼角又一次瞅了瞅法布里齐奥，似乎发觉他的脸微微涨红了。舰船在几乎平静如镜的海面上行驶；成群结队的海鸟在维扎诺岛的四周飞翔，它们的啼叫声打破了黎明的沉寂，与即将到来的白昼一起主宰着整个大海。

“人们说它名声不好，这有可能。不过今天早晨另当别论。无论如何，对这正在飞逝的积垢可不能这么说。”法布里齐奥用下巴指了指刚从微风中消散的浓雾。

“你去那里看过吗?”他又装出漠不关心的神态，冷冷地问了我一句。

“要是我去过的话，恐怕你会先知道的。我可没有私人小艇，不过我想，或许你……”

“我从没有去过。”

“以前我以为你喜欢在海上漂荡，不是吗?”

“我没有在比驾驶台更高的地方瞭望过西尔特海。马里诺可没有欣赏海景的兴致。”他补充说道，同时第一次向我投来我所熟悉的带默契的眼光：当马里诺在打瞌睡时，在指挥所的饭桌上，我们开始私语前的眼光，正是这样。

“在奥尔塞纳，不是所有人非得跟他想法相同。”我尽量用一种意味深长的语气讲道。就我所知，在海军指挥所，没有人不知道来了秘密文件。

法布里齐奥又飞快地看了我一眼。接着一切重归寂然。法布里齐奥的呼吸加快了：我猜想此刻他心中正在估量这一情况的严重性。海鸟的鸣叫使清晨充满生气，犹如原始、自然的香气从无拘无束的大海上升起。

“船该掉头了。”法布里齐奥又轻快地嘀咕了一句，话语里带着马里诺浓重的方言调子，他好像要急于驱走、摆脱指挥官那套惯例的效应。

他的话缓慢地消失在寂静之中，像吐出来的一口烟一样毫无意义：法布里齐奥的双手对此一无感知，他松开驾驶舵盘，漫不经心地点燃了一支烟。

“这么清爽的早晨待在海上真舒服，阿尔多……”他惬意地舒伸了一下双臂。

“不管怎么说，待在海军指挥所太憋气了。你带着海图哩！”他不紧不慢地指了一下我手臂夹着的海图卷。

“……巡航线……”他一本正经地说着，手指沿着那条虚线移动。“想在海图上确定位置太难了。阿尔多，也许你有所体会。”他说道，用手郑重地扫了一圈空寂的大海，因为维扎诺岛早已在我们身后远远消逝。“马里诺能做出判断，这你是知道的，他天生就有这种本事，可我呢，我得借助方位标。”

“方位标并不多。”

“啊！这么说你同意……说到底，这一切带有相当大的虚构性。”他用一种在行的语气说道。这种话从他嘴里冒出来，听上去极不习惯，使我浑身不自在，差点放声大笑起来。

又是一片沉寂。

“船无论如何得马上转头了。”法布里齐奥装出一种恍然大悟的神情说，一本正经地佯作才发现维扎诺岛已经远去。

“不着急。”我漫不经心地说道，点燃了一根烟。

舰船一直在向东疾驶；黎明在我们面前更加明亮地从海中升起。

“没什么，不必着急。”

法布里齐奥把双手放进大衣口袋，靠着舱壁，焦躁不安地抽起烟来。

“完全不用着急。”我在沉默了一会儿之后肯定地说，同时把身子向法布里齐奥旁边的舱壁靠去。我们都有些不自然，感到时间在分分秒秒地消逝，在飞快地沿着一处陡坡下滑。我们两个人神情木然，但都露出天真的微笑，面对着我们眼前的海面升起的白昼，彼此欢快地对眨着眼睛。船在波平浪静的海上行驶；大块大块的雾团在消逝，预示着晴空万里。我似乎感到我们刚刚推开了人们在梦境中要跨越的一扇门。从童年起就遗失了的那种使人窒息的喜悦之情一下子整个地攫住了我，前方的海平线被日出的辉煌景象撕破，犹如掉进没有河岸的河流之中，此刻的我似乎整个身心都得到了复苏——一种自由，一种奇迹般的简单明了洗涤着世界，我第一次目睹着白昼的诞生。

“我一直相信你要干一件蠢事。”法布里齐奥说道，他的手按着我的肩膀——时间一分一秒地流淌，就像测深器一度一度地深入海水之中。现在再也没有疑问，这种“蠢事”确实已经发生了……“听天由命吧！”他情绪相当兴奋，又补充了一句，“这可真是求之不得！”

上午的时光飞快地消逝。十点钟的时候，贝波睡意蒙眬的脑袋懒洋洋地从前盖板中伸了出来。他用吃惊的双眼久久地扫视着空旷的海平线，接着，目光便落在了我们身上，眼里带着一种孩子般的惊骇和好奇的表情。我看他像是要开口说话，但他的头却猛地垂了下去，仿佛一只习惯于夜间活动的野兽，在陆地上被阳光突然弄得晕头转向，他张口要说的话也就悄无声息地坠入了大海的深渊。法布里齐奥重新一头扎进海图里，全神贯注地审视着。昏昏欲睡的驾驶台，在阳光的照射下渐渐变暖了。现在有十几个脑袋在前盖板上不声不响地晃动，面前的景象使他们瞪大了眼睛，他们一个个身体僵直，一动不动。

法布里齐奥的估算与我的估算相符：如果**威武号**保持目前的航速，子夜之前，我们应该望得见唐格里火山。法布里齐奥激动得越来越难以自持。命令不断下达，如雨点般落下。他在前桅杆上设置了一名瞭望哨。他的望远镜一直对准了前方的海平线，一刻也没有移开。

“没有什么比空旷的大海更善于愚弄人了。”他以一种自以为是的口吻回答我的戏谑，“与其先被对方觉察，不如首先觉察对方。总得应该想到可能发生的后果，不是吗？”

“你真的考虑过后果吗？”我一边回答一边用眼色逗乐地挑惹他。

他露出雪白的牙齿，脸上堆满年轻人常见的笑容，这是一种欲壑难填、居心叵测的笑。接着，我们双双走下驾驶台去吃早饭。

整个下午是在一种半疯狂中度过的。

法布里齐奥狂热异常，那神态就像解开缆绳的鲁宾逊突然领着一小群礼拜五一样。马里诺也好，海军指挥所也好，都消失在云雾之后了。他差一点就扯起了黑旗。只见他在船上马不停蹄地奔跑，扯着嗓子在甲板上欢快地大叫大喊，就像一匹小马驹在草地上欢蹦乱跳。听到这种声音，全体船员都以一种怪异的、几乎令人不安的敏捷各就各位：从甲板到桅杆，活泼有力的、震颤着的声音此起彼伏，其中夹杂着戏谑的鼓励和欢乐的叫喊。整条舰船像浑身带电似的制造出一种充满活力但却混乱不堪的噼噼啪啪声，犹如监狱骤然发生骚乱，又像海盗船突然靠拢了过往船只——这种噼里啪啦的声音就像香槟的细泡使我们感到微微的醉意，使我们恍惚看到舰船在浪头上飞快地航行，而舰船则从桅杆到龙骨都在颤抖，发出一种虚幻的狂喜，仿佛在我的脚下有一锅沸腾的水，用不着提醒它：锅盖刚才已被人揭开了。

但这种狂热的激动并没有传染我，不如说它在一定距离之外不停地嗡嗡作响，犹如风暴的嘈杂声，而我却高居于风暴之上随风漂泊，沉浸在一种平静的心醉神迷之中。我觉得突然间自己被授予了一种**超脱**的能力，不自觉地要滑向另一个充满了醉意和颤动的世界。世界依然如故，这空旷的水之原野使人的目光找不到边界，它处处与其本性相似，单调到令人失望的程度。但现在它被一种静谧的美笼罩着，熠熠生辉。自童年起操纵我的生命之线的内在的感情，使自己产生了不断加深的迷茫感；从童年时代起步的生活像一束温热的神经压迫着我——我像是不知不觉地失去了与外界的**接触**，随着岁月的流逝不断走上越来越孤独的道路——在那里，有时顷刻之间迷失方向，我就停步不前，而我所听见的只不过是从那空旷的夜间街道传来的稀疏而无力的回声。我曾漫不经心地缓缓而行，迷失在一片渐渐灰暗的原野，远离那在地平线后不住地轰鸣的大河发出的喧哗声。而今，踏上**坦途**的难以名状的感觉，使我感到好像自己周围碱化的荒漠都盛开了鲜花，我仿佛临近了一座仍在地平线那黑暗的尽头沉睡中的城市，来自四面八方的游离的光线伸出触角，互相交错，因受热而微颤的地平线闪闪烁烁，对它们发出互相辨认的灯光信号；布满光束的大海铺出了一条康庄大道，看上去像加冕礼用的地毯；它为我们的内心直觉所不及，就像肉眼无法探测月球的另一侧一般；我感觉一个新的地极在呼唤我，在那里道路会聚在一起，而不是相互分岔；我还发觉那里有一种精神的锐利目光正逼视着我们凡人的目光，对它来说，地球与眼球完全相同。瓦内莎脸上稍纵即逝的美貌与从平静海水中升起的热蒸汽重合在一起。海上的光线令人目眩，在众目睽睽下燃烧。来自**天外**的各种声音为我提供了在这富有传奇色彩的荒漠之中的一次约会。这种声响过去传入我的耳鼓时我无从感觉，而现在它在我的耳旁的低语声，听起来却像是一群人在一扇门之后拥挤时发出的嗡嗡作响声。

下午的太阳早已开始西斜；在西尔特海闷热的白昼，笼罩着整个天空的白色的轻柔薄纱此刻已经消散，天空变得出奇地清晰透明。更加斜掠的光线照亮了绸缎般的大海，柔波缓缓漂动；一阵令人欣喜的平静出现在水面之上，犹如披巾拂过，铺砌了我们将要走过的波涛之路。舰船在夜暮时分的大海上行驶，大海披挂得像在迎接一个盛大的节日。在这无垠大海的反光闪烁中，船显得如此渺小，如此难觅，几乎消失在一种异乎寻常的信号中。一股烟尘在多年来一尘不染的海面上升起，给人一种难以破解的预感，它像是一根柔软细长的羽毛，在空中懒洋洋地拆散气流蓬乱的涡旋。

“我得让发动机减速，”法布里齐奥不无忧虑地对我说，“这缕黑烟简直太显眼了。我们最好离那边远一点，最好谨慎地行驶，直到天黑，要是……”

他的目光明白无误地在向我询问。日暮时分的庄严神圣，如幽灵一般在他身上引起了反应，使他清醒，而且我第一次从他的声音里听出了一种严肃的虔敬。

“听着，”我回答他，语气坚定，“我要破釜沉舟。”

“看哪！”他突然抓住我的手臂叫道，声音苍白而压抑。一股烟雾正在我们前方的海平线上升起，在往东渐见昏暗的天际清晰可见。一股烟雾，怪异而平静，好似粘贴在东方的天空，如同一条又直又长的细线，它不断升高，不断增厚，突然碎裂为一朵煤烟色的平整花冠，在空气中轻轻摇曳，慢慢地被晚风镶上了一道边。这股凝滞不动的烟雾并非来自海上的一条船，它略像平静夜晚从行将熄灭的火团中升起的软绵绵的大网，却又让人奇怪地感觉到它是如此的持久永恒。它的形状给人一种说不清的险恶印象，好像一个圆锥体上倒置的一把旱伞，形同一株毒菌。酷似毒菌的这团烟雾一下子便占据了海平线，扩展的速度惊人。它突然**冒了出来**，甚至一动不动，在夜之苍白中令人失望，久久地不为人们所注目。突然间，我全神贯注地注视起烟雾生根的海平线的那个端点，在不断改变着形状的烟雾花边之上，我仿佛看到了一个细微难辨的双重阴影，心房因认出它而突然狂跳不已。

“那是唐格里火山，在那儿！”我突然几乎是喊叫着对法布里齐奥说，激动得竟用手抓住了他的肩膀。他焦躁不安地看了一眼海图，接着，他也紧紧地凝视起海平线来，脸上带着一种十分困惑的好奇表情。

“是的。”一阵沉默之后他说道，仿佛刚从惊愕中慢慢地回过神来，语调缓慢，像是不敢承认这一事实，“是唐格里火山。可那烟雾呢？”

他的语调所带有的那种不安之感和我内心中那隐隐约约的焦虑十分相似，使我不禁为之一颤。是的，不管它显得如何自然，解释起来怎样平淡无奇，但此时此刻在沉寂了如此之久的火山上空升起了这道始料不及的烟雾，看到它的确使人茫然不知所措。在清凉的微风中它那摇曳的烟束不断变淡，似乎比黑暗的夜晚更能使空际显出暴风雨前的昏暗，更能使这陌生的大海深中魔法；许多次喷发之后这新的喷发，更使人联想到腥风血雨，以及瘟疫和洪水前夕在巨杆上升起的黑色信号。

“可它原来是熄灭了的。”法布里齐奥自言自语地小声说，仿佛面对着一个使他惊慌失措的巨大哑谜。他的欢快一下子消失得无影无踪。风随夜起，向我们迎面吹来第一阵微弱气息，驾驶台突然变冷了。最后一群海鸟惊慌地向西飞去，叫喊着从我们头顶掠过，此时神秘烟束周围的空旷天际早已坠入阴暗之中。

“我们别再朝前开了。”法布里齐奥突然说，一把抓住我的手腕，“我可不喜欢这座我们一到就活跃起来的火山……你知道我们现在的位置吗？”他用惊恐的声音补充道，同时把海图递给我。他的手指所指的地方早已超出了那条红线。我们处在阴森可怖的前沿，从四面八方如同沉默的海浪向我们涌来的是法尔盖斯坦的海岸。我双眼盯着他，霎时间感到自己有些犹豫不决。法布里齐奥的声音一下子变得阴沉起来，在这不祥之夜来临前所升起的预兆意味着一种更严肃、更庄重的警告；傍晚时分的那种狂热仍使我心情沉重，无所适从。我感到像一片纱幕被扯碎了一般，法布里齐奥的怯阵使我决计进行这次冒险的疯狂劲头暴露得一览无余。

“要是他说什么呢……”

“……马里诺，你指的是他吗？”我用一种极其温和的语调把他的话说完。

突然间我觉得心中升起了一股冷酷的怒火，法布里齐奥**犯了禁忌**。一下子我明白了马里诺这个名字的含意，我明显地感到自己怀有一种无休止地、狂热地施展计谋的心理。整个夜晚我所做的一切，正是避免不去想起他。

“小兄弟，”我咬牙切齿嘟囔说，“大家一害怕就搬出马里诺这个名字，这实在令人讨厌。”

现在我已将他置之脑后；现在该说的话都说了，道路早已畅通，黑夜也张开了它的怀抱。尽管法布里齐奥对这一切一清二楚，还是发生了一件不可思议的事情：有那么一刻，他突然撒开舵柄，用手画起了十字，仿佛这样做就可以辟邪驱魔，像是只有他自己一人在场似的。

“马里诺可什么都不怕……”他有气无力地小声嘀咕着，“航向东！全速前进！”我迎风对着法布里齐奥的耳朵吼叫道：“黑夜是我们的保护神。天亮之前，只要减速，我们就不会被发现……”我的话似乎被风吹散了，要不就是法布里齐奥变得迟钝了，他看上去如同一个梦游者在行走。

“你知道你在干什么，阿尔多？”他对我小声说道，声音里充满了一种孩子气，其中混杂着惊恐和温柔……“不过现在是另一回事了。”他补充说，同时神色坚毅地站了起来，“我得去下几道命令。”

在低垂的夜幕中，全体船员都进入了战斗岗位。一张张面孔从我面前闪过。在一盏昏暗的手提灯摇曳不定的光照下，这些面孔都像面对检阅似的露出不习惯的庄重神情。法布里齐奥用沉着的语气点名，向每个人分派任务：对**威武号**来说，类似的演习场面早已属于遥远的过去，船员们也早已忘记该怎样应付这种局面。

“你认为情况果真那么严重吗，贝波？”一个人在我所站的地方下面嘀咕。“不用你操心！”另一个挖苦的声音突然打断了他们的话。

“咱们只看守马厩的时代结束了，现在该跟对手正面交锋了。”

“咱们操心这事可不算早。那边的人早就磨刀霍霍了。市政议会他们说这片海域可是公海。**威武号**也该出去呼吸呼吸新鲜空气了。”

接着传来一阵低声细语，众人全都表示由衷的赞同。

“喂，怎么搞的，先打开炮闩呀，你这乡巴佬！”有人在前舱低声地抱怨了一句，声音清晰可闻，这句话引起了一阵窃窃的笑声。

接着又是一阵沉寂。

“你注意到没有：他们点着烟斗了！看来真的要打起来了。”从远处传来的另一个声音推断说。

法布里齐奥回到驾驶台，重新站在我身边。他轻轻吹着口哨，以便在黑暗中壮胆，使自己保持镇静。我猜出在这个无忧无虑的年轻人身上风向在转变：**威武号**在他的指挥下正驶向潜在的危险，而船员们的热情和欢快情绪更使他精神振奋。“我向你保证，他们是靠得住的。”他对我说。

“他们会睁大眼睛保持戒备。幸好今晚黑得伸手不见五指。”他又补充说，像是逐渐恢复了自信，“这样可以少冒风险。再说这也是对我们最为有利的条件——三个世纪没出事了，他们恐怕早已放松了戒备状态。”

那道烟幕早就与黑暗的夜空融为一体。预示着风暴将要来临的大块乌云从海平线升起，如沉重的旋涡在苍茫暮色的最后时刻消散于大海的边缘。

“现在，阿尔多，告诉我，”他用迟疑的语气继续说道，“也许我根本没有权力过问，可是让船挨得这么近，你到底想看那边的什么呢？”

我张开嘴像是要回答，可话到嘴边又咽了下去，只是在黑暗中窃窃微笑。这位小兄弟离我这么近，我却找不出话语告诉他，换成马里诺或是一位坠入情网的女子，一个眼神就能使他们理解一切。在任何一种语言里都找不到恰当的词语来表达我想要说的话：靠得更紧一点；不要和它分开；全身心投入这光明世界；实实在在地接触……

“没什么，只不过是一次侦察行动。”我说。

所有的灯火熄灭后，我们这条船现在在浓密的夜色中航行。云团升上高高的天空，遮住了月亮。法布里齐奥没有说错，时机对我们有利。我的思绪在这墨黑的海水中勉强前进的舰船前方盘旋；好像感觉到那消隐的山顶正在这可疑的黑暗后面不断变大，向我们全速迎来。我的双手每时每刻都在哆哆嗦嗦、犹犹豫豫地向前伸去，好似一个夜行者不断伸出手去摸索墙壁一般。

“还有两小时的航程，”法布里齐奥说道，语气之中不乏困意，“真遗憾，什么也看不清楚，现在可是满月天啊……”

我猜想尽管他强作镇定，他恐怕同我一样紧张。在我们脚下，戒备森严的船员们在黑暗中保持着深深的沉默，但他们瞪大的眼睛却磁化了黑暗；在驶向陌生事物之前，在一片静谧中，全船的人都好像充了电似的处于紧张状态。

法布里齐奥把头埋入海图中，一副忙碌的神态：我们远航的最后一程使他遇上了难题。一排断续不齐的暗礁守着唐格里火山周围的海域，使船只在离它还有相当一段距离之外再也难以行进，然而海图并没有把这些暗礁的位置标得很清楚。况且人们并未忘记奥尔塞纳在完成那次重要的报复性远征使命之后，返航途中舰队所蒙受的损失。我想亲自去船首布置增加一倍监视力量，现在在那里已有一位船员在准备随时测量海深。许久，我俯在艏柱之上迎受海风的鞭笞——冷风使人联想到白雪和星星，它像是从无法触及的冰层顶端吹下来的一般，而它的嗅觉还在探寻近处陆地的征兆。黑夜总是显得无尽无休；事实上，除了这艏柱的不住撞摇外，什么也没有，只有来自另一个世界的大风和那带着雪原嘎吱声的寒彻刺骨的冰河。

无尽的波涛，摇晃的航行，使我睡意蒙眬；我在这最后的平静和等待中休憩，空虚的大脑突然奇异地渗入了微声的交响乐和难以破译的种种巧合。陆地的那些熟悉的印象似乎早已远远退去，但其他一些更为重要的信号却在这明朗之夜不断堆积。离开奥尔塞纳后我的整个生命好像受到指引，在这静夜的遁逃中重新形成，仿佛某一象征符号在黑暗深处对我诉说。我又重新见到了阿尔多布朗迪府邸的那些厅室，它们那趾高气扬的等待和那突然惊醒的发霉的空虚。在我身后，烟囱吐出的烟流在暗夜中像黑帆一样被扯破。我又重新见到了我们的要塞在海水中突然显露的幽灵的身影，它使我想象着那神秘地重新活跃起来的火山。面孔在这冷纯之中清洗；在这边缘不断消散的黑夜深处，我再度镇静下来，我的盲目的存在不仅变得和我所处的时光十分相似，而且更与它归于一体，可以说，我完全置身于这无法形容的安全感之中了。

凌晨一点左右，突然间，周围的一切变得寂静无声：我们已处在火山背面，风再也吹不到船上了。一阵沉重而呆滞的潮湿向我们袭来，而舰船仍在平静如镜的海面上悄然前行；这使人压抑的沉寂似乎给万籁俱静之夜抹上了一层阴影。它那巨大的身躯向我们扑将过来，比光天化日下更加令人感到窒息。

“保持警戒！”法布里齐奥绷紧的声音在过分沉静的幽暗中响起。舰船减慢了航速，艏柱的摇动也平静了下来；突然，一股温和缓慢的空气向我们送来一种既带有野兽气息又带有甜蜜味道的轻风，仿佛绿洲的一股馨香，在茫茫烧灼的空气中扩散。夜晚在不知不觉中变得更加明朗了——在我们头顶上，大片的云团在迅速地碎裂消散——有几颗星星在闪烁，无限遥远，无限纯净，它们的黑色裂缝此刻为月光镶上了一道奶色的光晕。

“阿尔多！”法布里齐奥低声叫道。

我赶忙回到驾驶台与他重新会合。

“乌云消散了。”他指着早已变晴的天空悄声对我说，“要是过一会儿月亮再露出来，就跟大白天没有区别了。你闻到橙树的香味了吗？”他抬起头来，又向我问道，“我们差一点就触到对岸了……你还想再开远一点吗？”

我迅速地点了一下头，当即打断了他的提问。此时此刻，唇干舌燥的我，就像置身于自己望眼欲穿的情人的玉体之前，望着她在黑暗中一层一层揭去薄纱，我的全部神经都紧贴在如饥似渴的等待之中，我再也不能开口讲一句话了。

“好吧！”法布里齐奥横下一条心说，好似释去了一层重负，语气中包含着一种不由自主的喜悦心情。“这可是自投罗网，我得告诫你。愿上帝保佑我们……”

他又减低了一些航速，沉着细心地最后一次核对了计算结果。

我在一旁不时地望着他：由于神情专注和事关重大，他皱起了眉头，并且像年轻小伙子一样伸出了舌头。一种特别明显的童稚气从他那因疲劳和失眠而涨红的脸上显露出来。看到这一切，一种旗开得胜的欣喜之情一下子占据了我，这张我带进睡梦中的面孔似乎从未这样活跃过。

“你现在想返程吗，法布里齐奥？”我双眼凝视着船首问道，同时把手轻轻地放到他的肩上。

“我不知道。”他似笑非笑地回答说，全身传过一种神经质的颤抖……

“你真是个魔鬼！”他避开我的目光说道。此时即使不抬头，我也想象得出他那苦笑的样子。一阵短暂的雹粒如鞭子一样敲击着铁甲板，又突然鞭挞起驾驶台，使我们睁不开眼睛，看不清前方；但在这不期而至的狂风中央，黑暗被冲淡了，仿佛在它背后的高处，一盏灯的反射镜粉碎了光的散射。雨停了，舰船在暂时的平息中抖动着身躯，它的周围罩着一阵轻微的雾气。突然间，夜空在一道光芒中敞开胸襟；艄柱前方，云团像剧场的大幕一样被急剧拉开。

“火山！火山！”三十个人异口同声地吼叫着，喉咙像被什么东西卡着似的，酷似在中埋伏或被冲撞时人们发出的那种叫喊。

在我们面前，一堵高墙一样的东西正在海面上升起，我们几乎就要触到它，仿佛像是要仰起头才能看到它那骇人的顶部一般。月亮的光辉此时正丰溢地流洒着。在右边，拉热城森林般的灯光给沉睡的海水镶上了静静闪烁的花边。恰如一只正在下沉的后半部垂直竖起、灯光依然通明的远洋轮。呈现在我们眼前的像是一个被揭开了的锅盖一样的一块星体，一片耸立的市郊。它布满了筛眼，层层叠叠，斑斑驳驳，是一颗颗静止不动的星辰，像一团烈火、一簇水柱发出耀眼的光焰，海市蜃楼一般悬挂在海面上。眼前的庞然大物宛若倒映在湿漉漉的人行道上的房屋正面窗户上的灯光，这片光影仿佛直入云端，它们离我们近在咫尺，在被雨水冲洗过的天空中是如此清晰，竟使人们恍惚闻到夜间花园发出的阵香以及园内潮湿大路上那闪亮诱人的清新。街道的灯光，别墅的、宫殿的、交叉路口的灯光，最后更为稀少的、好似挂在熔岩石斜坡上的令人眩晕的小镇的灯光，形同一层层平台、一排排峭壁、一座座阳台，在布满筛眼的夜空中，在泛着粼光的海面上闪烁，从云雾飘荡的地平线上方冉冉升腾。这些云遮雾罩的最后光亮若隐若现，有时一些微弱的光亮又在更高的地方闪烁。它们高得令人不可置信，如同一位登山者在被冰川挡住一段时间身影之后，又出现在人们的望远镜里一般。我们眼前的这座城市就像一个台座，一座被截去了祭台的闪闪发光的金字塔，在一片昏暗中，神的形象升到了它的最高点，这排光影在灯光稀疏的边缘地带排列至远。在这黑暗空间的上方很高很远的地方，飘浮着一种信号，一个尖角。那空间笔直地竖立着，直得几乎使人望断脖颈，像一个贪婪而污秽的吸盘一样贴向天空。从虚无的泡沫中散发出的是一种时光到了尽头的信号，而那只发蓝的尖角，静止、陌生，仿佛空气被凝成了这种怪异的形状。这使人发出惊呼的显现物周围的沉寂令人的耳鼓有一种难受之感，似乎空气在这声音的传递中突然显得那么浓密，在这星光闪烁的墙壁面前，它使人联想到噩梦引起的恶心和软弱无力的失落感——在噩梦中，世界在摇晃，而在我们头上始终贪婪地张开的那张嘴所喊出的叫声再也传不到我们耳中。

“唐格里火山！”法布里齐奥轻声喊道，面色苍白如蜡，手指甲掐住了我的手腕，仿佛是在面对着一种极为罕见的神灵，人们对他只能顶礼膜拜，只能唯命是从，只能尊呼其名。“照直开！再靠近些！”我对他低声耳语，声音像是从牙缝里挤出来的一般。法布里齐奥根本不想让船掉头。现在为时太晚——实在是太晚了。一种诱惑早把我们钉在这磁化了的山峦上。带有幻象的异乎寻常的等待，以及对**最后一层纱幕**就要落下的确信，使这令人惊慌失措的时刻悬止不动了。在我们所有的神经张开中，舰船的黑色箭头指向了那闪光的巨物。

“全速航行！”法布里齐奥怒不可遏地吼叫道。舰船所有的铁甲板都在颤抖——船首分分秒秒地在近处灯光之后的黑暗的地平线上抬起，海岸向我们涌来，在寂静中不断增大，我们就像是要撞上一只在那里静止不动的大船一般。不，什么东西也不能阻挡我们了——大海一片空旷，时机对我们有利；显得昏昏欲睡的拉热城没有一丝灯光在摇曳。海岸边闪烁的光之帘幕保护着我们，在黑夜中消融了我们的暗影。一分钟，又一分钟，仿佛几个世纪一般漫长，我们终于看到也触到了自己渴望已久的东西，像快速火车终于驶入最后一段笔直的轨道，我们在这眼前的闪光中融化，在这从大海中冒出来的灯光中焚烧，并且化为灰烬了。

突然，在我们的右侧，在拉热城那边，海岸在许多道灼热闪光的快速眨眼中震撼起来。一阵沉重而又带有音乐节奏的沙沙声撕破了舰船上方的天空，唤醒了山谷中低沉雷声的轰鸣：人们听到三声炮响在空中回荡。

第十章　来使

为了更好地呼吸到扑面而来的新鲜空气，我站在靠近船首的地方，看到凌晨的西尔特海岸线越来越清晰。金黄的沙滩被茫茫的白雾笼罩，在微弱的光线下显得阴沉、忧郁，比平日更为荒凉，我恍然大悟之后（骤然的清醒使我更能觉察它的沉郁），心情沉重，感到**威武号**越变越沉，艰难地行进在海面上，仿佛船舱灌进了好几吨水。谢天谢地，我使它安然无恙地返回了海军指挥所。本能地突然偏驶，法布里齐奥使船躲过了排射。突然吹来的云雾遮蔽了我们的舰船。我们的炮手出人意料地冷静，或许是因为他们被吓得手足失措而没有还击，从而避免了更坏的情况。这突如其来不合情理的炮击仍使我困惑不解。奥尔塞纳早已放弃了对敌方的戒备状态，其疏忽程度显然已达到无以复加的地步。但是，对岸的防备是如此认真和持之不懈，也未免使人感到吃惊。还有令人诧异的是：敌方在黑夜中根本没有对我们这艘模糊不清的船体进行辨认，好像他们事先就已掌握了我们的底细。开炮之前敌方没有发出任何探寻的信号，为什么在如此近的距离内向我们开炮却又未能奏效呢？我越想越觉得这不能归因于法布里齐奥的机智灵活！在这表示警告的炮声里包含着傲慢与讥讽，这不痛不痒的一炮激起了全船人员如释重负的笑声，但它并不能使我放心。我情不自禁地把对马雷马关于拉热的种种行径的说法与这次毫无结果的炮击联系起来。真的没有结果吗？我不禁摇了摇头：为了弄清这一切，我首先应知道对方究竟意欲何为。

我不安地用目光搜寻着接到我们返航的信号后聚集在沙滩上的一小群人。此时我最害怕的就是与马里诺正面相遇，他不在那儿，我顿感一身轻松。

“伙计，你是不是差一点使船搁浅，几乎要把舵折弯不成？”当船抛锚时，乔瓦尼拿掉嘴边的烟斗，善意地向法布里齐奥问道。

这种玩笑是习惯性的。一大早，他就把猎枪扛在肩上，海军指挥所那种无可名状的单调生活立刻重新浮映在我的脑际。

“出了些麻烦，”法布里齐奥在部下面前羞惭而窘迫，他说道，“以后再对你讲。”

队伍的距离拉开了，人们懒散、麻木地在沙滩上行走着，有的人往水里扔着石子。我们这个小组走在前面，我不由自主地凝神谛听各小组的谈话。我们这条船上的人也混杂在里面，他们显得犹豫不决，十分难堪，一点也不急于告诉别人我们所碰到的一切，始终保持着**矜持**的态度：好像这次返航使他们产生了背井离乡的感觉。乔瓦尼和罗贝托一言不发，同时对我们的沉默感到惊讶，沉默使气氛变得沉重。

“我们到那边去了。”我脱口说道，“他们朝我们开了炮。”

乔瓦尼和罗贝托突然停了下来，嘴张得大大的，朝我投来不解的目光。

“那边……”终于，乔瓦尼用一种相当自然的语调接过我的话头，此时，以往夜伏时那出奇的冷静又重新出现在他的脑际——不过真正给我解围的还是法布里齐奥。

“阿尔多有充分理由这么做。”他冷冷地说了一句，以此表明无须作什么解释。

外交官似的审视的神情几乎是天真地浮现在一张张褐色的脸庞上。它们在一瞬间显露出了年轻的西尔特人落伍于时代的特性：以城市共和国利益为由去做任何事情，随时都能激发起他们对祖国的崇敬之情。

“可恶的坏蛋！”乔瓦尼从嘴边抽掉烟斗嘟哝着。

他的声音里带着得体的安慰。我惊喜地看到他们远远没有我想象的那么沮丧。

“你们到那边去了？……”罗贝托疑惑地重新拾起话题。“快告诉我呀！……”他说着神情诡秘地拉起我的胳膊，并且迫不及待地猛然推开了厅门。

他不停地问，我不停地讲。我感到心情特别舒畅。我立即明白，很显然，乔瓦尼和罗贝托并不关心**事出何因**，他们不想找我算账。我仿佛和他们一起进入了一个神话世界，我们急于深入其中，便省去了开场白，直截了当地进入了主题，罗贝托和乔瓦尼不仅不泼冷水，他们似乎还宁愿参与此事，与我们一道承担风险。只要有关马里诺的话题都像**令人扫兴**的事一样被撇开了：就好像他从未到过海军指挥所一样。渐渐地，我们心心相印，克服了障碍和难堪，大家高兴地找到了台阶下。一提到唐格里火山，我看到他们眼里闪烁着一片好奇的目光。罗贝托谈到该怎样开炮才更准确。我们对于那“史无前例”的不带警告的射击都深有同感地摇着头。法布里齐奥明白，此时此刻我们可以随心所欲，出其不意地取得胜利，便想出了一个巧妙的绝招。

“你的主意不错，罗贝托。你让士兵们整修要塞，好像你预料到了什么事情。”

“我一向不信任那边的人。”罗贝托用预言家的口吻说道，为了掩饰因自豪而涨红的脸，他装着猛吸了几口烟斗。我知道我该离开这间大厅了，更确切地说是激动地离开。

“好的，一不做，二不休。”乔瓦尼说着高兴地举起酒杯，“那些人已经有了他们需要的东西。我可以万无一失地对你们预言，他们不会就此止步的！”

罗贝托的烟斗在他周围罩上了一层辉煌的浓雾，他眯起眼睛，透过窗子凝望着海平线，眼里闪烁着真知灼见和深谋远虑的智慧之光。马里诺不在时，海军指挥所归他掌管。

“即便他们今晚过来小小地骚扰一下，我也不会感到过于惊奇。”他用一种宣布机密消息的音调说，“天气要变，就要起雾：假如他们打算突然袭击，这种天气再合适不过……只是到那个时候，我早会采取一些必要的预防措施了。”

“这很有必要，”乔瓦尼在大家的默许下做出结论，“海军指挥所像座风车那样无遮无掩……”我们全都强烈地意识到防卫形势不佳。

大家就地举行了一次军事讨论会，我听着其他人分析，一言不发，全身僵滞，原来觉得并不现实的事情就这样悄悄来临了。罗贝托建议采取紧急对策，法布里齐奥翻着条令，我感到抛出的线团开始在我手掌外滚动了。

我们决定让**威武号**夜间处于待航状态，在要塞上设监视岗哨，罗贝托要在不被察觉的情况下，在下午检查已经被损的海岸旧炮台，它把守着浅滩关口（要塞的炮台已年久失修），还要检查一下炮弹的供应情况，最后还得把停泊在淤泥里开始腐烂的平底船开动起来，用来在夜间监视航道周围的情况。由于马里诺快要回来的消息多多少少挫伤了大家的积极性，我们不敢采取过于极端的措施。大家心照不宣地认为，这种普通的防御部署，即使被指挥官觉察，也易于自行开脱。这样，我们四个人配合得十分密切，彼此间的默契在分分秒秒地不断加深。

“至于其他事情，船长发现情况可以通知，”罗贝托狡黠地说，“我负责夜间巡逻，这总比躲在芦苇里打野鸭有趣得多！……”

一天时间就在往返于要塞、堤岸和炮台间过去了。我们在指挥所再也不感到寂寞，兴奋与激动已经感染了我们手下的士兵，每当我们这几位军官出现在他们眼前时，他们的行列就会被一种比平日更加持重的缄默所笼罩。然而，从他们面部表情的暗示中可以看出：各种荒诞的传言正在队列中蔓延，仿佛在这种单调乏味的生活中一直受到压抑的对意外事件的需求，在这些沉睡的大脑中一下子都冒了出来。甚至有两三次，士兵们见到我们，就想把情况打听清楚，而罗贝托都用神秘的目光作答，回避他们可能接踵而来的询问。在这个小天地里，人们都以动物般灵敏的嗅觉，感到了暴风雨的即将来临，这些复现出活力的面孔在呼唤着**新鲜事**，无论凶吉，就像久旱的大地呼唤甘霖。

但接连三天平安无事，人们激昂的情绪又低落了下来。马里诺捎话说他周末回来，值勤放哨一无所获，我看到乔瓦尼显得更加颓丧。

“事先应当想到这一点。”他像一名求爱者收到原封不动地被退回来的情书那样气恼。“对方脸皮又黑又厚，对这些人，人们怎么想都可以。”他神情厌恶地说。

他的想象力并没有超越循规蹈矩的范围，像生活在海军指挥所的所有人一样，乔瓦尼目光肤浅，只想苟且偷安，奥尔塞纳长期以来形成的麻木状态，懈怠了人们的责任心和警惕性，塑造出了这些在全能的老人政权庇护下未老先衰的人。对他们来说，任何事都不可能真正发生，一切都不会有什么结果。任何意外事件都会使他们兴奋起来，可是迟早总有一天，他们会重新陷入以前的癖好，以打野鸭为乐。

在这些令人焦虑的日子里，还有另一件事使我格外不安。回到马里诺的办公室——他不在时我在里面工作，当我翻阅日常军务文件时，一瞬间，这间仿佛在指控我的办公室里，我感到自己的狂妄和冒险行为历历在目，就像马里诺本人的面孔出现在我眼前那样清晰，这种感觉是如此强烈，以至于我的双眼发烫，视觉变得模糊，一时间，我感到自己马上就要晕倒。房间静悄悄，我的耳边回荡起海浪声；疯狂的一夜过后，过去的行动再也与我无缘了。在这个世界上离我们很远的地方，一部复杂的机器发出细微的嗡嗡声，悄悄地运行起来了，谁也无法使它停止转动，低沉的声响从远处传来一直闯入这大门紧闭的房间，好像蜜蜂的振翅声打破了幽静。

“一不做，二不休。”我摇着头重复着这句话，头脑格外清醒。我的目光落在桌上那堆尚未启封的信件上，突然，我觉得是该赶快拿定主意的时候了。

向市政议会报告这一明显违犯条规的行为等于自我毁灭；让事情悄悄过去，即使它不会造成任何后果，上司一旦知道实情，又会追究我的责任，对我进行责罚。顿时我感到走投无路，头晕目眩，便用双手抱住头，伏在办公桌上，我像孩子一般相信只要能睡着，就会忘记一切，宛如睡梦将会抹掉现实，醒来时将会发现这一切不过是一场噩梦。突然，我看到了一线希望之光，尽管我不能申辩自己无罪，但至少还能争取上司的理解，我决定要求督察委员会接见，说明有一起严重事件需要当面解释。

那天晚上，我吃完晚饭就回到了卧室：我必须在天亮前起草好一份难拟的报告。这是我最后一张牌了，我不能欺骗自己：我是在别无他策时打出这张牌的。我可能因措辞不当而失利，我感到极其艰难，没有写出几个字来。在我周围，指挥所早已进入梦乡，只有笔尖的沙沙声记录着缓慢流逝的时光，我把一张张纸撕碎揉成团。大概晚上十一点了，夜深人静中房门被轻轻推开，我还未来得及抬起头，一个人已突然站到了我眼前。

“观察员先生，现在已是深夜，也许时间太晚，我不该前来求见。”一个陌生但悦耳的声音传入我的耳中。

灯光下，我很难辨清逆光下他的面孔。我看到眼前是个颀长健壮的身影，从他走近办公桌的动作中看得出沙漠生活所养成的轻手轻脚的习惯。他那身简陋的衣着就和星期天送游客去环礁湖边的船夫所穿的一模一样，这与他那十分文雅的声音极不协调，也为他的语气增添了几分嘲讽。

“确实太晚了。”他边说边俯身向着桌子上的表，倒着看起时间来，望着他慵懒的动作，我恍然大悟他是故意背光站着。顷刻间，我的心怦怦直跳，我想起了这黝黑的皮肤，这锐利逼人的眼光。他不正是萨格拉的船夫吗？

“你会明白是谁派我来的。”他观察着我的神色，突然换了个口气说道。他略带倦意地叹了口气，然后未经邀请，就从容自若，不失礼貌地坐了下来。

我打开他送给我的信件，突然愣住了。在信函的右下角有一条蛇盘着狮头，这是我在外交委员会布满灰尘的陈年文件下方所常看到的标记：拉热国总理府办公厅的大印十分醒目。文件证明了来者的和平使命，特别要求我们给予他应有的尊重和对交战国使者的官方礼遇。当我假装重读一遍文件时，纸上的字迹在我眼前渐渐模糊了：一种不可名状的喜悦，一种进行神奇选择的喜悦顿时涌上心头，仿佛平生第一次我懂得了"重新沟通"的含义。

"我看必须逮捕你。"我支吾其词地说，同时合上文件，"依我看，您作为来使的新身份并不能掩饰您的间谍罪名。"

慌乱中我茫然不知所措，笨拙地试图显示自己握有的优势。

"……您休想否认！"

我用手势表示不愿让他打断我的话：

"我们在别处碰过面，我想我还记得您当时虽没穿军服，但携有武器。"

"那是阿尔多布朗迪府上公主的侍从官制服。"他彬彬有礼地纠正着，轻轻地低了一下头。

我紧蹙眉头。

"……别谈这些了。"他立即接着说，好像是为了表示歉意。

显然，他想尽力避免使我窘迫。

"我们暂且换个话题，好不好？"他温和地笑着说。

当我不解地看着他时，他站起身。从口袋里掏出一支手枪，放在我身边的桌上。

"如果您坚持不让步，我可以成为您的俘虏，您放心了吧。我们现在认真地谈一谈，好不好？"

突然，我再也无法保持冷静。这个陌生人虽然无礼但却保持着克制态度，这与我的粗鲁形成鲜明对照，显然他占了上风，我于是便赌气似的玩起手枪来。

“您想怎么样？”我不耐烦地瞪了他一眼。

陌生人好像思考了片刻。

“我可以说，观察员先生，”他开始说话了，语气中略带几分犹豫，更巧妙地增添了他的魅力，“我的任务十分棘手，我们两国关系的现状证明了在国与国之间有可能存在一种假象，就像人与人之间的关系一样。既然两国之间的这种关系已奇迹般地存在了这么久，它们还可以无限长地延续下去。”

他为难地轻叹了一口气。

“……经过长期阻隔的人一旦重逢，有时会出现一种尴尬的局面。他们一点也不知道怎样对待对方，哪怕是模模糊糊地知道一点也好。”

“我不是外交官，”我冷冷地提醒他，“我相信我们的市政议会一定会客观地评价和总结它所奉行的政策，可它并不向我透露这方面的信息。我不怀疑您的身份，但您找错了对象。”

我不想为他大开方便之门。他审慎的犹豫口气和试探性的接触，使我心里感到一阵暗喜，对我来说，这种态度比他将要告诉我的话**更有价值**。

“我没有找错人，”他微低双眼，重又说道，“您无疑是我们可以打交道的人。”他说着又突然抬起双眼，我从远处看到他脸上挂着我所熟悉的微笑，马里诺有时就这样微笑。

“至少这是一种独特的说法。”

我本想显得更恼怒一点，但又觉得无法做到。他用一种显然缺乏诚意的手势向我表示歉意。

“我可能讲你们的语言讲得不太好。我想说：无论人们怎样评价这种‘假象’，事实上，上周出现了新情况。您并不是局外人，比任何人都清楚。”

他等待着我的回答，但我并没有开口。沉默一阵后，他似乎下决心说下去。

“我想概括一下与您会晤的原因，奥尔塞纳和法尔盖斯坦处于战争状态……”

他似乎在用他富有表现力的手指掂量着用词，又重新向我投来捉摸不定、难以察觉的戏弄人的眼光。

“……事情就是这样，难道不是吗，观察员先生？从临战状态到战争发生，从我们目前所处的情况看，还有相当一段时间。双方的争端由来已久。时间就像人们所说的那样是一个殷勤的男子。西尔特海域很宽，您知道，两国很久以来一直避免发生冲突，战争暂时停止了，或者说战争像是在睡大觉都不过分。”

他的目光又一次未能寻得我的反应。他不愿坐失时机：

“不是有一条描写酣睡状态的谚语吗？这条谚语说：‘高枕无忧’。果真如此，倒有理由担心战争不会沉睡得太久了……”

“那是您愿意这么说。”

“没有人阻止您助一臂之力。从星期四深夜到星期五凌晨，我们发现一条可疑的船只靠近我们的海岸线，它从奥尔塞纳来，那是一艘战船，是由您指挥的。”

“消息真快，真灵。”我恼羞成怒地反驳道，“那是一个漆黑的夜晚。至少应该说，这起事件并不出乎你们的所料。这大概都是您的功劳，是不是应该赞扬您几句？”我又以最尖刻的口吻说道。

他依然冷静地微笑着。

“我们是在讨论一件事实。我很高兴您并不否认，否认这件事的严重性是不可能的，在别处人们可能认为纯系误会或由于一时疏忽，可在这里，在我们目前所处的形势下只能认为这是早有预谋的挑衅，其动机一目了然。”

“您说形势！这么久以来……”我以讽刺的口吻打断他。

“观察员先生，历史责任不会因时光的消逝而磨灭。您的……夜访勾起了往昔的回忆，那些回忆不能让人放心，它们可能使旧火复燃。”

他神情专注地望着我。第一次，我从他的声音里听出了庄重和我意想不到的激动。

“您到底想怎么样？”我以犹豫不决的口吻说道。

“我受托带给您一封信件。”他不带任何感情色彩地说道，似乎想强调他只是一个**代言人**，“拉热政府认为，双方一直尊重的和平状态很久以来成了双方非敌对状态的真正心照不宣的承诺。这种局面最近发生了变化。我在这儿以政府的名义强调，发生动摇的责任并不在拉热方面。由于奥尔塞纳的行为，这一阶段已告结束，我们进入了战争状态。拉热政府认为目前它有充足的理由放弃过去一贯坚持的克制态度，它有理由受到震动……”

他停了片刻，然后一字一顿地说道：

“……不过，拉热政府认为有必要保持它贯有的理智，三思而行，以避免无法控制的事件发生。它想声明它的立场仍是坚定不移地维持和平，因为上次入侵并未造成任何物质损失，所以政府愿意接受合理的解决方法，如果……”

说到这里，他得意地停了下来。

“……如果有确凿的事实证明，这次……越轨行为不带任何敌对意图的话。”

“它希望什么样的事实呢？”

“拉热政府的忍耐是没有止境的。”他欲笑又止地说（对于他这种不带任何感情色彩谈论他所代表的政府的态度，我开始感到有点困惑了）。“我们要您提供的证明其实是微不足道的，它当然不会令人感到**愉快**，也不至于使您产生不快。我国政府举棋不定，”他用稍微带有勉强的热情口吻评论道，“要么这次事件不带有任何目的，要么它是别有用心。若是后者，那它就会结束三个世纪以来的和平状态，至少会结束目前的安全状态。观察员先生，如前所述，政府希望弄清事件的原委，尤其在这种令人担忧的形势下，这是可以理解的。”

“您不妨说得直截了当些！”

“一个反证，”他确切地说道，“确凿地证明这次对我们海域的侵犯并无目的，纯系偶然，不具有任何**意义**，并且允诺这种有损和平的事件不再发生。”他又不经意地说道，“自然，我们为您定的时限很宽，您将有足够的时间向上司禀报。我是说，”他快速地说道，“从今晚算起，三十天。”

接着是一阵令人尴尬的沉默，我明白，官腔式的谈话结束了。

“似乎让你们先提出问题比我们随便给个答复要好一些。”为了争取时间，我说，“法尔盖斯坦好像并不那么容易打交道。”

“您的想象力肯定能发挥作用。”他用打趣的讽刺口吻说，“今晚我登门拜访的确有些冒昧，不过缓和形势，采取什么方式和途径，选择权在您这边，拉热政府相信您是不会使它失望的。”

又是一阵沉默。他微微抬起眼睛，目光庄重，神情紧迫地等待着，他似乎如释重负，那放松而又快速的语调奇妙地减轻了他负有重要使命的感觉。在我的注视下，现在他变得活跃起来，坦率的表情在我好奇心的刺激下仿佛突然闪烁出充满活力的光芒；代言人的角色扮演完了，似乎在这次官方使命中，他所寻求的只是一种**开放**的姿态，一种亲密交谈的需要，而现在这种交谈开始了。

不，无须担心，我不会让他马上离开。在电灯圆圆的光圈旁，他沉默地、审慎地站在那儿，像是中了魔法，我感到既有莫名的慰藉，又有奇妙的挂虑。我好像突然意识到一个自天而降的身影正站在我桌旁，对我进行夜间秘访。这双紧盯着我的眼睛在对我讲话，超越了任何语言，我感到自己被肯定与尊重。

“如果不是这样呢？”我的声调平静、柔缓得出奇。

“您这是什么意思？”

“如果你们得不到我的回音呢？”

陌生人目光定住了，仿佛双眼罩上了一层薄雾，但身躯始终挺立不动。

“我接到的指示对这个问题未作说明。”他沉默了一会儿说。

他抬头看看我，微微皱了一下眉头。

“官方使命已完成了，我想私人间的……交谈不会没有好处吧，我只发表个人见解，可我担心现在时候不早了。”他略带犹豫，彬彬有礼地表示歉意。

我递给他一支雪茄，故作慵懒地靠在安乐椅上。

“海军指挥所的夜很长，”我一边说，一边竟然以近乎友好的目光看着他，连我自己都感到惊讶，“三百年才有一次的……访问总不能说多吧？”

我发现他略带残酷的微笑很吸引人。潜移默化地受到了他犹豫的声调的影响，这使气氛缓和起来，我们顿时感到从容自如。突然，在这段不连贯的对话后的静默中，一种心照不宣的相互理解建立起来了。

“如果不是这样呢？”我用肯定的语调重复道，同时紧盯着他的眼睛。

“在马雷马众说纷纭，观察员先生，您对城里流传着什么话题一定很感兴趣吧？”

最后一句，他故意拖长了语调，而他的微笑更强调了问题的重要性。我立刻猜出他的言外之意，但并不恼火，甚至还带有与他看法相同的好奇心——“为什么贝尔桑扎效劳的警察当局也找不到追寻的目标。”

“警察对此事也感兴趣，我想有必要告诉您，如果夸大它的无能，那可就错了，总有一天他们会抓到那些散布谣言的人，我发誓那时事情也就了结了。”

“你在这一点上想错了，观察员先生，”他轻轻地咳了一声，“我想您不会像警察局里那些头脑简单的人那样思考问题的。”

“请原谅，警察局的判断并不差。”我冷冷地接过话头，“他们认为应该追根溯源，找到散布谣言的人，对他们严加惩处，而这传谣的源头越来越明显。我相信，我们共和国市政议会对您的政府所表达的愿望会做出应有的反应。但是，我愿稍作一点解释，市政议会将会明白，感情和行动完全是两码事。如果没有人这样狂热地煽动舆论，我们也就不至于考虑采取令你们如此恼火的**必要的审慎措施了**。”

陌生人心不在焉地望着窗外，做了个礼节性的手势表示失望。

“我看我们很难取得一致意见。”他耐着性子说。

“确实，在挑战者面前，我很难感到轻松自如。”

与其说由于受到攻击，不如说出于沮丧，他又沉默了一阵，宛如一件贵重的盘子摔到地上发出轰响时，当事者张口结舌，感到**羞愧难当**一般。

“我很高兴您说出了这个字眼，”他冷静得近乎残酷，“或许为了避免激化形势，拉热政府一直异常小心翼翼地回避它。”

他又做了一个不想再往下讲的手势，漫不经心地表示歉意。他脸上的表情像一个仔细地分辨发到手上的纸牌的玩牌者一样，令我难以捉摸。

“不谈这些了，”他有些怏怏不快，“我担心这样下去我们非**大吵一场**不可。”

他大度得近乎质朴地看着我，像在设法使一个赌气的孩子快活起来。

“我们似乎都忽略了形势的特殊性。”他说着把目光投向窗外，“如果我们有诚意达成某种协议，最好还是摆脱那所谓的敌意。不，不，我求求您，请让我把话讲完（他急切地说，像是害怕我又一次**打断**谈话）。我是想说：如果我们像警察或司法官员那样谈话，那我们就不可能解释我将要提到的新情况了，如果您同意我的这个说法的话。”

他又用目光探询我，由于我保持沉默，顷刻间他反而显得放松一些，并且微笑起来，脸上的表情充满魅力。不过我还是发现，他嘴角上露出的那条古板的笑纹就像一块伤疤，为这种微笑渗入了几分残酷。

“您瞧，观察员先生。”他又说道，“我们所谈的、所想的都很难背离官方的指示和一成不变的形势，前者所涉及的是‘挑衅事件'和'间谍活动'，而后者则叫作战争。您刚才略带诙谐地提醒我，感情和行动可能是两码事。不过，我越是听您的话，越觉得有时话语和……感情也是两码事。"他用眼睛盯着我，面部表情带着笑意。

"我能请您给我解释一下这是什么意思吗？"

"您今晚不是在这里接见了我吗？"

陌生人的眼光环视了一圈房间，停留在灯光映射在墙角的跳动的影子上。在沉睡的海军指挥所，我们周围是沉沉的寂静；我感到一种温暖的亲密感笼罩着这个房间，我们仿佛是在深夜的灯光下抽着最后一支雪茄的两位亲密的朋友。远处，在要塞后边，公鸡早早打起了鸣，它们常常把西尔特令人炫目的月光当作晨曦。突然，我觉得时间太晚了，人们沉睡的鼾声早已被淹没在无尽的黑暗中，梦幻的低吟使沙漠之夜微微颤抖。

"别太得意忘形了。"这一次是我情不自禁地笑了起来，"在西尔特，你不是想找谁谈话就能找得到的。"

我听见我的话音在寂静中别扭地落了下来，话语中意思暧昧，尤其是"找谁谈话"这一句。似乎在这个陌生人面前，我的话在陡坡边缘犹豫不决，不肯落下，突然间，话又说得太多了。

"……您所谈到的'新情况'是指什么？"

"这种说法可能有些过分，如果对于我们两国间的关系发生的突变就事论事，那么，观察员先生（他称呼我时，有意使语调显得亲切），**在我看来**，这是令人失望的。从这个角度看，可以说拉热政府被你们采取的某些不必要的防御措施所激怒……最近这里的海军指挥所好像又建了不少工事。"他微笑着说，"可是，根据这儿的具体情况看，我似乎可以毫不夸张地说我亲眼看到一道道防线……

已被冲破。”

他的眼光像利刃般向我投来。

“奥尔塞纳感谢您的忠告，”我神情尴尬地讽刺道，“不过，它同时也对自己尚未处于最佳状态向您表示歉意。”

他对我的嘲讽并不介意。

“我在您的国家生活过，观察员先生。”他的声音庄严、沉重，含义十分明确，“而且我热爱过它，正由于我热爱过它，我才希望贵国人民晚年幸福，就是说想象力不要太丰富。一个民族步入晚年时仍具有丰富的想象力，这并不是件好事。”

“您在马雷马生活得太久了，”我又强装起笑脸，“我知道我们可爱的城市曾出现过一阵小小的狂热。我想，任何人也不会被这些谣言所蒙骗，您更不例外。”

“这些谣言恐怕很快就会变得有根有据了：这就是我对您的‘如果不是这样呢’这个问题的回答。有时狂热还可以升温。”他边说边斟酌着词句，并且缓缓地抬起眼睛看着我，“一位公正的旁观者会评断这种……思想上的困扰不过是一种奇怪现象，实际上，成为这种狂热的俘虏的‘当事者’很快就会感到烦恼不已。”

“您是想从难以平息的谣传中找出证据以构成一桩蓄谋挑衅的指控吗？”

陌生人缓缓地摇着头。

“我并不想控告任何人，”他一字一顿地说，“我只是试图估计一下形势，我想和您预测一下我们两国之间的关系是否会发生**激动人心**的新变化，您大概同意这种说法吧？”

“您疯了！”我冒出这样一句话，同时感到自己脸红了。

“我想帮助您使事情简单化，”他漫不经心地垂下眼睑，“我对您抱有好感，我明白，在有些情况下很难做出……怎么说呢？”

他眯缝起眼看着我，目光炯炯有神。

“……公开表态，我知道拉热政府对于这一起促成我们会晤的事件做出了多么错误的评价。”他补充了一句，生怕我把他的话打断。

他十分精明，讥讽的目光死死地盯着我，像只赶不走的苍蝇。

“……我可以肯定，这次越境并无……敌意。”

“的确如此。”我说道，声音禁不住哽塞了。

他低下头，仿佛在沉思，月光为窗户镀上了一层银白色，使灯光也亮得苍白。这束光穿破了黑暗，浮动在这由于失眠显得漫长，没有一丝血色的时间上；在这过于寂静、酷似曙光的月光下，公鸡又啼鸣起来。

“您对拉热政府也能这么讲吗？”陌生人的话音不带任何感情色彩。

“如果这么讲又怎么样？”

“如果这么讲？！”

他机械地重复着我的问话。

“如果这么讲……那好！我想问题无疑会妥善解决。那我们只会认为奥尔塞纳暂时经历了一次……痛苦的失眠。”他那过分的礼貌和冰冷的话音听上去仿佛带有侮辱成分。“实际上，我们可以想出**不少理由**来阻止事态的平息，并非任何人都有悲剧性的末日。”在他的声调中夹杂着一个令人不快的刺耳的嘘音。

“末日？”我不解地重复着他的话，只觉得头脑昏昏沉沉，这两个字闷闷地撞在我的耳膜上，像是手指敲门的声音。

“您很清楚，”他喃喃地说，从沙发上欠起身来，把他的嘴贴近我的耳边，“我此行就是为了使您明白，您不要以为可以这么便宜地得到解脱……我很赞同圣·达玛兹的布道，”他双眼炯炯有神地盯住我，而我像听一个哑巴讲话一样注意着他嘴唇的每一个细微的变化…… “此外，我觉得这儿还缺少一点**有分量的谈话**。”

“您到底希望达到什么目的？”我站了起来，回敬了他一句。我脸色惨白。

“达到您希望的结果。”他抑扬顿挫地回答我，“我们耐心地等待着。从现在起，一直等到您与我们会晤。总有一天您会感谢我，因为您总算是幸运者：您是睁着眼去那里的。”

他微微倾斜身子，我知道他要告辞了。

“……观察员先生，请您记住：民族之间只能有一种……表示亲密的方式。这将使您对‘月光下巡航’这起事件重新思考一番。”

“可是在哪儿给您答复呢？”当他迈开敏捷的大步走到门口时，我才恍然大悟地叫了起来。

他那细长的眼睛从阴影中向我投来匆匆的一瞥。

“您若是对不住自己，那就没有什么答复可言了。”他语气坚定，寂静的黑夜中，门又砰地关上了。

我在桌旁久久地坐着，一动不动，他那静悄悄离开阴暗处又投入黑夜中的缓缓游动的身影，他那双眼睛和他的声音在我身上产生的魅力，还有这漫长的时光，这一切几乎使我感到做了一场梦，如果不是盖有拉热政府大红印章的**通行证**放在我的桌上——这张通行证仿佛是用鲜血画押、凶多吉少的誓约。在我空空如也的头脑里，陌生人所说的最后一句话以阴森森的调子回旋着；这位有生以来使我感到印象最深刻的人离去后，我仿佛觉得西尔特黎明前的阴冷渗入了门未关好的房间，于是我便机械地走到微开的窗前。我眼前只有被月光照亮的白茫茫的荒原；环礁湖堤上渐渐远去的马蹄声在这清冷的夜里，一直传到我的耳边。骤然间我产生了重新叫回陌生人的念头，这种想法如此突然，以至我差点叫出声来；在朦朦夜色中马蹄声已然消失，他那斩钉截铁的语气又一次使我感到耳边一阵发凉：这早已投入黑暗中的身影是追不回来的。我用手摸摸脸，脸上渗着冷汗，我一阵头昏，脑袋空空地躺在床上，剩余的思想在这死一般寂静的夜里随陌生人的脚步而去了；第二天天一亮，我想我就得去找瓦内莎。

当我在凉气袭人的早晨从车上下来准备在岸边叫一条阿尔多布朗迪府邸随时听候差遣的船时，我仿佛感到马雷马那天比平日醒得早。我彻夜未眠。海边令人振作的凉意和我快速的脚步使我暂时忘掉了昨夜的会晤。我急迫地需要瓦内莎，这种需要变得如此强烈与盲目，以至于当我将要求她为自己洗刷最令人耻辱的怀疑时，我对自己心中的疑问非但不感到过分焦虑，反而暗自欣喜，因为事态的发展在瓦内莎与我之间又添入了许多可疑的，仅为我们所共知的秘密，这将使我对她变得比以前更加重要。这一天是马雷马的集市日。过去，我常常一大早睡意未消就离开府邸，在漂浮着残菜的浊水上行船游逛。晨雾中，在河岸一角，西尔特的西瓜被堆成金字塔形，我常闻到从那儿传来的瓜汁的令人头晕的味道，也能看到农民们在潮湿的石板地上赤脚行走。可今天早上，我所听到的并不是嘈杂的叫卖声，而是从围观一起严重事故的人群里传来的喧闹声。好像停在码头上的海军指挥所的车辆显得比平日更引人注目；露天小货摊无人问津。一小群、一小群的人很快聚集起来，一张张面孔上流露出表示关注的好奇心和敬意，从使他们一下变得苍老的严重神情中，我明白我们夜间出海的消息可能已经传开了。

“贝尔特朗，有什么新闻吗？”我问船夫，同时抬起头，指了指正围在岸边、紧紧盯着我们的一张张关切的面孔。

“坏消息，阁下。”他低下头说，音调谦卑、土里土气的，一听就知道是逆来顺受的平民百姓，他吻了吻西尔特渔民惯常用线绳挂在胸前的十字架……“一切都是命中注定的，”他无力地摇着头，“是上帝的意志。从上星期开始，我们日夜都在祈祷圣·达玛兹了。”

不出我所料，显然，在遍布全城的喧嚣中，阿尔多布朗迪府邸尤为突出。从我穿过的走道和一排排房间里，传来一阵接一阵砰砰的关门声，匆忙的脚步声，角隅里的窃窃私语声，置身其间仿佛置身于被围困的城市的司令部和末日已近的王宫的嘈杂声中，这种恐慌好像是由土法接骨医生开出的药方和摄政王朝时期的阴谋活动所引起的一般。我快步穿过人群，又一次深切感到这儿的气氛比别处沸腾。瓦内莎没有出去，由于过度疲乏，她的女仆正在紧闭的门前打瞌睡。

“我来得太早了，维约拉。”我微笑着，边说边把手搭到她的肩上，“公主这会儿能见我吗？”

“谢天谢地！”她兴奋地抓住我的双手，“她等你两天了。”

当我走进卧室时，瓦内莎刚穿好衣服，我吃惊地看到她的脸色苍白得有些吓人，显然这并非因为疲劳或疾病所致，而是由于长时间的失眠，这种苍白使她显得更加庄重、高雅，与周围的气氛**完全吻合**。她身着有长褶皱的黑裙，朴实无华。一头长发散披着，颈部和肩部在黑裙映衬下白白亮亮：她既具有女明星那种稍纵即逝的俏艳之美，又酷似那将要登上断头台的女王。

“我们的英雄来了。”她用含蓄的微笑掩饰住兴奋，穿过房间向我走来，步伐轻盈，舒缓，“你怎么不早来？”她一边轻声说着，一边用双手抚着我的头，让我的双眼对着她的目光——她的眼睛回答了一切，证明了一切……“我日夜都在等待你。”

我一时不快，轻轻把身子挪远了一点，瓦内莎明白，这过于突然的身体的亲近使我有点不自在。

“我出去旅行了。”我干巴巴地说，坐到了床边，瓦内莎默默地坐到我的身旁，我的眼睛落到了那幅油画上，第一次看到它时它就深深地打动了我。

“……你在拉热的朋友们仍然拥有火炮，你知道不？”我悠然自得地用目光指着那幅油画，“我相信，假如他们的炮击技术高明一些的话，那你就会永远在这里白白地等候我了。”

瓦内莎默不作声。

“……我到那边去了，你该高兴才是。”我的语气显然有些恼火，“好像我给你的客人们提供了一个绝妙的话题。”

“我不但高兴，而且很幸福。”她说道，同时抓住我的手狂吻起来。

“……奥尔塞纳总算想起它的武器了，我真为你感到骄傲。”她的激奋并不使我完全信服。她的语气中带有一种不自然的夸张，或者说是由于我怀疑，在女人的爱国情感中总是夹杂有做作的成分吧。

“谁说拿起了武器？我觉得你的想象是否过于丰富了一点，瓦内莎？”我冷冷地说，“我得提醒你，阿尔多布朗迪府邸的厅室蓄意捏造‘未来的历史’。没有发生什么武装冲突，我当时下令不得还击，因此没有任何冲突可言。”

我的话也许有些过头，但当时我的确像一名失去了控制的骑士。

瓦内莎用怀疑的目光看了我两眼，惊诧得不敢相信自己的眼睛。

“当然啰，阿尔多，你在这件事上态度很谨慎……甚至可以说很明智。”她打着圆场，像是满足任性的孩子的自尊心似的，“我可以肯定，这里所有的人都很钦佩你表现出了极大的冷静。”

“所有的人？”我惊愕地问道，这种平淡的说法与她的个性几乎格格不入……“所有的人？但是，瓦内莎，这又能说明什么呢？在马雷马，没有一句话不是从你口中传出的。”

瓦内莎生气地站了起来，她好像突然在**窥测风向**，就像在我们亲密相处时我经常开玩笑说的那样：她脸上的表情显露出捕捉到了什么灵感的神色。她迈着矫健有力的步子踱来踱去，房间似乎立刻变小了。这一次，我更强烈地感觉到，自从我走进她的房间后，她每时每刻都在**做戏**。

“你错了，阿尔多。”她终于开口说道，“昨天我还能这么做，今天我却无能为力了，现在我什么也拿不准。”她又这样补充说，神态安然自若。

“好像你对一切都了如指掌，你希望我到那边去，是你使我了解了你的想法。”

瓦内莎在窗前停了下来，若有所思地朝运河方向眺望着。

“或许吧。”她不动声色地耸了耸肩，“不过，这一切现在再也没有什么重要性了。”

“没有重要性！……指挥官马里诺过两天就回来，我们必须做出解释。”我的音调全变了，“难道你以为他会轻易地把事情一笔勾销吗？”

“你太自以为是了，阿尔多。”她的声音仿佛从远处传来，“你毫不谦虚。不论是你还是我，在这件事中我们都无足轻重。”她断然地回答说。

“我到那边去了，瓦内莎，这正是你所希望的。”我身子倾向她，小声而又耐心地说着，仿佛想唤醒一个昏昏欲睡的人。

“不，阿尔多，有人去了那边，因为别无选择，因为时机已到，必须有人去那儿。”

“……你注意到没有，”她握住我的手腕，声音压得很低，“当一件事情要发生时，一切事情的含义便会突然发生变化……马里诺没有对你提起他遇险的事吗？”

她侧眼望着我，一提起指挥官她的语调就自然地变得亲切，并且本能地夹带着嘲讽的口吻。

“这是件令人难以置信的事情，阿尔多，难道你不这样认为吗？尤其是像他这样一个迷恋耕作的人。不过我们不应以貌取人，再说这说不定是很遥远的事情了。当他伸出在事故中失去了两根指头的手时，人们就会情不自禁地想起，怎么说呢，想起一个像耶稣一样受过伤的人。”

她发出了清脆的笑声。

“在西尔特，没有人比马里诺干得更出色。”我生硬地反驳说。

“别动气，阿尔多……”她轻声地、无情地笑起来，似乎在讥讽我，“你知道我多么喜欢他，他是老朋友了。你想想，阿尔多！沉船时……我不知道你是否能想象出马里诺那风暴勇士的形象，他双手抱胸，屹立在正往下沉的船舷边。”她抛出这段话来，似乎情不自禁地、惊讶地发现这实在太荒唐了。

“你是想说‘女人们和孩子们先离开险船……’是啊，我知道得很清楚。”这次轮到我发笑了，将计就计为上策。“他的本质中有一处很可贵的地方，可你并不了解。”

“船上没有女人，也没有孩子，只有船组人员：那是一艘战船。海浪涌了上来，男人们紧紧扒住沉船一步步往后退。指挥官对我说，即使用斧头去砍他们的手指，他们也不情愿松手。海水缓缓地上升，船慢慢地下沉；在平静的海面上，船只触到了一块暗礁上。那里只有一片沉默，马里诺说这种场面并不令人恐惧，可以说是一种宁静的场面，就像封港时凿沉一艘腐烂的船只一样。突然间，‘扑通’一声巨响，马里诺猛然转过身来，沉船上已空无一人，全船人员都在周围的水面上挣扎着，有的人已被淹没，原来他们已经一下子同时跃入水中了。”她的声音沉重而急促，仿佛身临其境一般。

“连老鼠也会蹿出那条行将沉没的船，”我耸耸肩说，“这只能证明人们缺乏对灾难的预见力。”

“你如此肯定？……不过这无关紧要，再说，在这次事件中，令我感到奇怪的并不是这一点，我更为关注的倒是，”她说着，目光不经意地飘向窗外，“大概应该有某种细微的变化，某一时刻人们仍要抓住船舷，另一时刻则必须跳下水去，而且还要带领其他人一道下水，一点不错。”她继续说着，似乎洞察到了一个平凡的真理，“到一定时候就得跳入水中——这并非是出于恐惧，也不是另有计谋，甚至不是受求生欲望的驱使；这是我们世界之外的一个声音在亲切地对我们说——即使只有死路一条，也不必与船**同归于尽**，在一棵枯树上活活吊死是最不明智的做法。怎么也比靠在一具行将就木的行尸走肉上强……潮水的上涨是缓慢的。”她若有所思地说，“它们善于等待，它们的猎物总是会自投罗网的。”

“这就是你到这儿来要干的事情。”我猛然起身说道。我简直连自己都认识不清了。她口里道出的话语在一定程度上似乎也正是我所曾想说的，但是它们却使我感到厌恶和恼怒。透过字里行间，瓦内莎的胆大妄为如同一只放肆的手压迫着我，使我重又变得粗暴，而这种态度在她身上最后却像冰雹一样融化了。

“我觉得你来这里也是出于同一目的，你甚至比我走得更远。”她抬起眼盯着我，带着骄傲的微笑，我不由自主地被这春雨般柔和的笑容所感化。

“只有上帝才知道这一切会带来什么后果。”我凝神望着她，“我担心我们俩都有些发疯了。”我补充道，又主动拉住她的手，因为我需要知道她并没有抛弃我。

瓦内莎耸耸肩，似乎想驱走一种扰人的念头。

“你想使我反悔吗？”

她转过身对着我，双眼闪烁着平静的光。

“……不过，奥尔塞纳已经学会了解我们，”她从牙缝中挤出这句话来，“我们曾是它的肉中刺。它像一匹精疲力尽的坐骑，我们的刺激会使它做最后的奔跑，他们将什么也得不到，永远也得不到，除非是最后的绝望的挣扎，每时每刻都耗尽全部的气力……你难道想让它的骑手对它道歉吗？”她毫不客气地用讽刺的口吻补充道，“道歉说他让自己的驮兽用完了**浑身气力**不成？”

“这个比喻可不友善，”我冷冷地指出，“何况古谚说，好汉不抽死马。奥尔塞纳正安然地沉睡着，为什么要唤醒它已经忘却的记忆呢？”

“去吧！去把它的鼻子放进食槽里，”她极度轻蔑地说，“马里诺会帮助你的。”

她转过愤怒的天使般的面孔，她那特有的军人矫健的步伐又重新在房间的地面上回响。

“发疯？……”她突然停下脚步，似乎在自言自语，“做噩梦时在黑暗中摸索墙壁的人是发疯吗？你想想看，这里的许多流言蜚语到底是为什么——据你说这里的谣传太多了——只要这个世界不那么沉默，有时甚至还传来一点反响，那么人们也不至于难受得一天到晚只管传播谣言了。”

“你也许在这一方面弄错了，我想与你谈的正是这一点。似乎那堵墙并不是完全没有反响，我已经听到了一些，你想知道吗？”

瓦内莎变得神情专注，她的睫毛微微地收缩了一下，在这张由于过度好奇而失去了戒备的面孔前，我突然感到更加自在了。

“什么反响？”她疑惑地问。

“你还在海上漫游吗？”我漠然地问她。

“这是什么意思？”

“没什么特别的意思，我不过想知道，比如说你的船组人员是否一个不少。”

她沉默了片刻。

“你是怎么知道的？”瓦内莎终于惊愕地问道。

“也许你想知道他到哪儿去了，偏巧我知道一点消息。”

瓦内莎困惑而又难堪地望着我。

“到哪儿去了？”她怀疑地问道，“你莫非是想说……”

她突然跳起身来，似乎闪出了一个念头。

“正是，到那儿去了！”我冒出这句话，同时不安地盯着她的面孔，但她并没有像我所预料的那样因吃惊而颤抖。瓦内莎的眼睛又重新眯缝起来，她的表情好像因为觉得有趣和心照不宣而显得狡黠，这种表情使我忐忑不安。接着，她双眼一亮。

“瓦内莎！”我高声叫道，猛地抓住她的手，像面对一个疯人似的摇着她，“瓦内莎！你明白这意味着什么吗？你知道你保护、包庇了什么人吗？”

“你是来找我算账的吗？”她说着，冷冷地、鄙夷地盯住我……“当然，我什么也不知道，”她耸耸肩，接着说，“我向你保证，难道你还不相信吗？”

“当然你不知道，你确实不知道，不过也许你猜到了。”

瓦内莎发出一阵刺耳的笑声。

“‘你猜到了！’……”她肆无忌惮地模仿着我的声音，“‘你猜到了……’天哪，阿尔多，这简直像一场审讯，你不知道我多么欣赏你所扮演的这位伟大检察官的角色。”

“你要回答我。”我一阵愤怒，冷冷地站起身来，在空中狠狠地抓住她的手腕，“我向你发誓，瓦内莎，我不想笑。你猜到了吗？”

瓦内莎抬头望着我。

“即使真有这件事，那又怎么样呢？”她低声地但却十分干脆地说，“……如果你一定要知道，那么我告诉你，是猜到了。”

我突然松开了抽搐的手，我感到自己沉沉地坐了下去，脑袋一阵眩晕，我体察到的既不是反感，也不是愤怒，而是夹杂着恐惧与慌乱的惊叹，仿佛看到了一个在海上行走如履平地的人一般。

“你必须适应这些，阿尔多。”瓦内莎在我身后清晰地说，“现成的事是不会从天而降的。”

“难道你做过这种事吗？”我怀疑地说。

我突然转过身，对她的沉默感到惊奇，瓦内莎甚至没有在听我说话，她的目光越过了我的头顶，正注视着墙上挂的那幅画。

“你以前经常看它，不是吗？”我不怀好意地继续说，并且起身朝她走近了一步，突然又笨拙地停了下来。瓦内莎仍未理睬我，我情不自禁地沉默了下来，这幅肖像画具有使人保持沉默的魔力。

“我在思忖他究竟在想什么。”瓦内莎终于开口了，她心不在焉地说道，“是啊，我经常考虑这个问题，你一定猜想得出，阿尔多。”她又往前挪了一步，像是沉湎在欣赏之中，“有好几次，我甚至深更半夜起来看这幅画。我在想，你跟我的关系是否曾像我和这幅画一样亲密。”她的语调使我感到不快。

“你知道，这儿夏季夜晚比白天还要热，西尔特如同一个汗流浃背的身体。我穿着你喜欢的这件白色浴衣，起床后光着脚走在清凉的石板上。”她转过身望着我，眼中闪射出挑战的光芒，“以前我常常骗你，阿尔多，我像是在和第三者幽会一样。那时，马雷马如同一座死城，这不是一座沉睡的城市，它的心脏已经停止跳动，这是一座饱受蹂躏的城市。从港湾望去，环礁湖就像一块盐巴，人们仿佛看到了月球上一片干涸的海床，仿佛当人们沉睡时整个星球一下子冷却了，而人们醒来时已经置身于超越了许多年代的一个深夜里，人们感到未来的景象就在眼前。”她继续慷慨激昂地说道，“那时，马雷马已不复存在，奥尔塞纳亦随之消失，它们连废墟的痕迹都没有留下，只剩下环礁湖、沙滩和星空下从荒漠吹来的风。人们仿佛在一瞬间独自跨越了几个世纪，成千上万苟延残喘的人失去生命后，人们仿佛呼吸得更畅快、更自由。在深夜里，阿尔多，难道你从未梦见过地球突然只为你一人旋转吗？它转得更快，而在这疯狂的过程中，你把那些肺活量不足的动物甩到了后面吗？只有带兽性的人不喜欢未来。但是，对于适应这种令人难以承受的高速度的人来说，在他眼里，在他的本能意识中，被认为是罪恶和堕落的东西，就是那些阻碍他跳跃的东西，仅此而已。在那些**鼠目寸光**的人看来，人们生活在一起只是因为他们并肩生活着。有些人生活在某些城市里之所以感到痛苦，那是因为他们只适合生活在遥远的地方，而他们的城市似乎自建立之日起就关上了这扇通向远方的大门。这种城市将使你产生一种新的世界观，也就是被关进小转轮里的松鼠的世界观。我只喜欢那些在街心可以感到吹来沙漠之风的城市；还有，在有些日子里，阿尔多，”瓦内莎说着转过身来，用锐利的眼光逼视着我，“我曾向奥尔塞纳提出过严厉的指控：在那儿只有沼泽的气息，我有时认为它妨碍了地球的运转。”

“深夜里，烛光下，凝视一幅肖像画时，确有令人不安之处。似乎在混沌深处，在淹没肖像的黑暗深处，一个清晰的面孔急于浮现出来，当它接触到这光明与黑暗的第二道分界线、这个平庸的小世界时，它急于重新组合，它仿佛在失望地呼唤，仿佛最后一次希望获得世人的认可。谁曾产生过这种幻觉，谁就像通常人们所说的那样，目睹过黑暗的集聚，见到过黑夜的化身。在那儿呼唤我的是我的骨肉至亲。我感到，他呼唤我时所带的微笑超越了羞怯，超越了追求虚幻的**安定秩序**——一如战争时期的军功章，超越了人们所承受的屈辱。我深深地感到，在这一微笑深处，隐藏着一个安详的秘密，对于它，这个城市自我满足的良知既不知其由，又无法裁夺。”

“这里，我希望能让你知道，阿尔多。当我很小时，我父亲给我讲过一个故事，它深深地打动了我；他是从我叔祖那儿听来的。我叔祖被称为**渎神者**吉亚科摩，他在手工业者反叛时期领导过圣·多美尼哥起义。唉，真是一言难尽！”讲到这儿，瓦内莎停顿了片刻，她注视着我，半带打趣地向我投来放肆的微笑。“阿尔多布朗迪家族属于那些**背信弃义**集团中的哥达派，正像我们的历史书中记载的那样。你也许还记得，吉亚科摩带领着他武装起来的队伍，占领了执政府大楼，在那儿他们虽然只坚持了几个小时，但却成功地获得了警察署的档案，在里面发现了市政议会用金钱在民间集团中招募的间谍分子的全部名单。人们立即去寻找这些人以便把他们就地处决；如果你还记得，你应知道，在这起轰动一时的事件中，双方手下都毫不留情。你知道在哪儿发现了他们吗？让你猜一千次你也猜不到……在街垒旁，他们勇敢地朝市政议会的部队开火；他们中有几个人已经丧命了，另一些人还被逼下坳墙，惨死在街面上。‘巨大的错误！’好像事后我叔祖曾双手掩面这样叹息（有什么办法呢？他不像你这样温情），难道一个葡萄种植主会以他的酒桶已经用过一两次做借口，而把它们统统打碎吗？我希望你原谅他，阿尔多。”瓦内莎继续叙说，同时向我投来富有魔力的目光，“真是个厚颜无耻的人，这再清楚不过了。最后，我想说……这番话表明他不喜欢不可冒犯的个性；他只看到力量被耗费，而且从这一点上看，他也许并不全错。但如果更……周全地考虑，像你所希望的那样，出于道德感，当然得考虑到这种行为理当受到指责（瓦内莎又一次用神秘的目光瞟了我一眼），不过，我们也应换一个角度来看待这样一个如此奇特的人，如果像人们在这种情况下通常所做的那样，称这样的人为‘天生的叛逆者’，那么，这个结论恐怕下得太快了，阿尔多。”

瓦内莎声音变得更为严肃：

“……或许他们只是一些更老谋深算，富有远见卓识的人。必须冒险时，他们善于**巧施计谋**，并且具有宏图大略，他们能比别人更早看清：除了仅凭愚蠢和盲目的冲动在毫无出路的黑夜中徘徊，如果不惧怕孤独，还有一条可以通向近乎神圣的欢乐的途径，那就是走到另一端去，既承担压力又进行抗争。那些被奥尔塞纳天真地

（当然并非总是如此天真）、不假思索地称作大逆不道的人，我有时把他们誉为讴歌时势的诗人。阿尔多，如果你愿意我们继续友好相处，并且明白把你的柔情局限在什么限度，而不要想得太远，那么，我希望你能理解我的意思。此外，我还想提醒你，如果你执意让大家了解你的这些柔情——既然我刚从奥尔塞纳回来，”她认真地补充说，“那么可以告诉你，现在那里事情并不像你所想象的那样发展，而且从今以后，那儿的人们或许再也无法理解和接受你的这些柔情了。”

“我知道你父亲已经恢复了名誉。”我审慎地说，“我必须告诉你我并不认为这个消息令人宽心。”

瓦内莎好像没有听出影射之意。

“你将发现那儿发生了很大变化，”她眯缝起眼睛又说道，“情况也许和你所想象的大不相同……我感到那儿的人比我预想的要清醒。”她沉默了片刻又补充说，似乎很难找出恰当的词语来表达自己的意思。

“真的吗？”

“事情并非那样一目了然，甚至只有目光敏锐的人才能察觉，”瓦内莎继续说，“有些迹象只有那些先于其他人观察了很久的人才能看到。”

“古往今来，奥尔塞纳人从来就没有通过某种迹象判断吉凶的习惯。”我用讽刺的口吻说，“在我们这儿，不存在什么预言，这一点你清楚，有的只是纪念活动。”

“不过如果我们俩对这些迹象有不同看法，我倒会感到惊讶，”瓦内莎若有所思地接过我的话，“这并不是因为有什么明确的因素……”

她重新踱来踱去，偶尔停下来，仿佛要抓住一个稍纵即逝的感觉。

“……人们并未把注意力放在该做的事情上，事实就是如此。正如常言所说，他们似乎**想入非非**，总是心不在焉。我们在街上所看到的面孔——你会记得的，阿尔多，那是些充满活力的、实实在在的生命，他们仿佛走在清晨花园的小路上。这种景象有时候使我联想到，人们为了求得整齐，尽力保持搬迁房屋的门面。现在，在奥尔塞纳散步，就像是在一间即将搬迁的套房里那样悠闲自得。”

“这不令我扫兴，”她微笑着补充道，“有些时候我反觉得街道的空间不那么拥塞了，而且还能透进一些大海的气息哩。”

“我看你这次在奥尔塞纳的活动是够频繁的了。”我生气地打断她。

“人们似乎本能地在心里给尚未发生的事情留下了位置。”她仿佛没有听见我的话，继续说道，“坦率地讲，奥尔塞纳的沙龙在这一方面并没有争什么光。我从未听到过如此令人沮丧的交谈。你是知道人们在里面都谈论些什么的。不用说，他们连评论十一月份在孔絮尔塔举办的舞会或下一届圣·于德十字勋章的候选人的热情都没有，这真使我感到惊讶。”

“在这一方面马雷马的确远为优越。我相信，你一定对他们美化了马雷马的沙龙，并且说那里的人无所顾忌地谈论各种话题。”

瓦内莎望着我，嘲讽地噘起嘴唇。

“你情绪不好，阿尔多。我敢肯定，奥尔塞纳在议论的话题上很快就不会再羡慕我们了。你无法想象新消息沿着时间轨道飞跑的速度有多快。”

“我不想说人们**知道**……”我站起身说，突然感到自己脸色发白……“我刚把报告寄出去。”

“你真是个孩子，阿尔多。马雷马第二天就知道了这件事，而我过后一天也就知道了。我预感到发生了什么事，于是，便预先做出安排让人告知我。有什么办法呢？阿尔多，我这个人就是喜欢打听消息。”她目光锐利地盯着我，又说道，“而且在那儿，我没有任何理由让一条早晚会传播开的新闻成为秘密。你知道女人多么欣慰自己消息灵通，”她狡黠而快乐地微笑着继续说，“这是一种无罪的癖好。”

我把手贴到前额上，可是额头上并没有出汗，我感到自己赤裸裸、硬邦邦地在一台令人目眩的聚光灯前曝光了。我丝毫没有考虑各种后果，只是感到非常害怕身体上的这种可能的接触：那边成千双盯着我的眼睛对我的行为看得**一清二楚**。

“这下完了！”我用一种苍白无力的声音愚蠢地吐出几个字，我觉得这与其说是一种事实，不如说是一种愿望；在这突如其来的沮丧中，我强烈希望大地在我脚下裂开。在这一瞬间，仅仅在这一瞬间，我明白了一切；在突然照亮了遥远未来的眸子的注视下，我终于看清了自己在那一夜究竟干了些什么。

“你不明白我的意思，阿尔多，”瓦内莎津津乐道地说，“我先发制人，在介绍情况时使事情尽量对你有利。自然，我曾稍加渲染。现在，那儿所有的人都认为你在海上遭到了背信弃义的攻击。”

我迷惑地望了她一阵，无法相信她居然会这么阴险。

“我在那边受到了严厉的警告，”我低声地说，“你知道，是吗？或者你猜测到了……你的消息特别灵通。你希望奥尔塞纳不让步，这就是症结所在，瓦内莎。”她缄默不语，我情不自禁地站起身来，贴近她的脸庞咬牙切齿地说，“因此，你首先煽起了舆论；

因此，你切断了我的退路。别说假话！”我对她突然喊了起来，“你这样做了，是你想这么干，而不是我。我可以在上帝面前发誓，况且你知道这一点，瓦内莎，你也知道这意味着什么。”

“战争吗？”沉默片刻之后她未置可否地说。而后，她漫不经心地、缓缓地抬起眼看着我，“就我所知，战争从未停止过。你为什么这么害怕这两个字呢？你就别再提上帝了，好不好——你可真胆小，阿尔多。”她极端轻蔑地微笑着说。

“是你希望战争，而不是我！……”

我做了一个笨拙的手势，似乎是为了驱除厄运，突然，我默默地流出了大滴的眼泪。我不顾羞愧地哭着，无遮无掩地把脸庞转向了瓦内莎；她木然地站在房间阴暗的角落里，静静地看着我流泪。

“你……我……”她最终微微地耸了耸肩，“你的口中只能说出这些话吗？”

她走近我，轻轻地把手搭在我的肩上，低下了头。

“……奥尔塞纳对于我来说比对你更珍贵，阿尔多，它浸透在我的血液中，你明白吗？我对它比你更柔顺，我比你更服从于它的意志。如果你是一个女人，你就不会如此自傲。”她的声音温柔而且有说服力，好像是另一个既果断又隐蔽的人突然通过她的嘴在说话，“那么，你就会更明白。怀过孩子的女人都知道：有可能人们希望——人们并不知道是谁希望，真的不知道——某件事通过她孕育而生，这既让人感到可怕，又使人深为欣慰……你无法明白，那即将诞生的新生命踩在你身上时，会是一种何等可怕、何等安详的感觉。听我说！”她突然抬起手做了一个手势，显得全神贯注。

一个声音传进房间里，既低沉又清晰，仿佛同时从四面八方涌来，像静穆的黑夜中远处大海的浪涛声：马雷马城正在门后低语，在这沉闷的清晨的睡梦中，府邸里狂热的喧嚣在静穆中增添了反常的噪声，那声音像自远而近的龙卷风，又像蜂拥而至的蝗虫，仿佛成千上万只昆虫正在没完没了地吞噬着什么东西。

“你听见了吗?”瓦内莎轻抚着我的手说，“这就是他们现在生活中所发生的事情……他们宽恕了我：他们再也不需要我，也从没需要过我。某件事情发生了，就是如此——我能有什么办法呢? 当一阵风偶尔把花粉吹到一朵花上后，在正在生长的果实里，会有某种东西嘲笑这阵风。既然这枚果实在那儿，那么人们就会心安理得地肯定，世界上从来就没有存在过这阵风。那些人从未需要过我，我也从未需要过你，阿尔多，这是千真万确的。”她用一种十分坦然的口吻继续说道，“一旦某种事情真正降临人世时，并不像是一件事在‘发生’；一下子，没有别的眼睛，只有它的眼睛看清了这一点，而它理所当然地会处于这样一种状态：万事如意。”

第十一章　最后巡查

“老卡尔洛去世了。”当我走进海军指挥所的办公室时，法布里齐奥匆忙对我说道，“今天下午三点钟给他下葬，在军人墓地。乔瓦尼想你可能会同意这样安排。”他继续用忧郁的声调说道，“你也知道，这是当地的习俗，再说马里诺非常敬爱他……”

法布里齐奥的这句话引起一阵十分庄重的沉默。这条消息远没有激起应有的反响。离开府邸之后，我的心情平静了许多，仿佛安全感和瓦内莎的那种无法理解的确信再一次给我带来了安详之感。对我来说，这条消息使得明媚的清晨变得阴暗起来。我又回想起，在最近令人不安的日子里，我曾想重新去拜访卡尔洛；我似乎觉得唯有这位老人才能安抚我的恐惧与不安。我想到倘若我们能够再次见面，无须任何言语，也不必枉费精力，他都能体会到我的忧愁和烦恼。他现在死了，他最后的几句话又回响在我的耳际，那些话语异常激动人心，就像一只伸向对方而未被对方握住的友好的手那样激动。突然间，我萌发了一种念头：他在临终前，大概没有获知有关巡航的消息。他曾对我说过：“就现在吗，还早着哩！”我不由自主地回想起，根据后来发生的事情看，老卡尔洛的话里有着某种强调，具有一种预见性，犹如一条消息直到最后才巧妙地瞒过了唯一能了解它的人；好像他比老西梅翁还要不幸，他一直睁大眼睛，但却没有看见那唯一的**迹象**。倏忽间，我又看见平整的沙砾堆积在那些凄惨的无名墓上，一种怜悯之情，一股揪心之感使我想起我们就要埋葬的这个人，在棺材里也许他的短硬的胡须还在继续生长，与几个世纪以来葬在那里已经腐烂的尸体相比，他会有过之而无不及。

在西尔特，把附近大农庄主安葬在军人墓地已是一种习俗。很久以来，海军指挥所驻军的使命仿佛首先在于为那些大农庄主效劳，其次才是履行自己的军人天职。这些人有权被葬入军人墓地，这是天经地义的。在精疲力竭的和平降临西尔特的土地之前，他们中不止一个人曾对沙漠中最后几帮匪徒举枪还击。一批骁勇而又勤劳的耕作战士，很久以来驻守着共和国这块极南端的不毛之地，他们并不把那些在马里诺上任之前相继来到海军指挥所的低级军官放在眼里，这些士兵讲起话来理直气壮，和那些优柔寡断、只知道管账簿的文弱长官相比，他们更具有军人气质。同样地，人们仍会发现，在这偏僻的边远地区，他们这一代人就像在距干枯的树干很远的地方，还生长着的最后几株葱绿的根叶。这一代人现在已经绝迹了，就好像在奥尔塞纳，那些古老而伟大的家族很久以来已经销声匿迹一般。我们知道，今天我们将埋葬这些剽悍的土著士兵中的最后一人。我们这支小小的队伍走在熟悉的大路上，彼此贴得很紧，比往常更加沉默，除了弱浪发出的缓闷的声响，在西尔特苍白的天空下，是一个忧郁而宁静的下午。白天，有时海滨的冷空气会把大片令人沮丧的雾凝结在海面上，它们使人觉得仿佛大雨将至，而最终却不见其踪影；雾气把沿海一带变成了寒冷阴湿的沙漠，它们就像被人喘出的潮湿鼻气，让人感到肌肤松软，大脑疲闷。

“老卡尔洛给自己挑选了一个好时辰，这可真像是万圣节的天气。”乔瓦尼拉紧大衣，漫不经心地说道。

他向空荡的海岸投去烦恼的一瞥。

“……在这个季节，西尔特可不是人间天堂。”

我们四人全都沿着灰蒙蒙的道路缓慢地行走，心不在焉。阴暗的天空使得这片土地变成了无声无息的混沌之地；我们眼前的墓地更像一个阴暗忧郁的水洼，它布满了烦恼、惆怅、凄凉，令人乏味。

“老卡尔洛真是个人物。”法布里齐奥深情地说。我猜测他可能是想起了去年秋天奥尔特洛为我们准备的丰盛的美餐，一想到这里，我便情不自禁地哑然失笑。

“是的。”罗贝托也点着头表示赞同，“马里诺没能赶上葬礼，他会不高兴的。”接着，罗贝托又换了一种口气说道，“不过，他说不久就会回来，我在想……”

我们大家都知道他在想什么。返回驻地时，我发现海军指挥所死气沉沉。巡逻已经停止，夜间，哨兵全都待在要塞里。一切都神奇般地恢复了常态，一切都被匆忙地套上了罩子，在做过冬的准备，所有人都缩进了自己的躯壳。似乎什么也没有发生过似的：指挥官就要回来了。

“最好是留下他全家人在我们这儿吃晚饭，”罗贝托犹犹豫豫地说，“奥尔特洛离这里很远。指挥官如果在，他肯定会这样安排的。”随之而来的沉默使我们大家感到，我们这几个人现在是多么无依无靠。

我们光着头在墓地入口处等了片刻。不一会儿，在大路的转弯处，出现了一辆双轮车，它的车身很长，轮子大得出奇；在沙漠里，人们全靠这种车作为交通工具。依照西尔特地区习俗，灵柩平放在车上，上面没有放棺盖。当人们把灵柩抬到地上时，我看见里面埋满了芬芳的晚紫藤花，直至棺沿。在南方阳台的栏杆上爬满了这种紫藤花。樵夫高大而干瘪的身躯躺卧其中，像是被那些娇柔的花沫拥簇着。卡尔洛全家和他们的仆人骑着马跟在灵车后面。在西尔特有一些偏僻的小教堂，一位巡游的修道士也从那里赶来了。他身着白袍，坐在死者长子的身后。突然我觉得映入我眼帘的是一幅异常古老的场面：看到这支长长的、无动于衷的送葬队伍骑行在这块平坦的土地上，他们的动作像游牧人一样僵直；长年累月的沙漠生活，使他们的面孔变成了棕褐色，无法判断他们的年龄，也看不出他们的表情。他们酷似一群未开化的游牧民在抬着他们首领的尸体，缓缓地向着远方有活水的牧场行进。我们一个接一个地用右手手指触了触老人的额头作为告别礼。当我从他身边经过时，老卡尔洛的长子，一个长着硬卷毛的大个子，用手对我做了个笨拙的姿势，我明白他是想跟我讲几句话。

“我父亲将被安葬在奥尔塞纳的土地上，这是你们对我们的莫大恩情。”他用手指转动着猎服皮带上的带圈，神情有些窘迫。现在我才懂得那句开始不大好懂的话的含义：在奥尔塞纳每座军人墓地的土地里都掺入了从前人们从城里带去的黏土。突然，他把手放到了我的手上面，动作显得既鲁莽又腼腆：“我想对您说……在南方，我们人数很少。上帝想这样安排，就随他的便好了。但是，所有在这里的人，我们都忠心耿耿。请您相信，一旦发生意外，我们这些人是信得过的。”

人们把棺木葬入沙穴里。沙漠的微风早已把挖开的沙土堆成的沙包顶削平了；沙顶的沙粒源源不绝，无声无息地滑向洞穴。就在这时，每个人都用手抓起一把沙撒到棺木上，在这刻板的动作中，有着某种可笑的成分。长久以来，这片土地和风沙交织在一起，烟尘滚滚，世界上没有任何地方比这里更加灰沙弥漫。我觉得老卡尔洛会喜欢他这处受到威胁的长眠之地。这块地方就像沙丘在沙浪下面蠕动一样，总也抓不住它的猎物。对我来说，在这种有着经久沉默的生活中，有着一种永远令人不安的象征意义。这种生活虽然植根于盘根错节的土壤，但直至最后一刻才有附着力，并且一阵神秘的气息便能使它轻轻地离开地面。这种象征性与这支送葬队伍，与这片令人难以察觉的方式重新蠕动的土地融为一体。这里没有什么东西有益于长眠；正相反，这里有的是一种令人感到轻快的确信，那就是任何事情都无尽无休地处在要冒险的状态中，任何事情都注定会出现在别处，除了在我们感到适宜的地方之外。我又想起了老人漫不经心的微笑，这种微笑并不会使对方产生怜悯之心。我觉得自己被理解、被原谅了；这天下午，在墓地里，天气很好，风追逐着路上的落叶，就像暖冬的第一个早晨。

牧师用拉丁语结束了最后的祷告，沙穴四周静得出奇，令人烦恼。在墓地的围墙后面，马儿在嘶叫。远处的大路上仍在传来卸载后的马车发出的嘎吱声，这种单调乏味的声音与灰蒙蒙的湿雾交织在一起，突然把地球上的这块小角落变成了空荡得出奇的地方。我听见背后的大铁门被打开了，便神经质地转过身去：马里诺走进了墓地。

我曾经等待过、担心过他的出现，就像害怕最严重的考验时刻的到来；然而，听到身后沙漠上沉重而缓慢的脚步声渐渐向我走近时，我所表现出来的远远不是害怕，而是一种发自内心深处的松弛，就像一个人在一汪清泉里沐浴，他会有一种不可名状的轻快感。

当他用带有农民腔调的缓慢的声音向死者家属表示慰问时，我禁不住偷偷地打量他。轻微的海风又一次吹拂着他那毫无表情的脑袋上的深灰色发绺。马里诺身穿满是褶痕的发黄的长军大衣，他像是一块泥土一样和这儿的土地结成一体。或许由于他离开要塞这么久的缘故，我从未像现在这样感觉到西尔特这片土地像是凭借盲人摸索的天赋，通过他而获得具体存在。马里诺属于这块土地，但并不像束缚在一块田地上的农奴那样属于它，而是更为自然，更为密切地属于它，仿佛他就是当地景色的一个组成部分。在这死气沉沉的墓地里，他比聚集在那里的任何一个年轻人都显得更有活力，那是一种类似冬季也不枯死的植物的顽强的生命力，仿佛这块干涸的土地上所有的汁液都被他摄取了似的；这块干涸的土地像他一样能够适应环境，随着季节、时间、气候的变化而变化，不怕干旱，不畏严寒，他与这块土地融为一体，宛如那些有着“沙滩色”茎秆的野生植物抓住坍沙不放。他比军人墓地墙上刻着奥尔塞纳座右铭的石碑更具有象征意义，象征着生命受到各种事物的束缚，这种象征在经过世世代代永不间断的流溢之后，终于覆盖在模糊不清的大地上，酷似水汽蒸发后留在沙漠石块上那层光亮的印痕。就像人们在他身上触及了沉睡初醒的最低的潮线一样，人们以为在他的脸庞上看到了广袤沙漠上平淡无奇的生活，一种朴素的空漠以及万籁俱静中超脱一切的态度都会集在这张脸庞上。然而，这张面孔却发生了变化，我凝视着它，觉得它对我来说几乎变得异常陌生；突然我发现——就像是与我自己有关，就像一个女人对镜自视时骤然发现芳颜已逝一样，一下子变得多么苍老。我知道马里诺已不是朝气蓬勃的年轻人，但是，面对他那土灰的面色和呆滞的神情，我的心中不禁升起一种预感：眼前的马里诺苍老了许多，但他却又不像一个稳健地步入老年的人。更确切地说，他好像是传说中一位在山洞里沉睡了几个世纪的国王，只是在将要化为尘埃的那一瞬间才从神奇的梦幻中醒来；仿佛时光在他身上流逝时改变了节奏和速度，使我在面对他时，突然感到时光宛如一个受到震撼的巨物在我的眼前一晃而过。那张布满皱纹的脸庞格外引人注目，它不像那有朝一日会令人迷失方向的远方的浓雾，而是像一次地震之后留在路中央的一道裂缝。

当参加葬礼的稀少的人群离开墓地时，我看到这位指挥官仍滞留在坟墓间，看上去是在等候我；他在大门口跟我碰头了：只剩下了我们两人——在我们身后那一片空旷的场地里，一阵泰然自若的风又开始把沙子吹得呜呜作响。

“阿尔多，我们从沙滩上回去，好吗？”他一边用一种亲热的动作抓住我的手，一边对我说，“腿脚有点不灵便了，你看——”他向我眨了眨眼，不过，我仍然能看出他心事重重，“这可能是因为我骑惯了那匹该死的马；经常骑马的水手是不会有什么出息的。”

我们默不作声地走了一阵子，就像沙子吸水一样，寂静吞没了其他声音。在我们四周再也见不到参加葬礼的人群，他们已经消失在稀稀拉拉的草地里。不一会儿，荒凉的弧形的海湾便展现在我们面前，它几乎与海浪平齐。成群的海鸟栖息在那里，有些则呈波浪形向远方飞去。在平坦潮湿的沙滩上，这些海鸟就像一层薄薄的水蒸气；在这块地方，除了这微微的闪烁，麻木迟钝的土地从未动弹过。马里诺知道我是多么喜欢这些洁净的、空旷的沙滩，但今天下午，我却没有一点兴致。我的注意力只集中在一件事情上，那就是压在我胳膊上的手现在显得更沉重了。我感到唇干舌燥，喉头紧得隐隐作痛。马里诺也不好受——他正忍受着一种类似不会说话的牲口承受的痛苦，它们在向我们蹒跚走来时，穿过了另一个世界的空间。放在我胳膊上的那只手，使我产生了一种焦虑不安的感觉；这只手松开了一会儿，突然，由于感到拘束，它又令人难以察觉地绷直，一种使人透不过气来的人的兽性压抑着我。

“阿尔多，你旅行还顺利吗？”他终于用一种近于羞怯的声音对我说道。

“我怕比预定的路线要走得远一些……我要告诉您一个消息，它可能令您不快。”我用生硬的语气继续说道，“我们没有按规定的路线走，一直到了对面的海岸。”

马里诺突然朝我转过身来。就在这一刻，我明白了，他已经知道这件事，但他还是不由自主地用双眼盯着我，目光像是受到某种冲动的支配。

“到那边去了，我知道。”他用一种沉重的语气说，“他们开火了。”

“要我解释一下吗？”我神经质地咬紧嘴唇，脖子也不由自主地绷直了，仿佛像是做出了立正的姿势。我失望地意识到，由于我这种生硬的态度，我们之间的对话兴许不会十分愉快。马里诺也觉察到了这一点，他耸了耸肩，全然不顾应有的礼节了。

“其他人或许会认为这并非多此一举，可这样做又有什么用处呢？”他看也没看我，那张脸变得像盲人一样奇特。他接着说道，“我一直知道早晚你会去那边的。”

“这是天大的不幸。”沉默片刻之后，他用平淡的语气又说了下去，神态相当尴尬。突然，我又一次被他那种老态龙钟的举止所震惊：这个老年人曾经异常直爽，但如今仿佛他只会重复一些陈词滥调。

“那您为什么让我负责这支巡逻队?”

马里诺沉思了片刻。

“我不是也要求你离开过吗?”他用一种自我辩解的口吻说，“你没有忘记吧?”

“如果说您早就知道我会去那边，那您比我还先知道我会这么做哩。当我们听到那些传闻时，是您建议我……并且同意我——是的，我认为是这样，我敢肯定——是您建议并同意我给奥尔塞纳写报告的。”

马里诺像是又一次在努力搜寻记忆。

“是的，有可能。”他终于用一种沉思的口气说道，“在这件事上我犯了大错，我原希望……”

他用手做了一个奇怪的手势，一种近乎孩子气的泄气动作。

“……我原以为他们会有办法使你冷静下来。我当时希望得到一点支持和帮助。我未曾料到事情已发展到不可收拾的地步。”

“您这是什么意思?”我急忙问道。突然，我收住了话头，他刚才说的几句话里的痛苦语气使我震惊。

“我被解职了。”他边说边转过头去，“后天，我就要永远离开海军指挥所了。”

这几句话先在我的脑袋里嗡嗡作响，它们就像人们摇动空盒子里装的小石子一样毫无意义。然后，一种茫然若失的感觉潜入我的肠胃，我觉得自己好像被这种令人作呕的梦幻感觉所包围，仿佛手中抓住的栅栏正在深渊边一点点往下塌陷。

“这不可能。”我说，我觉得我的脸变得煞白。

“我们坐一会儿吧，你看呢？风息了。”指挥官说，他显得精神稍稍振奋了一点。

下午的时间在分分秒秒地流逝，但在微湿的沙滩上，天气仍然很好。我们刚一坐下，周围的景色便顿时消失了，好像我们把头都埋进了战壕里一样。在我们头顶，成群的海鸟在震耳欲聋的涨潮声中不断飞起。在海浪拍打着的这条长堤上，在这里比在世界上任何地方更孤独、更寂寞；我第一次想到这次稀奇古怪的散步与马里诺的习惯是多么格格不入。我越来越觉得马里诺的举止有些做作，其中包含着一种异乎寻常的笨拙和某种令人难以察觉的尴尬。指挥官似乎在扮演某种角色。他把帽舌一直压到眉梢，用一种茫然的目光注视着大海；他的手毫无意识地玩弄着一把细沙，让沙粒从手指缝中漏下。

“我想，你知道西尔特海域的航海规则吧？”指挥官终于开口说话了，他边说边咳嗽，以便清清嗓子：“对我来说，这就像办一道手续，不过，现在事情还没有完全解释清楚。我自己也得写一份报告。”

“我已准备用书面报告形式就此事为您申辩。”我恭敬地说，“我的所作所为是在充分考虑过利害得失之后做出的。”

马里诺扭过头来看着我，就好像他被弹簧反弹了一下。

“充分考虑利害得失……”他若有所思地接着说……我发现他的呼吸变得吃力起来……“你不知道，你自己在讲些什么。”他补充说，并且带着一种苦涩的表情捶了捶头。

“您以前也对法布里齐奥这样讲过，并且您相信这一点。您说得很对。”我轻声说道，因为此刻他声音里的痛苦和忧伤使我充满了怜悯之情。

“法布里齐奥不过是个孩子。可您在跟我谈起这些时，您并不相信自己所说的话。”

老人用他那明镜般的眼光注视着我。

“阿尔多，我非常喜欢你，”他含糊其词地说，“你难道看不出来吗？我爱你是因为我了解你超出了你的想象。像你这种年龄的人总不喜欢为自己辩护，因为你们总相信自己所做的事情谈不上越轨，不足以使你们受到谴责。我希望你说话时态度谦虚一些，尤其是在目前，你面临着将要受到传召的极大危险的情况。”

“谁是传召者？”我一边说，一边不相信地耸了耸肩，因为我发现马里诺的语气突然变得格外坚决了，“很抱歉，我没有必要向您解释我的所作所为，”我边说边转过头，“请原谅，在我们就要分手的时候，我不得不第一次请您注意，您无权对我提出这样的要求。”

马里诺的脸色变得有些灰白，他的眼睛直视着我，目光中闪烁着不容置疑的严厉。

“我不谈市政议会。有关它的内幕，你大概比我了解得更多。不过，我还是有话对你讲，过一会儿就要跟你讲。我要讲的是奥尔塞纳。”

“您是说您是从奥尔塞纳的利益出发跟我谈话？”

老人似乎聚精会神地沉思了一会儿，他是那样专注，以至于他的手沿着他的身体垂了下来，就像一支被人遗弃的桨在沙地上机械地划出了一道小痕迹。

“阿尔多，血统并不意味着一切。”他缓慢而又严肃地说，“你热血沸腾，这里没有人不知道你的出身。我在这里待了大半辈子。”

他那遥视远方的目光像被一层浓雾笼罩着，“这是我的土地，我闭着眼都能走路，可以叫得出每座小山头的名字。正是因为这样，我今天才有话对你说：这块土地不是赌徒手上的一张牌。”

“**威武号**上不止是我一个人，”我沉思片刻后说，“当我们来到这里时，您和我都知道，事情迟早都会发生的。您责怪我，追究我的责任，可这本来就是命中注定的不幸。”我的话多少给人一些华而不实的感觉，我立刻觉得自己的脸不由自主地羞红了。

“有时，命中注定的事情，只要来得及挽救，就不一定是厄运。”老人急切地打断我的话说，“我这不是针对你讲的，阿尔多，你会明白这一点。”

他用一种表示歉意的手势安慰我。

“你就不能在这里过安分的日子吗？”他边说边用一种强烈而又不好意思的好奇目光打量着我。也许这是他生平第一次笨拙而又失望地下决心敲响一扇紧闭的门，试图让他的近视眼去适应另一个天地的缝隙。

“不，”我说，“我办不到。马雷马做不到，老卡尔洛也不行。”

我看到老人的脸色变得忧郁了。

“老卡尔洛……是的，”他突然若有所思地说，“从那天起，我感到害怕了。那一天，什么东西炸开了，就像山崩地裂一般。可这是为什么？”

他抬起头，漠然地看了我一眼，眼光温驯而迷乱，就像一只忠实的狗，尽管它不懂得主人的意图，但还会忠于他，去干他要它做的事。

“这太难说了……”

我背过身去，开始心不在焉地望着大海，他的信任和谦恭，使我越发感到一种说不出的局促不安。

“……您在这里生活了好多年，知道对面的……事情，可您却显得若无其事，这怎么可能呢？”

“我对看不见、摸不着的事不感兴趣，”马里诺用更为肯定的语气说，“线早已切断了，断了更好。它在我之前就断了，而这种情况本来可以持续很久。就是这么回事。我看到的首先是奥尔塞纳，然后是海军指挥所，最后是大海，空荡荡的大海……”老人自言自语着，他在略带腥味的海风中眯起了眼睛。

“再往后呢……难道什么都没有了吗？”

“——再往后，当然什么都没有。”他边说边朝我转过身来，眼睛直盯着我，“为什么还要想那些再不需要我去做贡献的事情呢？”

“海军指挥所，然后是大海，再往后什么都没有……”我学着他说，同时迷惑不解地望了望他，“昨天，然后是今天，再往后是今天晚上……然后就什么都没有了吗？”

“你觉得这很荒诞，因为你还很年轻。”马里诺斩钉截铁地说，“我，我老了，城市也很老了。有时，幸福和安宁就是人把自己周围的许多东西耗尽了，这是因为在人的一生中，人和它们不断地打交道，在那上面过多地发生摩擦，进行了过多的思考。这就是人们所讲的老年人的利己主义。”他不知所措地微笑了一下，继续说，“他们比自己周围的许多东西显得厚实，那仅仅是因为周围的东西变薄了而已。”指挥官固执地摇了摇头，“他们不会被某种力量所消耗，只有他们周围的东西被消耗。”

“奥尔塞纳不能永远把头埋在沙子里生活。”

我动情地对他说：“只有您才能在这里自由自在地生活。”我带着一种嫉恨的语气继续说道，“就连法布里齐奥也离开过这里，一有机会他就溜掉。但他并不知道这是为什么。就连老卡尔洛，他也会那样做的，您知道这一点，不过再也不能这样继续下去了。”

“不，阿尔多，”马里诺平静地说，“你错了。你无法理解他，因为你不是这里的人，你再也不属于这个地方了。但是对那些血管里流淌着奥尔塞纳血液的人来说，在这个地方就连生存本身都会成为一大异议——对在别处生存和对未来的一大异议。可奥尔塞纳还在那里，只是那里的一切事情已到尽头罢了。”马里诺摇着头，继续说道，他的动作带有一种变得沉重而尴尬的确信。“奥尔塞纳已经不再让人想入非非，尽管它仍然睁着眼睛，继续存在着。”

“它不过是苟且偷生，”我辛辣地反驳道，“您过于相信它了。死人也一样，要是人们不去碰他们，他们的眼睛也睁着。奥尔塞纳是在睁着眼睛睡觉哩。”

“它会永远如此。”老人用一种祈祷、乞求的声音说，他沉思的目光望着大海，“你不知道摆脱指的是什么，是一种虚无缥缈的状态，在这种状态中一切荡然无存。”

他用手指了指沙滩。大海涨潮了，潮水在沙子上发出唰唰的声音，把我们身边的扁平的小泡沫都冲刷掉了。

“这是一处适合躺下来睡觉的好地方。”他又说道，沉浸在这沉重的梦幻里；对于他来说，这种梦幻像是他的注意力的最高点。他神情恍惚地继续说道：

“……当人们把我埋葬在这块土地上时，我觉得我会用双手捧起它，让它盖住我的脸，丝毫不会觉察到它使我有沉重感，它是那么轻，而我却是那样沉重。”

我扬了扬头，把墓地指给他看。在低矮的地平线上，除了沙地上石头围墙的细长黑影外，什么也没有。

“奥尔塞纳就在那里！”我边说边抓住他的胳膊，“它把死人土撒遍各处。您所要保护的难道就是它吗？”

“它毕竟生存下来了。”老人的声音战栗着，语气十分虔诚。

他转过身来望着我，眼神就像盲人的目光那样令人焦虑。

“……在这里，当一个人被葬入墓穴时，就会有无数根骸骨在沙地深处颤抖，在那里重新复苏，就像母亲觉得那葬在土下的孩子压在她的心头一样。别的永恒的生命是不存在的。”

“不。”我的脸色变得苍白，我对他说，“有一种永恒的生命，可惜那是一种压在一个过于衰老的城市的最后新生儿身上的厄运。”

“它没有衰老，”老人用无精打采的声调打断我的话，“它**无始无终**，就像我一样。”

他喃喃自语地道出了这座城市的铭言。顷刻间，我感到头晕目眩，不由自主地眨了眨眼睛；有那么一阵子，我似乎觉得他讲得在理，我发现在我的注视下，他毫无表情，一动不动地呆在那里。

“我想我们之间再也没有什么好谈的了。”我边说边站起身来，并且不耐烦地晃动着身子。

我们继续朝前走去，一言不发。在晴朗的天空中，太阳已开始西垂；在陆地那边，红色的地平线被云遮雾罩着；这预兆着天气仍将是要变得像玻璃一样干燥和明亮。这样的天气，有时会带着沙漠气息的干风，持续好几个星期。每一天，干风都会从沙漠里吹来。在狭长的干沙带上，潮汐一直上涨到沙丘脚下，我们无声地加快步伐，急于现在就结束这次散步。

“我们将要从要塞旁经过，”马里诺简单明了地对我说，“我还有几项安排要告诉你。我想，等我走了以后，在接替我的人到来之前，你将在这里负责。上司要给我们增派援军。”他平淡地继续说道，“有两艘炮艇，他们告诉我一周以内就能运到。沿海一带的部分大炮也要重新修理。因此，需要腾出一些地方安置军需品以及修理期间维修人员的临时住所。”

“援军……”我一边说一边用怀疑的神情看了马里诺一眼，“难道他们准备……”

“我不知道，”老人低沉地回答道，“他们事先什么也没对我说。奥尔塞纳发生了什么事情……我感到仿佛是在跟陌生人讲话。”

“您这是什么意思？”

我突然打住话头。老人那凄凉声音里的悲伤语气告诉我，马里诺正处于极端绝望之中，这种语气暗示我他需要我的帮助。

“奥尔塞纳发生了某种变化。”老人又重复了一遍。

他缓慢地摇了摇双肩，做了个令人怜悯的动作，像是冷得瑟瑟发抖。

“是市政议会首脑换人了吗？”

“不，据我所知，不是首脑，阿尔多……”

他低下头，下巴重重地垂落下来。

“是人心发生了变化。就像在暴风雨来到之前，狂风骤起时人有一种心力交瘁的感觉那样。你不了解沙漠，当那里要起沙暴时……人的眼睛感到灼痛，血液上涌，什么也看不清楚。神经绷得紧紧的，喉咙干得直冒火。人们真想冲出地平线，真想让风暴降临到自己身上才好。”

他说着便不由自主地迎风眯缝起双眼，好像是为了更仔细地观察雾气缭绕的地平线。

“……这可不是吉时良辰，”他继续说，“当我们的士兵在西尔特的农场干活时，他们把这种时刻叫作‘沙土的**临战状态**’。”

马里诺发出一声叹息并且沉默了片刻。

"……不过你，你或许会知道，"他终于用一种难以察觉的羞怯的口吻试探说，"上司想听听你的陈述。在我带回的邮件中有一份召见你的通知单。"

"陈述什么？"

"有关你所知道的情况。督察委员会要召见你。"

人们只要提起奥尔塞纳那使人陌生又令人生畏的权力机构，就会几乎习惯性地使用一种略带阴沉的语气，马里诺说这句话时就是这种语气。

"这么说，事情很严重了？"我焦虑地问道，同时用询问的目光看着他。

"是的。"马里诺停下来回答。他慢慢地抬起头，眼睛盯着我，像是要在灯光下辨认出我的每一处轮廓特征。"不过，即使我知道你的出身和地位，他们传召你还是使我感到吃惊。一般地说，依照惯例，督察委员会只根据书面材料进行审议。一切都将取决于那一天。"

我发现马里诺的眼里闪过一道更为严厉的微光，它包含着各种各样难以名状的感情：在对某种不可知的强大势力的惊惧感中，同时交织着对将要面对这种势力的人所带有的忧虑的崇敬感。马里诺像是通过我，怀着一种盲目的崇敬心理，接触到了城市至高无上的审理机构，接触到了它那冷酷的心肠。

"你对他们是不是再没什么好讲的了？"他不由自主地屏住气说。"真相还没有和盘托出……我恳求你……"他最后终于低下头说。

"说什么？"

我不由自主地耸了耸肩。

“……有的时候要管闲事，有的时候就不要管闲事。已经发生的事情都算到了我的头上，现在我的账了结了，从今以后，一切都将在我离去后变得成熟起来。”

我们继续朝前走。指挥官又陷入了缄默。好像他要说的话已经全部倒空了。

在冬天这个已为时不早的时刻，要塞的走廊早已黑得不辨方向。马里诺仍然默不作声，他点燃了挂在值班室里的手提灯。在暗黄色的雾气中，隐隐约约地有一丝亮光在闪烁。在这微弱的灯光中，从指挥官的面部表情以及他用打火机打火的动作中，我似乎发现了他异乎寻常的烦躁迹象。尽管有过法布里齐奥发起的整修工程，要塞的墙壁到了冬天仍然渗出一股冰冷的湿气。我有一两次能够清楚地看见马里诺的双肩在笨重的军大衣里微微哆嗦。

“我们明天再到这里来吧。”我对他说，“我们没什么好着急的，夜晚太冷了。”

“不，”指挥官喃喃地回答说，甚至连身子也没转过来，“事情很快就会办完的。”

在雾气缭绕的黑暗中，手提灯的微亮光线勉强地照着我们。突然，高大的拱顶夹带着粗沉的颤抖声向我们迎面扑来，宛如玻璃破裂发出的声响。

“……今天晚上，这地方可不是一处特别好客的场所……”他用略带得意的神情说道，就像是他在带领一名游客参观大厅一样……他好像又恢复了感情外露的诙谐性格，但其中又几乎令人感到不安……“不过，这是我最后一次巡查了。”他边说，边从侧面瞅了我一眼，一边摆弄着手提灯，“再说，我觉得你像是挺喜欢这地方。”

他突然停下来，手中高举的灯模模糊糊地照着刻在石拱上面的碑铭。

“在……血……泊……中……生……存。”他一个字母一个字母地拼读着，就好像他只会读音节。其余的碑文已变得字迹不清，难以辨认。这一次，他的动作好像特别反常，以至于我觉得自己就要被激怒了。

“怎么了？”我问道，并且用一种近乎不客气的目光盯着他。

“意思不清楚，阿尔多，”他边说边碰了碰我的胳膊，声音沙哑，“你从未注意到这块碑文吗？看得清楚不清楚没有什么区别，它不是说城市与民众共存亡，就是说城市需要人们为它流血牺牲。”

“您不觉得现在不是分析这句话含义的时候吗？”我打断他的话，越来越不耐烦，每过一分钟我都越发感到不自在。在马里诺的眼光里——是不是这种幽灵般的灯光的反射造成了错觉呢——某种固执而又可悲的东西与我们这场荒唐可笑的对话显得格格不入。搁在地上的手提灯放在我们之间，一轮微弱的蒸汽光晕勉强地照着我们的面孔；我们那被灯光拉长的身影变成弧形，在高高的拱顶上消失，从石头缝里流淌出的冰冷的水珠，一滴滴地落在我的军大衣的领子和脖子之间。

“随你的便好了。”老人并不强求我同意。他重新拿起手提灯，又开始扭着腰，迈起大步继续朝前走——潮湿的天气使指挥官身上的老伤口隐隐作痛，我们的影子又开始晃动起来。马里诺一言不发地把地堡的门一扇扇地打开，锈锁发出了叮当声。就像人们开启关闭了数百年的大门一样，门一打开，一股呛鼻的潮湿的青苔和腐锈的废铁的气味扑面而来，这是一股寒彻骨髓的死气沉沉的气息，酷似经历了数百年之久的有毒的腐烂物，令人作呕。我跟着马里诺从一处地堡到另一处地堡，一言不发。我们笨重的皮靴踩在像海绵一样发出恶臭的褥草上面。宁静压得人喘不过气来。手提灯的火苗噼啦作响，在令人窒息的空气中燃烧着，被玷污的拱顶上满是模糊不清的影子。它像一个巨人在沉重的卧榻上辗转反侧，一股恶毒的棺柩气息扑鼻而来，这是一种不祥之兆。

“奥尔塞纳的气息。”我带有恶意地对马里诺说。

马里诺摆弄着手提灯并不搭理我。突然，他的嘴角上露出了一丝奇异的微笑——那种他在作战室里闪现过的微笑。

“现在，我们只剩下炮台上的大炮没看了。”他用一种带着睡意的声音说，“人们想更换这些装备。”

一进地堡，踏上迷宫般的楼梯，就难弄清自己到底是在哪一层了。可是，突然间，我吃惊地发现，我们的大衣被海风撩起：我以为左边黑洞洞的凹地是地堡的入口，其实那是一排经过改装的炮眼。马里诺把手提灯放在一块黑乎乎的拦路石上。海风猛地吹动着火苗，一束亮光就像箭头一样划过金属的凸肚：甚至在没看清大炮及平台之前，我恍然大悟，在绕过这么多弯路之后，指挥官要把我带到什么地方去。

“今天夜晚风平浪静，但明天白天会起风的。”马里诺机械地说道，他的口气不容置疑。他把头靠在炮眼上，不由自主地吸吮着空气；此时此刻，我想笑也笑不出来。

现在夜幕已完全降临了，四周一片黑暗，但透过淡淡的青雾，我们感到脚下一阵阵潮气正在升起，听到平静海水的唰唰声像白杨树叶一样沙沙作响。我斜靠在炮眼上，可以看见右边防波堤上惨淡的灯光：灯光不时地闪烁着，照亮着煤堆，划破茫茫的没有尽头的黑夜。万物都栖息在地狱一般的黑夜深处，死气沉沉的灯火就像宁静、停滞的星辰一样在雾气中游弋。什么事情也没有发生。海军指挥所又恢复了一种难以解释的安宁，一切景象都在那里泊锚了：就像人们在用手摸着墙壁要从噩梦中醒来一般。

“你还记得我在作战室找到你的那天晚上吗？”马里诺低沉而清晰地说道。

“还有您把我带到这里来的那一天……”

我转过身去，望着马里诺。昏暗中，我只能勉强看得见他的身影。

“……我一直在想这件事，那天晚上，到底是什么东西那样打动您？”

“你的目光，”马里诺明确地回答，“那是一道能唤起太多东西的目光。我不喜欢你看东西的方式。”

“不过，阿尔多，我一直非常喜欢你。”他突然十分严肃地说，仿佛是在法庭上作证时一般。

我转过头去，心情异常激动，望着旁边的大海。

“您说得对，”我说道，“这个地方只容得下我们俩中的一个人。”

“对，”他低沉地说，“只有一个人的位置。”接下来是一阵沉默。突然，我觉得我的颈子僵直了，然后扩展到双肩，就像有人用枪管对着我一样，同时，一种突如其来的**危险感**堵住了我的胸口。我纵身一跳，扑到地上，紧紧抓住了矮墙，矮墙外面便是大海了。就在这时，不知什么东西带着重重的叹息声在我的大腿上绊了一下，然后又在我的头顶上方摇晃了一下，越过了石栏井。我蜷缩着身子靠在石头上，把头埋在肩里，在这一超乎寻常的沉默瞬间，我的心脏仿佛停止了跳动，然后，随着一种沉闷的声响，一个躯体重重地落入了平静的海水中。

我在那里一动不动地待了片刻。我向旋涡探下身去，在那里，只有空旷的死一般的宁静。我张口结舌地待在那里，脑袋发麻。当我机械地把手放到头上时，感到就像头上裹了纱布一样。然后，我慢腾腾地站起身来，怎么也不相信刚才发生的事情，轻轻地把手提灯举过头顶。昏暗的黄色微光掠过潮湿的石板，在黑暗中清晰地勾勒出空空的炮眼。面对着这令人惊叹的空旷，我盲目地伸出手去触摸石头的边缘，就像站在一堵已被凿穿的墙壁面前：马里诺已无影无踪了。

搜寻一直持续到深夜。人们动用了码头上的平底船以及海军指挥所能派得上用场的船只，**威武号**上值班船员听到从海滩传来的呼救声，立即把救生艇放了下来，参加搜寻活动。人们感到有时可以看到从雾里突然冒出一个人来，他像一个幽灵掠过平静而油污的水面，站在船首，手执火把，火苗在浓雾中噼啪作响。呼叫声在宁静的夜晚上空久久震荡，并不疑神疑鬼的逆来顺受心理逐渐取代了焦虑不安。尸体一直没有浮上来，随着搜寻的进行，乔瓦尼以及其他全部参加打捞的人都认为这样做是徒劳无益的：指挥官落入水中后，会失去知觉，他的衣服和笨重的皮靴可能拖着他，一直把他拖到环礁湖的淤泥深处。在人们的记忆中，从未有任何尸体打从那里漂上来过——没有一个人怀疑我在事发后解释说这是一起**事故**，几乎大家都知道指挥官想绕过地堡的楼梯台阶失脚滑倒在潮湿的石板上而落入水中。指挥官这次不留痕迹的消逝包含着更深刻的意义：我觉得他从未完全在海军指挥所生活过，他倒更像是这片土地上昏睡的精灵，经常在指挥所出没，他以一种使人过于困惑不解的方式，在这漆黑的夜晚，从这沉睡的环礁湖中**穿越**，正因为如此，我才觉得马里诺的失踪是一个具有特殊意义的征兆，在海军指挥所的生活，使我对许多类似的征兆变得异常敏感，它就像这些沉重的海水、发霉的石头的神灵——在这个神灵身上时间仿佛麻木了自己跳动的神经——这个神灵在确定的时间、确定的地点，返回了它那黑暗深渊的庇护所，以便能为他贴上赞许的封签，使他在彼岸世界长眠。

第十二章　秘密传召

我是在一个令人乏味的夜晚抵达奥尔塞纳的。一路颠簸搅得我心境不佳。在白天这几个小时里，汽车穿过破败不堪、空旷荒凉的地带使我产生了一种不祥的预感：奥尔塞纳已接近它的末日，透过笼罩在雨雾中灰蒙蒙的天空和贫瘠、塌陷的羊棚，我仿佛可以察知它正在遭到遗弃，显得多么虚弱——就像我感到狂风呼啸着掠过草原，毁灭之神的羽翼正从她的上空掠过一般。我的视线似乎也随之改变：透过这些景象，映入我眼帘的，不再是城市僵硬的印记重重地烙在松软的土地上，意外与虚幻处处被抹杀，使得陈旧的地表像是隐约地显出亘古不灭的想法。今天，这块土地在彤云密布的天空下正胆怯地变小，宛如天空突然占据了整个世界，那荒凉地带的沉闷气息，在长期隐没于回忆的深层空间之后，又重新地带着好奇的迟钝目光投向那些纷乱的云雾，那些随风而来的不祥的征兆。在我们要停留并且装运邮件的破烂不堪的邮局前，有时会站着一小群人。他们陷入草原上牧羊人那种迟钝而呆滞的沉思中，也许他们通宵都要在那里度过。他们披着沉甸甸的、当作大衣的毯子，俨如屹立在倾盆大雨中的石雕一动不动。他们互不说话，也不相视。一条细细的水流从他们的帽檐上滑向鼻梁，就像大理石雕像上流淌的涌泉，只是当汽车缓慢地开始移动时，他们才不慌不忙地将空荡荡的眼瞳转向这一端，那满脸泥水可以让人猜出，他们中有些人是从很远地方赶到这儿的。当我们在汽车旁忙碌时，他们无声的窥视使我感到很不自在，仿佛当地所有的居民都在那些呆滞目光的背后默默窥伺着一切动静。

“他们在那儿干吗？”在别人装卸邮包时，我向一名负责人问道，他的样子并不比那些人体面多少。

邮局负责人耸耸肩，满脸不耐烦的神情。

“哎！只不过是些谣言……真会胡思乱想！”他提高嗓门大声吼叫，两手叉着腰，满脸怒气地打量着这群人。

“有时候，很难想象这些可怜虫的脑袋里到底装的是什么。”他以一种信任的语气对我耳语道，“他们在这里过着完全与世隔绝的生活……你不是亲眼见到了吗，男子汉都在等着世界的末日，这样说毫不过分。唉！甚至可以说，即使有活干也不会使他们的手发痒，你相信吗？他们看到了月亮上的凶兆哩，不是吗，弗斯托？”

他轻轻地拍了一下其中一个牧羊人的肩膀，同时向我眨了眨眼，流露出怜悯的眼光，那个牧羊人神态庄重地摇了摇头。

“是的，凶兆……”他说话的声音像锈锁一样嘎吱作响，“一些不祥的标记……是死亡。”他点了点头，带着老年人的低沉声音，接着又抬高嗓门说道，“**死神在来自洪水的烈焰中向我们招手**。不祥之兆七七四十九天过后就会传讯奥尔塞纳。”

“快，赶快离开这里，你们这班无赖！”邮局负责人咆哮着，他开始向他们投掷石块。那群人懒洋洋地迈出几步，像是躲避一阵急雨似的，不过在移动几步之后，他们又停了下来，呆头呆脑地一动不动了。

“我们实在没有办法把他们从路上赶走。”

邮局负责人擦了擦前额，怒不可遏。

“丧门星！”他气急败坏地叫嚷，“烈火、洪水、死亡，真是岂有此理！”最后，他说道。“他们使我浑身起鸡皮疙瘩，突然感到不舒服。我知道这儿不会出什么事，也不会有什么人来，但我还得不由自主地常盯着路口。”

汽车又启动了，我看见在我身后，邮局负责人正在有气无力地，像是出于习惯似的，向他们扔两三块石头。那些披着长外套的背影对此几乎无动于衷，我明白了这出戏并非昨日才开演。那位邮局负责人，如同许多人一样，也找到了麻痹自己的良药。

我很晚才到奥尔塞纳。林荫夹道的大街显得萧瑟而荒凉，仿佛整个城市比平时更早地闭门幽居，在一些低洼地带，很早就从沼泽地里升起的浓雾笼罩着整个大街，我所熟悉的夹杂着腐败气息的味道迎面袭来，仿佛一只手在盲目地触摸，令人作呕。我回来了，汽车刚在我们家门前停下，我父亲和奥尔朗多就出现在栅栏后面，与此同时，邻家的百叶窗也打开了，看到他们犀利的目光和紧抓着铁锁的手，我明白了大家是在怎样焦急地等着我。我父亲从来不曾亲自给一位来访者开门。

“你回来了！”他抓着我的手，用一种无法控制的情感对我说，领着我大步走向室内。奥尔朗多羞怯地跟在后面，好像是在给主角让出位置，我感到他的眼光盯着我的脖颈，神情中充满窘迫，敬重和严肃感。

当我离城市越来越近时，我对和父亲将要进行的谈话分外感到不安。我知道他易于冲动，对官方的无为政治颇有偏好，老人家对我的越轨行为一定了解得一清二楚，我就担心他会对我大发雷霆。一想到他常在对我的劝诫中讲到的具有戏剧性悲怆的事件时，我的牙齿事先就咯咯作响。在和我的关系中，他总是喜欢像扮演一个角色似的把自己**搬上舞台**（正是这一点，使我无法对他产生父子间的亲近感）。我早就感到父亲愿意接受回头的浪子，这对他具有吸引力。我神经紧张地等待着一场暴风雨的到来，但它始终没有降临。匆匆用过晚餐后，我们三人坐在炉火旁，气氛有些肃穆，父亲点燃了一支雪茄，这一举动大大出乎我的意料：他的这个动作袒露出他内心深处极度的兴奋，我发现他那显得窘迫的蓝眼睛炯炯有神，这使他变得年轻了。他像是时时刻刻都在克制着自己由于激动而显得有点失去理智的举止，我感到我误解了他的性急。他只是望着我：在他那不时望着我的眼神里，有一种心满意足的神情，仿佛他在自己的玻璃柜里又多收藏了一件珍品。

“我发觉现在这儿的人对你议论纷纷，阿尔多。”他终于开口了。他眨了眨眼，竭力掩饰像孩子一样兴高采烈的心情，“你使这儿那些有浪漫情调的人头脑发热了，不是吗，奥尔朗多？”说着，他从嘴里取出雪茄，眼睛笑得眯了起来，奥尔朗多正襟危坐，可以说，父亲总是喜欢在大庭广众前进行思索，好像他那浑厚低沉的嗓音的唯一作用，就是给**当日的气氛**多添几分庄重的色彩，他的这种接待方式令我大惑不解，我不禁想起了瓦内莎曾对我说起过的闹得满城风雨的那些事情。

“大家对这件事到底怎么看？”我用一种多少有点把握的口气说道，决定孤注一掷。我叹了口气，借以表明自己曾为此度过了多少不眠之夜。我父亲最喜欢对别人解释他们本应比他更熟悉的事情。“在海军指挥所，没有人能看清这件事。”

老人咳嗽了一下，润了润嗓子，摆出一副**占卜者**的神态；他两眼直直地注视着天花板上的凸饰物，像外交家那样沉着、机警。

“海军指挥所只是个执行机关。”他用一种略带宽容的口吻说道，仿佛要使事物恢复其本来面目似的。“没有人要求它有独立思考问题的能力。况且，自从我正式辞去那微不足道的职位后，我就再不去打听督察委员会的内幕消息（其语气的亲切和简洁反而会使人认为并不是这么回事），我能提供给你的只是我个人的独立的、自由的看法，我强调这是我个人绝对自由的看法，你听明白了吗？（他的声音中带有一种强烈的苦涩的震颤，宛如解甲归田的罗马执政官辛辛纳图斯一样对往事充满感叹），不会使任何人受到约束的看法，这是一个饱经风霜、老谋深算的人的感想。”

他对他自己新的听众还不太放心，便向奥尔朗多转过身去，我从奥尔朗多那顺从的神情中看出，一周来他不得不违心地扮演着耐心听父亲说教的角色。

“你的朋友奥尔朗多有朝一日会成为我们国家的大权执掌者之一，但他现在仍想从长辈那里学得一些经验。他知道我是怎样想的。暗礁险滩中有一条出路，我不是看不到市政议会的舰船在其中行进的艰难，是的，阿尔多。”他说话的语气让人感到有一种令人忧虑的率直。“我不是今天才对传统观念发出哀叹。它们显然值得尊重，但是这些传统有些束缚住了市政议会的手脚，使它过于混淆谨慎与呆滞，奥尔塞纳正面临着新的抉择的时刻。”他又以一种十分坚定的口气说道，仿佛自己有预测未来的本领，“市政议会应该冷静地面对现实，她需要有首创精神——这种首创精神自然要有所克制，对这种审慎的观点我并不反对。她应该有新鲜血液，但不能舍弃其丰富经验。我们无须自欺欺人：目前形势虽然相当严峻，但并非不可救药。我所担心的是按照常规培养出来的新一代，能否达到时代对他们提出的明确要求：在新的情况下，**重新——审度——新的形势**。此外，就像我给你的朋友奥尔朗多不止一次说起过的那样，高枕无忧，相信这种新情况可以无限期地拖延发生，都是十分幼稚的想法。”他继续说道，带着一丝强笑，神情不乏讽刺意味，“近在咫尺的弗卡尔贡已经在熊熊燃烧。我一直在想，总有一天，我们会到这一步的，但为此必须有一种明确的态度：认清形势。可人们究竟看见了什么呢？”

他找到了借题发挥的好机会。

“一块石子掉进了我们的小花园，青蛙像在沼泽地里呱呱叫，‘了解是为了预知，预知是为了防范’，这种完善的外交准则在哪儿呢？懒散不是更接近于轻浮吗？”

预感到这种滔滔不绝的说教还会持续下去，我借口很累了，毫无礼貌地起身离开。奥尔朗多连忙学着我的样子。老人犹豫了一下，不好意思地抓住我的胳膊，奥尔朗多感到他的在场使老人家很为难，便抢在我前面走到了走廊上。

“……我们接到了给你的传召通知书。督察委员会把召见你的时间推迟到后天。”我父亲急匆匆地对我说。

他咳嗽了一下，样子相当难堪。他的目光在逃避我的注视，声音也突然变得急促和结结巴巴。

“……我是想对你说，阿尔多，你也许有机会在那儿碰到我的老朋友达尼尔洛……一位三十年的朋友了……但我们这些时候几乎没怎么见面，我完全同意你告诉他我们今晚的谈话，不过你一定要语气缓和，态度尽可能谨慎。你告诉他，我想说……提醒他，所有有良知的人都团结在市政议会周围……最后，我想说……尽管形势严峻，我仍听从市政议会差遣，当然，我是指在形势不是无法挽回的情况下。局面令人担忧但并非无法挽回。你记住，形势需要勇气、冷静、沉着……”沉默了一会儿之后，他又加上两句话，“还有经验，还有胆识。”

在走廊上，我赶上了奥尔朗多。

“你父亲近来有些老糊涂了。”他又用缓和的语气补充说，“不过，我想你会注意到，他仍有随机应变的能力。”

“他真的那么不中用了吗？”说着，我习惯性地抓住他的胳膊，这个动作使我精神为之一振，因为父亲那不期而至的智力衰竭现象，当时令我实在难堪。

“是的，”奥尔朗多说道，“奥尔塞纳正面临着新的时刻，你父亲想通过这起事件东山再起，可我觉得，这儿有些事情正在越轨。”

“你是想说，人们认为这件事会有严重的后果不成？”

我感到心跳得更快了，奥尔朗多停了一下，若有所思地望着我。夜幕降临，一阵懒洋洋的风掠过园中的树木，树枝向我们洒下沉甸甸的小水珠。在他谦恭、友好的声音里带有冷静的成分，我感到他说话有些犹豫不决。

“在我看来，这一起事件，不论是你独行其是还是奉命行事，”他又以一种果断的语气说道，“总之，这场小冲突，冷静地考虑，称不上是什么大事，它不算太离谱。我对市政议会的意图一无所知，可上帝知道，这里所有的人都在任意编造这方面的情报。不过这儿的气氛很糟……这既令人好奇，又使人担忧。消息在这里一经传开，持冷漠态度的人可就太少了。”他低下头接着说，一边摆弄着手表链。

“奥尔塞纳厌倦了。”我耸耸肩，未置可否地说道。

“是啊，说来也怪，对他们来说这竟是好消息。”奥尔朗多带着沉思的神情说，并尽量露出一副笑容，“你知道吗，你的名声已经越出海军指挥所，你可成了时髦人物了。你父亲并不小看这件事，这一次，他正想通过你在市政议会重振雄风哩！”

“我觉得，你以前好像对街谈巷议并不关心。”我不无讥讽地说道，“我想起了你的那些高论：严严实实的壁垒……最敏锐的意识隐藏在社会上层……”

“使我担心的正是包得严严实实的最上层。”奥尔朗多焦虑地说，“一般说来，在市政议会里议论的事总有走漏风声的时候，我能比别人更方便地得到这些消息。必须承认，国家的机密在我们这儿是微不足道的。你知道，在科学院里，我们对此嗤之以鼻。现在情况不同了。一段时间以来，渐渐出现了一种封闭、规避的状态。你父亲受到了极大的打击，你也看得出他再也无法接近老达尼尔洛了。”

“后天，我要去见他。”

奥尔朗多静静地凝视着我。

“上帝知道，我对重大问题总能保持头脑冷静。不过，我还是羡慕你，你不瞻前顾后，而是敢作敢为，这里不止一个人这样羡慕你。”

“奥尔朗多，我看你是退化到崇拜偶像的时代去了。”

“这话说得不确切。”奥尔朗多皱着眉说，“人们仍像以前一样爱开玩笑，但内涵已发生变化。有时候，开玩笑是意识到自己的力量；有时候，开玩笑是为了在黑暗中寻求安慰，我指的是重大问题。或许这里人们正在重新学习到底什么叫权力。”

奥尔朗多收住了话头，同时把一只手搭到我肩上，我明白我们该分手了。

“好好瞧瞧你周围，因为你在城里要待上几天，这里什么都没有改变，不过好像光线已有所不同。在某些峰顶有道从没有人见过的光焰，就像狂风暴雨袭来前的避雷针尖顶一样，似乎整个地球聚集了天空中所有的能量，以便释放出电火花来。人还是那些人，城还是那座城，但一切都改变了。你好好瞧吧！”

回来后的第二天、第三天，我几乎全是在城里度过的。我重返故里的消息很快传开，朋友们纷至沓来。令我惊奇的是以前与我们家长期不相往来的家族也来邀请我。在奥尔塞纳，社交方面的**忌讳**渐渐变得不似以前那么严格了。大家对我的这次远行都充满了好奇心。我很少讲话，借口需要向市政议会提交一份报告而躲避起来。通常，我一走进大厅，人们顿时便鸦雀无声，从他们的脸上我看得出兴奋的神情。我仿佛感到我的出现所引起的反响虽然异常强烈，但又像是一阵清风，给在场的人们带来了一种舒适感。当我向这些人告辞时，不知为什么，他们的心情都显得相当平静。有时，当我讲述事情的经过时，他们脸上那种从未见过的表情使我感到不胜惊异：仿佛这些经过异乎寻常的**调节**的眼眸在紧紧盯着远离他们正常视野的一个小点，像是在极度疲倦中，这个小点赋予了他们一种解除负担、忘却存在的表情，尤其是那些女士，她们完全处于沉醉状态，迷恋的目光随着我的话语闪现异彩。男人的眼睛所袒露的则完全是另一番情景，那里面充满了怨气。我知道，女人身上能包容更多的激动和兴奋，这种情感是平常单调的生活无法给予的，只有深刻的变革才能使它们释放出来。这些变革可以改变她们的心态，而为了使这些变革真正地来到人世间，似乎需要在一个产妇的无穷热量中长时间地浸润。因此，伟大历史诞生的**先兆**对我们来说，首先从妇女先验的眼眸中可以觉察。现在我明白了为什么瓦内莎对我来说就像一个领路人，为什么一旦我被她的阴影所笼罩，我的思想的清醒部分顿时会变得一文不值：她是那种能够克制忧郁的女性，那种温文尔雅的神秘女性，那种可以预知远离灾难与黑夜的彼岸世界之一切的女性。

从我偶然听到的闲谈中，我惊奇地发现，很少有人对这次事件用批判的眼光去进行思考。事实上，人们对西尔特事件的具体情况并不清楚，只听信一些既不准确也不完全的说法（这应归功于瓦内莎精心编织和传播的信息）。我发觉人们对于孰是孰非以及如此公正判断由谁承担主要责任等问题毫无兴趣，这种反应虽然出乎所料，但毕竟减轻了我的精神压力，令我感到欣慰。拘泥于细微末节的谣传以及有关昔日的战绩在我们这儿成了政治思考的中心：每个人都疲于几个世纪以来大量财富的聚敛以及经验的积累所形成的物质上的重压，多多少少把自己看作是接受遗赠的继承人。同古老世家的亲近之感和默契关系在奥尔塞纳比任何地方更为深刻与活跃。它使人们的目光面对一切自然发生的细微变化麻木不仁，因为正是那些**世代相袭的意识**赋予城市每一公民以自身的分量。由于长期以来没有返回城里，所以在现在的气氛中潜伏着的各种异乎寻常的因素在我眼里显得更为突出。现在时局的发展不再是以眼还眼，以牙还牙，而是驱使人们建立公开的信任。最近新出现了一批胆大妄为的说客（其中混杂着一些别有用心的人），他们常常出入城市最封闭的社交圈子，然而没有人想到有必要追查他们的出身门第和社交后台。令我担心的是，他们毫无顾忌地透露并议论由他们一手编造的市政议会的决定——都是一些极端荒谬的假情报——人们对此确信不疑，仿佛越是能够刺激想象力的新闻越容易被人信以为真。一种古怪的念头突然攫住了人们的思想，那就是大家都在焦急地渴望某种闻所未闻的奇异事件早日来临。在那冥顽不化、老朽不堪的古都，这种需要就像是吞没了整个马雷马的亢奋高潮的枯燥反应。每个人仿佛吸入了高山的空气，都享受着去感知更加自由的行动，让自己的想象任意驰骋。对于遍布全城的荒诞不经的新闻，人们不加思索的唯一之点便是它的出源：一传十，十传百的**瞬息传递**最终导致一个不再需要证明的定论。如同水塘上的冰层，人们可以在那上面自如行走，奥尔塞纳那些染上恶习的头脑需要每天都发生大小怪事来填充，这对他们来说就像人们呼吸的空气，同样不可缺少。不过，即令每天没有发生任何**变异**，他们最多不过会产生暂时的失落感而不至于完全失调，因为城里并不缺少捏造和传播谣言的人。这些谣言贩子主要出现在老阿尔多布朗迪的亲友中间——这并不使我感到诧异，此时他的地位达到了顶峰。没有人再想得起他的流亡生涯和并不光彩的往事。这个正在进行内部调整的社会，在割断了束缚它的缆绳后，变得酷似一艘收到准备启航信号的巨轮，乘客们把无比巨大的期望全寄托在那些在旅途中将为大家创造活跃气氛的人物身上。老阿尔多布朗迪作为从前声名狼藉、行为不端的汪洋大盗，突然间竟然享有很高的威望，比那些行为持重的人士更受到欢迎。此刻每个人都能预感到他终于要大显身手了。我去拜访奥尔朗多时，曾在他母亲的房间里和老阿尔多布朗迪在一起待过几分钟。他的外貌给我留下了很深的印象：不是急功近利，如同一阵漫无目的的狂风，而是充满着狂热意识和紧迫感，就像预先拨好的时针，提示人们他的时刻会突然来临。他显得特别年轻，不时地用颤动的手去摸他那又黑又短的胡须。谈吐间，阴晦的眼睛里炯炯有神的目光显现出动作的敏捷具有剑术家的灵巧。他常常漫不经心、出其不意地说上三言两语，俨然一副别人已习惯于拾起他的残羹剩饭的神态。在他周围总有人进进出出，而他在高谈阔论的同时总忘不了为他们不停地在纸条上写下几个字。他的身边簇拥着一群阿谀奉承之辈，他的身影拔地而起，仿佛随着手势的变换在神奇地飞舞，就像是他的身影突然变得越来越长，而城市在他脚下收缩得越来越紧，越来越小。哪怕是在墙那边，通过墙上任何一个有生命力的触点，他都可以直接与外界接触。不管是他的手势或是话语都显得十分奇特：尊重、轻蔑、希望、恐惧等心理活动的相互比重和标准都与奥尔塞纳的传统尺度大相径庭。他的目光和声调像是在**重新塑造世界**一般，恰如在后罗马帝国军团的蛮族的眼神里，也会出现一幅从衰老不堪的民族的出类拔萃之处中产生的崭新的、无法预料的美景：在古老而永恒的采地里，人们将要拆毁城市，重新退回牧场文明，一个个原始部落将在那儿胜利地安营扎寨。一个新的社会划分正在他的眼里形成，他既像传授秘密祭礼的祭司，又像指挥一支作战部队的司令官，同时也像一个**证券经纪人**。正是他们这些臭味相投的一伙人现在挨家挨户地占领了城市中最显要的地区。

这个靠近奥尔塞纳权力的表面中心，远不及马雷马对法尔盖斯坦那样关注。人们热烈谈论的话题是城市共和国对这次事变作出何种反应：它是否会盘马弯弓，针对敌方来一次示威演习，或者是墨守成规，继续保持克制态度，或许它还会利用这次突发事件，将其作为与敌方重新沟通并进行谈判的大好时机，借以调解那由来已久的历史争端：城市共和国孤零零地坐落在空旷的领土中，四周被沙漠包围，日久天长它对自己的形象形成了一种错觉，俨然以**中央帝国**自居。因此，在这儿，没有人会设想其敌手会有独立的判断能力，它在做出决定时可以丝毫不受城市共和国意图的影响，何况城市共和国本身早就想不出什么具体的意图来。离开马雷马那种惊慌、恐惧的气氛，我感到在这里，人们的头脑里飘浮着一种不切实际的近于谵妄的安全感，这与马雷马形成了鲜明对照。这座极其古老却又安然无恙的城市给人们的思想灌输了一套固定的**思维模式**，使得某种概念消失之后，指代它的符号仍然保留着其实用价值和作用。那些由我周围的人揣摩出的各种推理表面上之所以显得有说服力，那是因为他们倚仗着一种特殊的"代数技巧"，而我则早已将这门学问的诀窍忘得一干二净。我在一些熟悉的话语背后不断地寻求那**未知量**的解答。既然大家都以这种方式思维，我不得不服从多数人的看法，其实我和众人的见解相去甚远。比如"西尔特海军舰队"——许多人振振有词地吹捧它的威力——和海军指挥所那些长期陷于淤泥而腐烂的船只，还有被城里人轻而易举地贬为"野蛮人"的敌方——在许多人的口中，征服和教训他们易如反掌——以及那令人不安、信心十足、善于挖苦讽刺的秘密使者，这位不速之客确曾对我进行过一次神秘的夜访。城市中出现的狂热浪潮，为了进一步**兴风作浪**，还需要外界的某种事实作为依据——然而，过于虚弱的想象力无法捏造出任何真凭实据——沙龙中出现的这种幼稚的狂热来自奥尔塞纳的自我吓唬，因为没有其他方法能使它摆脱自我烦恼，进行远征或发动战争的可能性成为人们热衷的话题，这是因为尤其它能在几乎每个人的头脑中形成一种没有色彩甚至虚幻、抽象的概念因而令人更为不安。奥尔塞纳曾经有力地挥起过它的铁拳，拨开了在其边境线上不断积聚的彤云密雾，而今，这一画面再也没有人去提及它，使它重现其魅力，相反地，在它内部发生的事件却引起了人们极大的关注和热烈的反响。实际上，大家几乎一致认为即使外部出现了严重危机，充其量也不过是像应允人员更迭一样顺乎自然。因此奥尔塞纳如同一个行将就木的百岁老人，忘记了自己虽然与地球的运转已失去协调，却又突然聚精会神地研究起治疗肝病的新偏方来一样荒唐可笑。同样地，一个行将崩溃的国家，尽管其四分之三的国土已经丧失（这样的国家总认为它们不会倒下死亡），依然指望通过内阁危机来表现其活力，然而人们所能看到的只是它对其丧失的领土的无能为力。简而言之，在奥尔塞纳，我发现，无论国家发生什么大事都不会使她的臣民用悲观的眼光去思考问题，一旦在遥远地区出现反常情况，人们又不能提供确切信息时，奥尔塞纳就会显露出一种极其虚弱而又执拗的短浅目光：如同一位高龄老人，随着年岁的增长，对诸如“死亡”或“永恒”这类紧迫、重大的问题越来越采取**置之不理**的态度，并对自己能如“常人”一样行动自由而引以为荣。城市本身从不怀疑自己会被人“置之不理”。很长一段时间以来，它甚至不曾想过沙漠那边会刮来怎样一股妖风；也不扪心自问为什么每次拿起一模一样、完全熟悉、洗得不想再洗的牌时，手指就会发抖，反而泰然自若地确信自己对情况一目了然，全无可虑之忧。这种态度如同人们在进行的一种耗时费神的复杂游戏，尽管有关它的规则的观念不断被打破，仍在无意识地使人相信，这些严格的规则不容置疑，人们对此已殚思竭虑；它还告诉人们这些规则依然**存在**，它们能够像使一棵树或一块石头变形那样改变对于这些规则的观念。在奥尔塞纳一切计谋都是可以改变的，然而改变现存的、实施已久的规章的想法，长期以来始终不为人们接受，人们一直认为要使大家明白的乃是除了规则就是规则，仅此而已。

离开了那些沙龙和上流社会中矫揉造作、自我炫耀的谈话之后，我信步在大街上溜达，尽情地吸收人们在这里呼吸的新鲜空气。我感到，在奥尔塞纳，过去唯一被人们接受并被视为明晰的思想已不再具有任何意义，日复一日浑浑噩噩的生活已无法用语言来表达。在这座赤日炎炎的城市里，受到古代军事学科的发展而得以扩展的户外生活以往始终保持着其严峻而冷酷的特点。总体上阴暗的色调、朴素的服饰、女性的高傲与持重以及对外界的闲言碎语或街头巷尾聚集的人群的反感情绪笼罩着整个奥尔塞纳。为数众多的生性浪漫的南方居民深深为这种冷漠的尊严和共和国“冷酷的心”而感到震惊。与其他任何一座首府相比，人们在奥尔塞纳可以看到根深蒂固的权力意识，在这儿，每个居民，更确切地说，每个公民，都竭力使自己的一小点权力得到尊重。然而，令我惊异的是眼下奥尔塞纳的大街变得活跃起来了，它显得比平日更能吸引人，即便不相识，人们也乐于打个招呼，探听消息。过去人与人之间彼此隔绝，不相往来的情况正在发生变化。大街上只要有一个人突然提高说话声调，黑色的人流便会聚集起来，大家都在侧耳细听，好像通过这个人的嘴，他们希望听到一个来自远方的声音，一种神谕的私语，或者是发现一处在向他们敞开、使他们得到解脱而他们都不知其详的通道口。聚拢的人群很快地四散开去，远去的脸庞无不显出茫然与失望的神情，如果仔细地观察漆黑的街道，人们会看到一个个小黑点在那里挪动，使人觉得它们不再是黄昏时分乱飞乱舞的小虫，而是被看不见的磁铁所吸引的精细的铁屑。

肩负起命运的时刻到了，就像那些强功率的动力线在经过长期使用之后需要重新充电一样，奥尔塞纳需要重新获得权力来控制这些长期具有离心倾向的黑影，而这些黑影正在倍加关注来自比这些消息的发源地更遥远的地方的窃窃私语。在这片曾是奥尔塞纳早期的核心地带，位于沼泽地中心、高耸的丘陵地带的高城区，在圣·于德教堂和令人肃然起敬的封建式的宫堡督察委员会大楼周围，登高远眺，可以看到傍晚不断拥上蜿蜒街道的人群。由于在这片沼泽地上进行大宗交易形成了繁华而宽阔的街区，人们早已遗忘了这座城市的存在。

经过几个世纪的休眠后，这座古老城市的心脏地区竟然奇迹般地复活了。从阴暗的街巷到热闹的门庭，周围城镇赶来的人群直至深夜仍聚集在那里，使这些地方成了新闻市场和对听众开放的练兵场和露天剧场；战争的叫嚣和沙文主义的煽动来自十字街头或大厅门廊，门前相继升起了往昔鼓动暴动的行会旗帜，一张张叫喊的嘴巴像是突然间布满了阴影，仿佛通过这些嘴，过去所有隐藏在城市坟墓里的黑暗如今全部尽情倾泻了出来。

就像在圣殿的阴暗角落蜷缩着藏污纳垢之地一样，老阿尔多布朗迪在那里也有他的巢穴，他离开了波尔戈阴森可怖的住所回到了这儿的府邸，它的最大特点是人声鼎沸，表明它十分接近老城区的小街巷：那儿，人们的措辞更尖锐刻薄，嘴巴更干脆利落，街头演说家们的各种评论正是从这儿传出的；在那儿，动武与舌战也不罕见，夜幕降临后，一些污言秽语充耳可闻，铜臭与酒香交织在一起，在我看来这是一个骚乱的征兆：而警察则疏忽了对阿尔多布朗迪宫周围的巡逻。在这儿——如同每次政府失去权威时那样，由于各种因素的作用：恐惧、盘算、懈怠……一种关税自由的**租界地**形成了，从而使一批批盗贼本能地聚集于此，并且进一步扩展他们的势力，这种情况就像一块摊开的旧布，我们看到的纺线稀疏的地方便有可能出现破洞。在奥尔塞纳，不可否认，出现了一批几乎是难以驯服的不法之徒：白天，他们愤怒地声讨市政议会在面临各种威胁时所表现的软弱无能，晚上，他们砸碎空荡荡的摊铺或偷窃各类商品，借以证明任何一种行动都不缺少效能。

然而，没有谁对这种情况表示忧虑，就连城市安全的负责人也不例外。值得注意的是，这些症状竟然能为大家欣然接受，这一点说明骚乱分子在这里（如同在马雷马一样）至少不会遇到太大的阻力。整个城市笼罩着一种加速行动的气氛，内心的渴望和隐含的羡慕——它们很难宣泄出来——全都投向像是走在前面的一切，走得更快的一切。在那些大门紧闭、阿尔多布朗迪能够为所欲为的厅室里，形成了一种新的偏见，他的行动带有老练的玩世不恭：如若有人对他的下属的行径进行一点点谴责，在他眼里也是最倒胃口的事，被认为是一个不可救药的**落伍者**的思想代表，会受到不容置辩的谴责，“时代变了”成了目前最时髦的观点。时代为什么会变呢？对这个问题没有人能给予正确的回答，或许大家要看清的并不是无根无据的空话，也不是对改变事物本来秩序的精确的笔录，而是获得一种极其敏锐的触觉，使我们感到风的形成，空气质量不知不觉地增加。在缺乏一切物质证明的条件下，正是这种不可感受的昏暗的色彩看上去像是新的——它使每个人精神世界变得忧郁，仿佛透过让人迷狂的被烟熏黑的玻璃看到了未来。表面上看，时间的节律在奥尔塞纳也在改变，在高墙之间——有时它显示出中世纪的贫乏和匮缺，有时它又留下了富足和欢乐角逐的时代的荒唐的镂空花边的印记，就像疯狂的夜总会气氛遗留的痕迹——当一阵寒风在奥尔塞纳骤起刮尽地面的一切残叶时，当低城区的行人在一阵间歇的关门声中加快步伐时，沿着这些在黑夜里仿佛变宽了的被打扫得干干净净，像是在准备迎接新的人群，迎接新的一天的日出的街道行走，一种从未有过的感觉涌上我的心头：时光依然在流逝，像热血一样流淌，现在它更像激流一样穿过大街，就像每个人都从大海上吹来的第一阵海风中吸入了希望与力量；不同阶层、贫富不均的人们之间油然而生的兄弟情谊就像已启航的航船上的船员们那样齐心协力，“死亡”“病痛”这些字眼全因“台风”或“海难”的出现而在人们的想象中化为乌有了。没有嫉妒，没有羡慕，一种共享的特权使他们处于平等的地位，融解了他们之间的各种争端。这种特权乃是全民的特权，它立之于地，被告之于耳，时代正在把它推上历史舞台，而它则在摒弃一切杂乱无章的事物的同时本能地排除各种障碍，走向唯一值得向往的时刻：**朗朗白昼**。

这便是终日萦绕在我心头的想法，在冬日短暂而阴暗的黄昏时分，我穿过高城区的那些小巷，向督察委员会古老的宫邸走去。由于心底突然升起一种步行的渴望，我把委员会派来的挂有窗帘的汽车打发了回去，委员会不愿意让街上的行人端详它将要召见的人物，出于礼仪和谨慎，对于必须召见的人员一律派车接送成了它的惯例。天色还很明亮，天气也很冷，干燥的北风一扫沼泽地带的云雾。有时，迷宫似的街道把我带进一条形同战壕的狭窄小巷，直通青蓝色的平坦的低城区。刚刚露出的几颗星星在远方闪烁，像几片浮云飘荡在天际一样，点缀着眼前黑黝黝的森林，附近营房里喇叭吹出的一个个音符冉冉升起，清晰悠长宛如被空气净化了一般。对于久远年代的行政官员们来说，高居于高耸的建筑物中，视野所及，在地平线上城市变得越来越沉重，它在大地的重压下渐渐地被淹没，只是在远方隐约地显出其侧影。偏僻地带的小房屋，烟雾隐隐地吐出烟囱，消失在森林的边缘。柔和的烟雾聚成一团，淹没了城市中心高耸的塔楼和钟楼；再往北，模糊的地平线上显出高大的森林，弯弯曲曲地勾画出一条分界线——如果把视野投向那些小街巷，正午时分，它们显得比远方明亮的印迹还要苍白。从迈尔冈扎城区开始，往南是一片光秃秃的草原，湿漉漉的地面上隐约显出古老的通商之路，充满了淡淡的、沉睡的田野景色：市场、城堡、仓库、古战场，像是在死沉沉的月光残影的照射下，在布满星云静谧的天空下井然有序地排列着，谁又能知道它们在说些什么呢？奥尔塞纳仿佛把张开的手掌转向天空，在期待着有人为它看相一般。此刻，我径直走在大风呼啸的街巷中，那里的小广场铺着坚硬的石子，就像用石板砌成的井面。高城区浑然一体、交错分明的布局，如同一座禁院或是一个城堡，使我顿生一种冷峻、威严、忧郁之感。这个地方是一处天然瞭望台，在它的上方，无情的天空就像一扇冰冷的玻璃窗。这里的建筑物呈现出一种质朴无华的轮廓，从这处地方望去，像是站在一艘舰艇的驾驶台上望去一样，可以俯视游动的影子在起伏的大地上移动。这儿，只有无声无息的空气，四周堆积着光秃秃的石块，一双双眼眸，由于海拔较高和空气干燥缺乏滋润，只能眯缝着察看隐秘的、精致的测量工具，而向外突出的瞳孔只是为了辨认由无数点与线组成的纤细的图样。奥尔塞纳的大地正是处在这种目光的注视下。

我尽可能地使自己意识到督察委员会召见我，只是为了对我寄回的报告做进一步补充，而不可能有别的意图。我只是一名普通官员，委员会绝不可能允许我接触国家机密。然而，当我抵达这座宫邸前时，我仍然感到异常兴奋，并且带有一种强烈的好奇心。在和往常一样，得知事情仍与最高权力核心争夺权力和改变平衡有关之后，前一天晚上，我和奥尔朗多进行了一次比平日更深入的交谈，他对机构最高层所发生的派系冲突和内部均势的变化了如指掌。从他的话语中可以相当明确地看出，最近一段时间，全城几乎没有一个人注意到一个新的身影出现在督察委员会，并占据了最为重要的地位，他就是老达尼尔洛，我父亲以前的密友。根据奥尔朗多提供的信息，人们把他推上前台的目的很明确，就像我们玩拼图游戏一样一目了然。

近几个月，督察委员会正在进行改组，并且采取抽签的方法来分配权力，每次抽签的结果无不有利于老达尼尔洛地位和权势的加强，尽管如此，城市共和国本身并未发生引人注目的变化。很长时间以来，我从我父亲那儿知道这种“药剂配量”方法，甚至比烹饪技术还要巧妙，通过这种方法，一个占上风的党派——在市政议会里，人们无所不用其极——对那些在它看来首先是完全无法控制的因素，可以通过对极小派别实行兼并，将其纳入自己的政治团体中。我几乎完全赞同奥尔朗多的看法，这种内阁调整越是小心翼翼，越能证明其重要性。奥尔朗多认为，以阿尔多布朗迪为核心的政治势力煽起骚乱，目的乃是在于掩饰他们所进行的破坏活动，并且把反对派的力量转移到一个虚构的目标上。他暗示重新部署政治势力的计划基本上业已圆满完成，据他所知，可以说这是一次“完全成功”的阴谋活动。同时在他看来，老达尼尔洛的观点在最终选举中已赢得了督察委员会中七票的“紧急多数”，并且事实上也剥夺了少数派的发言权。自头一天晚上起，老达尼尔洛的形象就一直萦绕在我的脑际。我有一种感觉，越想越觉得我在海军指挥所收到的那份批示似乎是老达尼尔洛亲笔所写，因为那相当明确的语气与市政议会那不知所云的格调形成了鲜明对照。想到这里，我的心底升起一种感觉，那就是对我父亲的絮絮叨叨不能等闲视之，它自然使我产生了一种感到自豪的念头，即或许将召见我的就是他——老达尼尔洛。

我尽力回忆通过父亲的谈话所获知的有关他的情况，对自己当初那种无动于衷的态度十分气恼。此刻我头脑里仅剩下的一点信息断断续续地开始活跃起来，这些细节虽然生动，但却支离破碎不成系统，它们就像是对童年的回忆那样模糊不清。达尼尔洛生涯中最显著的特点便是从年轻时起就转向纯粹的思辨研究（他著有《起源史》，是有关奥尔塞纳缔造史的权威著作）。六十岁后，他开始参与城市政治事务，而在这个年龄，政界要人所希冀的乃是如何通过阿加索克利斯或马尔克——安托尼的传记来对自己的过去政绩进行评鉴。在奥尔塞纳，有相当一段时间他的政治生涯受到挫折。尽管事实证明他是一个意志坚定、不屈不挠的人，但是作为一名学者，奥尔塞纳对他仍持有偏见。他的那种生性多疑的性格决定了他的朋友为数甚少。除了国家事务需要他来到城里以外，其余时间他几乎是独自一人在波多德加自己的乡间图书室里度过。从我父亲给我讲的和流传于街头的逸事里，从他对人类的厌恶和蔑视中可以了解他的粗鲁得近乎失去理智的举止，然而在上流社会的沙龙里，人们在提及他时都极不自然地笑着承认他是一条“硬汉子”，从这些戏谑的笑声中便可以推断出一定是发生了什么隐秘、审慎的事情。总之，奥尔塞纳任凭像他这样身上抓不到任何把柄的政治家爬上最高的权力阶梯，这是极为罕见的。奥尔塞纳历来要求渴望掌权者具备某些方面的约束条件作为担保：他们的家世联姻关系也好，他们鲜为人知的瑕疵或是对其他派系立下的誓言也罢。没有妻室，没有情妇，没有特别的恶习，没有纷乱的往昔，所有这些在他身上没有留下任何劣迹，没有那层使懦弱的政客们辨认出同类者的腐朽外壳。这种赤裸裸的圆滑的势力，长时间受到保护，得到精心的掩饰，正如奥尔朗多对我所说，如同未出鞘的剑。然而，达尼尔洛正在衰老——

他的命运就是城市的命运，城市受到的诅咒也压在他的头上。在奥尔塞纳，他已是风烛残年，我想象着他瘦弱的身影，干瘪无力的双手，督察委员会最高掌权者黑色长袍下蹒跚的步伐：奥尔塞纳使很多人像达尼尔洛一样渐渐衰老了。我知道当一个人像**挤压模**一样出现了一系列故障时，要保持庄严、清癯的身影，寻觅无法寻到的独立性、毅力和希望时，这一切对他将意味着什么。

在督察委员会周围，没有任何动乱的迹象，也没有表明城市处于紧张的危机时刻那种乱作一团的气氛。此时，督察委员会所有工作人员和下属官员都已离开宫邸，宫邸里空空荡荡，偶尔只有在走廊转弯处擦身而过的几个身影在移动，他们结束了几个小时的例行公事，带着一种外人看似拘谨实则无拘无束的神情，这种姿态是由他们长期的共济会式的密切来往造成的；对于这些背影，不止一个我可以叫出显赫的姓氏来。他们之间只是用名字亲密地打个招呼，互致简短的问候或是一些我听不清含义的暗语和简单的行话，这些使我感到很不自在。我敏锐地觉察到自己正在进入一个封闭的世界，这些宽敞但却死气沉沉的大厅，因窗户上菱形格及其半透明的玻璃而显得暗淡，使人感到极度压抑，人们置身其中，宛如在梦幻中想朝前行走，用尽气力却无法迈开脚步；这里的空气中像充满了一种淡淡的、类似汽油挥发时的气息，人们生动地比喻其目的在于引起别人的警觉，而后便消失得无影无踪，但是它却留下了自己的**痕迹**。人们在这种微妙的蒸发中感到，时间——不是逐渐被吞噬的，而是日渐清晰、日渐浓厚的时间——如同陈年老酒里的沉淀物，然而，只有这种名贵的老酒才具有足以使行家识别其年份的至为鲜美的回味。时间乃是万事万物中最关键的因素。与其说时间是被这些古墙包围，毋宁说是时间**保存**着这些古墙，就像发臭的沼泽保存着桩基赋予它们以永恒，就像那种非物质性的、古老的精华被保存在天花板上暗淡的金饰中，保存在墙壁上如鳞片一样剥落的沉重的兽皮中，保存在方桌上堆得厚厚的物品里以及那些橡木制作的粗犷的高背椅上，它们依然摆放在那儿，并且不知不觉地在给自己涂抹陈旧的光泽；人们所看到的是这样一种生活，它正在使毫无生气的身影降温，而这些身影仍在这里和着冬季缓慢的脉搏跳动，置身其间，如同那些珊瑚礁一样千疮百孔、奇形怪状的古老建筑物，它们蒙上岁月的外壳比什么都坚硬，一个民族可以本能地觉察到一息尚存、异常古老城市的兴亡和那些建筑物息息相关。这样，人们也就触及了奥尔塞纳的**最深层**，几乎是物质意义上从未断裂的地层深处——它那肥沃的土质层，那已然生长了几个世纪之久的暗礁，它的巨大躯体正不断上升，直至最后露出水面为止。

负责带领我进入宫邸的看门人（在督察委员会的走廊里，不允许任何人单独走动）把我带进最高一层楼的一间阴暗、低矮的房间里；一张古老、笨重的长桌占据了房间的一角，桌子大得出奇，并且用经过精雕细刻的板面护衬着。这栋老态龙钟的建筑使人想起了奥尔塞纳的蛮荒时代，它那镶着天然宝石的铁质齿冠以伦巴第时期[①]的奢侈和不开化。整个宫邸墙壁的格局是一致的：从上到下都覆盖着深色的皮革，窗户上有细窄的小窗格，装着不透光的玻璃，只能投进一缕怠倦的光束，给人一种整个大楼的光亮来自一座幽禁小院的感觉，其中一扇窗户呈狭小的长方形，从那里看去，晴朗的白天仿佛已转为黑夜，这扇小窗吸引人们的目光就像牢房的唯一窗

① 伦巴第时期：指六至九世纪时的伦巴第王国。它曾是法兰克帝国的一部分，后分别隶属于西班牙、奥地利和法国，现归属意大利，为该国主要工商业区——包括米兰、都灵和热那亚的北部工业三角区的一部分。

户能吸引囚犯的视线一般，从那里，可以看到整个城市和远处覆盖着地平线的森林；渐渐地，放在桌上的昏暗的灯光熄灭了，使房间顿时升起一种不可名状的亲近感和肃穆感，就像人们在祈祷室里所感受到的那样。这种感觉在向我逼近，我勉强可以安稳地意识到一种我所向往的无限信任的感觉。我听到身后有脚步滑动的声音，步履庄重，但却十分轻捷，酷似牧师做完弥撒穿过教堂时的那种脚步声。这时，一只手搭到了我的肩上，或者说，轻轻擦过我的肩部，这种区别极其细微，如同擦过琴键一般轻巧，给人一种十分舒适和友善的感觉，未及回头我就明白身后的这张面孔正在微笑着。

“哦，是您……”他的声音具有一种难以言传的安适的魅力，宛如音符轻轻飘过耳际，文雅、新奇、清晰，仿佛它们都在透明的液体里浸润过一般。

老达尼尔洛的手慢慢滑过我的肩头，不慌不忙地扶着我的椅子，面对着我先是一言不发，接着突然又爆发出一阵爽朗的友好的笑声。我赶紧站起身，他的手又一次轻柔地按在我肩上，这种随和的举止使人无法不**唯命是从**。

他好像并不想坐下来，背对着此时已变得完全昏暗的窗子，一动不动地站在我的面前，安然自得，像一个善于充分利用自己尊严的人有意地使他那高大、奇特的身影挺立在我跟前。在昏暗的光线里，我看不清他面部的轮廓。他仍然默默地观察着我，在那身黑色长袍下，他的外表显得柔韧而高雅。他那专注的神情里流露出抑郁的情绪，从他那略带一些**戏剧色彩**的默默的开场白里，我感到这个地方并不单纯是座上层政治机关，它有时也会采用类似秘密警察的审讯手段（过去一提到督察委员会的讯问，不止一个人会不寒而栗）：这里对准的目标是人，有血有肉的人，这里无章可循，几乎可以采用一切手段。这种**单独会见**往往更像是令人胆战心惊的搏斗场面。

“我非常爱您的父亲，阿尔多，而且很久以来我一直想认识您……”

灯光斜照着他的面庞，他端坐在那儿，一束明亮的光线照在达尼尔洛家族成员特有的威严的鼻梁上，使我不禁为之一震，就像自己在街上散步时，由于熟悉钱币上镌刻的头像而一眼认出国王一样。一团水汽在他灰色的眼睛前飘荡，这双蒙眬的灰色眼睛即使在休息时也在时刻窥视，如同一名追捕猎物的猎手或是一位机警的沉思者。这是一个血管里流淌着凝重血液的男子，充满了强烈的激情和对尘世生活的渴望，然而，这种热情仿佛又因饱经沧桑而受到侵蚀；几乎可以认为这种千锤百炼的举止，这种笨拙的近乎粗俗的温和举止，在经历了野蛮战争之后的岁月是如此明显地不受欢迎，以至于议会始终对这位改宗的老者关闭着大门。

“……我很遗憾不久前发生的不幸使我们怀着痛惜的心情相见。”

他猛地一抬头，灰色的眼睛注视着我，我在座椅上感到一阵紧张，但接下来的话却大出我的所料：

“……我听别人说，没有能找到马里诺指挥官的尸体，对此我们大家都感到十分哀痛，他是位了不起的军官，忠心耿耿的公仆。”

他清了清嗓子，声音变得更细，如同在裂缝处滑动的手指：

“我知道你们已成为好朋友。”

“指挥官为人直爽，无可指摘；我的确很爱他，也很感激他使我在海军指挥所工作得很愉快。”

“我知道，这位指挥官愿意长眠在奥尔塞纳的土地上。”他神态严肃地说，“这种心愿比任何人都强烈，他也有权利这样做。返回海军指挥所后，您务必督促加快搜寻工作。”

他用手指不断地轻击着桌面，像是犹豫不决而又显得心烦意乱，一时间我以为召见马上就会结束，他那灰色的眼睛里透出一丝慵懒和疲惫的神情，我突然感到很不自在。

“您能安然入睡吗，观察员先生？”

他提出这个问题时，带着一种合于礼节的语气。霎时间，我不胜惊惑，顿时感到脸色苍白，连忙用手指紧紧抓住座椅扶手。

“我原以为……”我感到唇干舌燥，语无伦次地说道，“……上帝可以作证，我以为……”

我从座位上半欠起身，一下子惊慌得无所适从。

“我所接到的训令对我来说……总而言之，使我认为……我以为大家心照不宣地盼着我去那边……”我从牙缝里对他挤出了几句话。

那双灰色的眼睛一眨不眨，但是半明朗的脸颊上掠过了一丝微笑。

“别紧张，您坐下……您充满了活力，这正是年轻人的特征。”他带着一种不乏嘲讽又近乎亲切的语气说道，身体也向我微微倾了过来，“我并没有说我睡得很安稳呀！”

一块巨大的石头一下子从我心中落下，我知道，好久以来我都没有畅快地呼吸过，我面前的这个人既有能力系铃，也有能力解铃，我突然产生出一种疯狂的念头：去轻轻抚摸那只就在我的眼前、悬在手扶椅边暗影中的干瘪、细长的手。

“目前，在海军指挥所的管辖范围内共配备有多少人员？”老达尼尔洛抬起头，以简洁明确的语气突然问道。

他手里拿着一支铅笔，用笔尖轻轻地敲打着桌子。

“二百名，这一总数不包括海岸炮台的人员。”

“马里诺大概已经告诉过您，将为你们增加两艘炮艇，刚刚经过维修的两艘护卫舰也将交付你们。只是人员不足，以后你再就地补充好了。”

“但是……”

“我知道。”黑色的身影突然打断我的话，他带着隐约可见的疲惫神情，用缓和而低沉的语气说道，“表面上看，这些事与您的权限无关，但形势要求这样做。目前还没有安排马里诺指挥官的接班人，此外，您在当地可以得到有经验的军官们的帮助。”

恭维的语调告诉我，新的任命短时间内不可能下达，我尊敬地点了点头，态度有点不太自然。

“能得到市政议会的信任我将尽力而为。”

“您不需要我们的信任，”他又说道，这一次语气中带有挑衅的讽刺意味，“这并不值得，而且您也从来未得到过，您得到的只是我们的——承诺，这是一个陷入混乱的国家能做的一切，一项权宜之计。”

他疲惫地抽搐了一下，我顿时觉得他太苍老了。

“我告诉您一个政府机密，一个不宜向过多的人公开的秘密。”他抬起头，朦朦胧胧地笑了笑，接着说道，“一个表明其虚弱不堪的秘密。当我们身边发生了一件意想不到的事件，并且这件事将向坏的方向转化时，人们总是应当**首先**让引发事件的那个人留在现场。这一点，您不感到奇怪吧？”他一边说一边寻找着我的目光。

“这其中也许有我不知道的缘由吧？”我感到一阵拘束，小心翼翼地问道。

“理由倒是有好几个。”他直截了当地说道，语气十分平缓，

“高明的统治者总是爱用最简便的方法解决问题，还有他们惧怕得罪舆论。当政府过早地悬崖勒马时，老百姓就会想‘早这样做该多好’；如果无人过问，后果就不堪设想。不过万一事情到了无法挽回的地步，那时政府就会推出一只替罪羊。不，我并不是指您……”他看见我不高兴地皱起了眉头，便对我笑了笑。

他沉思了一会儿，脸上显露出模糊的、近乎心不在焉的神情，每当这种表情显露在他那副长着粗壮颌骨的面孔上时，都会给我留下深刻的印象。

“也许……还有更为复杂的理由，更难看清的理由。当一个人真正地**卷入**对他来说是某些极为重大的事件而他又缺乏驾驭它们的能力时，他会感到人们无法理解他。然而，这个人属于他所引发的事件，事件及其后果反过来也就属于他。二者是分不开的。观察员先生，难道您不同意我的看法？有的人卷入了某些棘手的、不可理解的事件中，就再也无法脱身，那是因为**退路**断了，事件与引发者之间的桥梁被切断了。”

“如果我卷入了这类事件，我决不会孤军奋战。”我平淡地说，“市政议会一个明确的训令就能阻止一切，可你们这个训令一直没有下达。”

老达尼尔洛突然从椅子中站了起来，仿佛失去了自制力，开始在房间里踱来踱去，一言不发。当他转过身时，黑色长袍发出飒飒的声音，灯光也微微闪了一闪。他像一个夜半起身的人，背着沉重的思想包袱在房间里移动脚步，似乎忘记了我的存在。

“不错，您没有弄错。”他终于开口低声说道，“我否认这一点是徒劳的，您有您的原因，您也得到了认可，但我无法肯定您真的会去那边。我知道这完全是可能的，我也知道，我对这事一直是敞开着大门的。”

“那您为什么允许这样做呢？”我向他稍稍偏过头，轻声问道。

他不信任地瞥了我一眼，充满了傲气——这是一个大权在握的人冷不防地失去常态的神情；我向他询问，我感到他对是否该用保持**至尊**的态度回答我犹豫了片刻，但他只是微微地低下了头。

“在这里，有些问题人们从来都不提及，不过我这次召见您，并没有其他人知道……”

他又笑了，像是**神不守舍**，装出一副继续这场彬彬有礼的谈话的样子，给人一种笑里藏刀的感觉。对督察委员会阴森可怖的监狱及其秘密处决的回忆一瞬间掠过我的脑际，不过现在，我所面对的是与恐惧无缘的事情。一种极度的好奇心，一种近乎痛苦的感觉，掩盖了所有的恐惧。

“除您而外，我又能对谁进行解释？谁又能明白这种解释呢？”突然，他带着一种极为友善的微笑说道，“现在我对你所说的一切这里没有人会听到，也不会有人听得到你的谈话。”他用硬朗而又迅疾的语气补充道，“我是这儿的主宰，你要记住，阿尔多，你对今天在这儿所听到的一切要严守秘密，泄露出去，你可要负责任。我很想今晚与你进行一次平等的谈话，因为你和我近在咫尺，因为我每时每刻都在注视着你，因为我是支持你、推动你的动力——因为去那边的时候我在那条船上跟你在一起……”

他迈着方步，慢慢地踱来踱去。

“我喜欢权力。”他又说道。他说话的声音相当高，并且在这间宽敞、聚音性很大的房间里听起来有些刺耳，使人觉得他就像一个在宁静的睡梦中突然大声说起梦话来的人。“我不会跟我爱好的东西赌气……多年来它使我感到愉悦。权力代表着很多东西，阿尔多。既然你在这儿也指望跻身于名流之列，那就不要相信那些让你厌恶权力的人。有那么一些哲人，他们就像苔藓一样在废墟上生长；他们赞美天地之精气，诅咒肥沃土地上生长的东西。他们会让你小心提防虚妄的人生经验，叫你只过枯燥贫乏的生活。但是，相信我，扎下深根并非多此一举，这个道理同样适用于治理一个行将崩溃的国家。当有人在两侧是卑躬屈膝的人墙间行进时，如果你对研究人感兴趣，你不妨观察一番那些奴颜卑膝的人：这样做会节省时间，因为只有在这种情形下，他们才发出一种只属于他们自身的气味，就像你想了解一根树枝气味的本质，简便的办法就是把它一折为二。我就是这样认识你父亲的，可以说最近才了解他，阿尔多。我对他了解得不多，我和他之间只有二十年的交往。但是，最近他来找我谋求职位，那时我才算真的认识他了。这种事极为有趣，当然要求我这样做还有别的原因。我曾在书斋中度过了三十年，这样，通过历史这份菜单我了解了一切：事物的连续性、必然性、结构性，所有一切，除了一件事对我来说是个极大的秘密——稚气的秘密，为此必须亲自体验才行。这件事就是随和——事物都有一种令人茫然的随和的性质。还有一件事使我乐而不疲，那就是观察机器运行。当你按下按钮时成百上千个齿轮就相互戏耍，运转自如。一开头一切真令人难以置信：面对不停转动的齿轮，你会产生晕涨之感，继之而来的是另一种愉悦感，观察不同的运行达到同一目的那种欢悦。人们对此不会感到厌倦——不会厌倦长时间地观看齿轮相互**咬合**。它所产生的是人体物质经过搅拌后的气味。我向你保证，那真是异香扑鼻，它和**理解**磨坊的运转产生的感觉迥然相异。最后，这种机制并不是只让空齿尖叫，它同样令我欢愉，我曾有过美好时光，对此我终生不悔。只不过别的事情发生了……”

他稍作停顿，似乎要驱赶额头皱纹间烦人的念头。

“……它不是突如其来的，阿尔多。很久以前就存在着这种迹象，但它只是间隔性的预告，因为无论如何生活是不留空隙的！这种预示通过稍纵即逝、并不怎么清晰的方式闪现出来，就像夏日黄昏初升的热气。它有的是时间，不紧不慢，独自养得肥肥的。它可以等候，知道一切都可以为它所用。这像是一种空虚的忧患，或者是还没有完全形成的忧患，它有时会使你忘掉它，它长期不来纠缠你，不像其他忧患那样始终缠绕你，它顽固地拒绝和其他事物掺混在一起，孤芳自赏，与世隔绝，宁愿隐于幕后也不愿与万物融为一体。但是人们可以猜想到，对它来说只有一个时刻举足轻重，其余的则毫无意义。在这一时刻，它会猛地蹿到你们身上，将你们牢牢抓住。一个女人如果准备蹂躏一个生命时，通常会通过这些漫不经心的、时明时暗的方式显露出来：如同一种不时地轻声敲击窗户的声音，它几乎难以分辨，干脆、枯涩，带着打击乐的重音，与其他声音毫不相干，迥然相异。它令人不禁微微震颤，但这种微澜又会在你们内心深处很快平静，这就是一切。也许我们需要等待，旷日持久地等待，但是我们头脑中有着一根隐藏的、警惕的神经，它始终只倾听这一声音，别无他物可以触及这根神经。至于我，我所窥视的则是法尔盖斯坦的手指在窗上的敲击。当骚乱的平民在我周围织成的喧嚣暂时平静下来时，突然会掠过一阵奇异的沉寂，几乎是对人大为不恭的沉寂——如同热烈交流中令人难堪的冷场局面，倘若任其将你带入它所掘开的虚空之中，你会意想不到地碰到一双睁大的眼睛——这双眼睛无声无息地望着你，同时又能在它们的周围制造出沉默。我当时要面对的就是这种沉默。这种沉默后面有个东西在蜿蜒前行，它向我发出暗示，有时似乎要离我而去，但却从未从我的视线中消失。我曾和它有过一次约会，一次令人不胜惊吓的**单独碰头**。当我接近它的时候，一种自身具有强大力量的感觉突然奇异地迸发开来，越来越朝我接近，这就是我开始瞥见的、任何人都不再考虑的行为，我能够实现的行为。它在为世界洗礼。它并不是终极点，一切都以崭新的姿态从它那里开始。它举止莽撞，令人生畏。人类的智慧，城邦的安危都叫我们抛弃它……阿尔多，这个世界等待着某些人在某些时刻还给它青春；一种混浊沸腾的东西在挤撞一扇门，这扇门只等**一声令下**即为之洞开，并使整个灵魂沉浸其中。难道我还能考虑那座古老而腐朽的城市值得受到保护这个问题吗？它在坟墓中变得僵硬，被包围在毫无生气的乱石堆中——一块顽石除了重新变为激流的河床之外，还能享受什么欢乐呢？”

老达尼尔洛疲倦地用臂肘撑着身子，手扶在额头上，沉默了一阵。我忽然觉得这种沉默变得更为深沉；如今在这座荒芜的宫邸中往昔的喧嚣早已成为历史：挂钟的摇摆变得清晰可闻，像小虫的爪子在轻轻地抓搔着平滑的静默。我望着窗外那一方天空，它已经一团漆黑。几点星光微微闪亮，滑进闷塞的房间，如同坠入井底。我似乎突然发觉世间从未有过今晚这样的休憩：暖和的房间散发出微弱、均匀的光亮，奇异的宁静赋予沉睡的城市以无限的魅力。

“……为什么我突然需要给你讲这些事情？给你？……”达尼尔洛用思索、平稳的语调说道，“有时，一种特殊行为——我们一生中最特殊的行为——的意义将和我们一同消失的想法变得令人无法忍受。我想，现在该是我提供证明的时候了。”稍后他又带着怪异的微笑这样说道。

我沉默不语。没有什么可回答的——老人并不等待回答——几分钟以来我感到自己的存在对他来说变得更模糊了，他在**对着自己**

说话，对我的态度和反应不屑一顾，就像一个行将就木的人躺在床上自言自语。

“……城市……”他接着说，同时脸上掠过一丝冷光，如同一场大火在极远处的反射……“我觉得我可以谈论这座城市。对于那些权力继承人来说，它是一份完好无损的遗产，是一块被人拥有后来又被人卖掉的土地；对我来说，它是为我的火炬所准备的柴薪——它在等待我使用它，赋予它意义。我觉得，那时候我比谁都更密切地在和它打交道。”

“我从很远的地方注视着你，阿尔多。我知道你的脑子里想的是什么，知道只要松开缰绳就够了。摆在我面前的是什么呢？是这种行动——它甚至称不上是一种行动，可以勉强地被视为一个许可，一项同意——以及它所带来的可能像雪崩坍塌似的一切，使这个世界将变得并不充实的一切，如果我不实现这一行动的话。如果我不这样去做，世界从此将变得不够充实，然而在它后面却是一片空白，是一个模糊的幽灵像木乃伊一样休眠，是猥亵的哈欠和聆听棺木神秘声响的耳朵在大地上磨砺的空冥。一个人如果形同一座堤坝，充任保护溃决的盔甲，使其意志变成投进激流的一块石子，那是十分可怕的。曾有一段时光我变得异常严肃，打消了继续进取的念头——而那正是需要**加快生成速度**的时候……阿尔多，这个世界是因那些在诱惑面前却步的人而开花结果的，这个世界只有付出永恒的代价才能获得存在的价值。我只是想跟你说这起事件以及与它相关的一切是怎么发生的。”他的言谈从未超出礼节性谈话的范畴，此刻他又用几乎不比原来舒心的调子继续说道，“我还要向你解释是什么原因促使我们今晚在这里相见。”

“现在？”我毫无把握地问道。事实上，我这样问只是为了打破沉闷的气氛，这种接待委实使我感到难堪，仿佛我来这里只是为了聆听他那番悠然自得的表白，似乎从头到尾老人都在把我当作另一个人看待。

“现在？”达尼尔洛扬起眉毛，露出稍许吃惊的表情……“当你出发去作这次……巡航的时候，你并没有询问，在你身后有什么，不是吗？阿尔多？在这里没有任何人这样问过自己。在人们身后有更为急迫的事情。”

“更急迫的事情？”

达尼尔洛皱起双眼，脸上显露出一种尖锐的几乎是痛苦的表情。

“有比维护一条生命更为急迫的事情，不是吗，阿尔多，如果说奥尔塞纳还有生命的话，它仍有生存的希望。你却以为除了这个**门槛**以外别无其他出路，而你正面临着这个门槛。”

老人的眼睛在桌上的通行证红色戳记上停留了片刻，眼光中既没有仇恨，也没有恐惧，而是闪烁着一种专注而纯洁的光辉。一种奇怪的联想顿时掠过我的脑海：我想到了在马雷马所有人看来如今支配拉热政府的那个“社会”；奥尔朗多关于“药剂定量”已经渗入奥尔塞纳的话语又回荡在我的心头；似乎蓦然间在充满阴影的这些不断增长的力量中间，秘密使者的面孔构成了意想不到的联结点。那次令我茫然若失的谈话，由于缺少标志，我曾无法追踪其含义，而现在老达尼尔洛，在他那双神秘的眸子后面，像是重新拉紧了线索，并为自己保留着秘密的意义。

“您这么说，您承认并要参与这一盟约吗？”我猛然问道，因为对一件往事的回忆使我受到了触动。“就是那种约束城市的盟约吗？……我是否可以这样理解，您对它的命运起着决定作用，并且为它选择了最坏的出路？”

老人耸耸肩。

“选择……决定……这是我力所能及的吗？这座城市现在的处境是它自己造成的。只有它自己才能使这项盟约生效。应该相信这一点：它决不取决于世界上任何人。”

“那它到底是什么处境？”

“命运。”达尼尔洛扭过头，就像医生无意中泄露一个致命判断那样，“你难道没有注意到那些**迹象**？难道你没有看见，这里的一切都奇迹般地年轻了吗？”他带着梦幻一般的讥讽的口吻说道。

“这不可能。”我激动地冲着他说，“不存在拒绝人生存下去的命运。”

“你搞错了，阿尔多，不是继续生存的问题，”老人冷冷地说道，“我不是一名政客。有的时光是为政客们准备的，有的时光则在岩礁之间迂回行驶，要在黑暗之中紧握绳索。这根绳索已被你抓住，它把你带到了你所去的地方。”

“我只是执行命令，”我生硬地说，“或者说我认为是如此。我并不对这座城市负责，这种责任落在您身上。”

达尼尔洛耸耸肩，一副厌倦和烦恼的神情。

“你真是这么想？”

他像是沉思了片刻，额上的皱纹重又驱开了萦绕着他的念头。

“对当政者来说，你知道，没有比放纵更糟糕的事情了。每当一起事件发生时，我都会奇异地发现奥尔塞纳的一切事端无不源出于此。所有那些使人们的注意力引向西尔特的东西，所有那些火上浇油、推波助澜的东西使陈旧的齿轮以几乎不真实的随意性运转着。所有不着边际的东西都在灵巧地与一堵毫无生气、无动于衷的墙壁碰撞。它从所有一切中获得好处——无论是加速它的行动还是想阻止它的前进——如同一个人从屋顶斜面上滑落下来一般。一旦它发生了——怎么对你说呢——所有的东西都在**自行发动**。在议会的辩论中，出人意料，无缘无故，在某句话后面，在东拉西扯的咬文嚼字的游戏中，它都会拐弯抹角、荒诞不经地从那些死人之口中滑出，如同一只用手驱赶不走的苍蝇——还有那些死灰般的面孔竟然像复燃的余烬！对当政者来说，最先应予处理的事是**最紧迫的**事情，而最紧迫的事情——这是令人难以置信的——则是一件并不存在的东西，它总是发出无声的叫喊——比任何声音都更为有力，因为它像是一个纯粹的声音——它预先开凿出自己的位置，扭曲所有的一切。它悄然沉睡着。这座城市孕育着它，而它在母腹中却为未来挖掘了一条可怕的深沟。我们都肩负着这个东西……"

"是的，"达尼尔洛继续说道，像是在朦胧中凝视着前方，"所有人都是这件事的同谋——所有人都曾为之效力，即便他想阻止它，反其道而行之也罢。"

"我觉得阿尔多布朗迪，也许还有别的一些人，并没有想反其道而行之。"

达尼尔洛又耸耸肩。

"有时候阿尔多布朗迪和他的同伙让我相信有些东西是自然发生的。如果它不存在，奥尔塞纳就会把它创造出来……连你也不例外。"他转过眼睛，目光却不知注视着哪里，"如果你不在那里，城市也会把你创造出来的。"

"也许是吧。"我沉思片刻后说道，"但在这儿呢！人们难道不起任何作用吗？难道你们谁也没有权衡过风险吗？……"

"根本没有，阿尔多。他们只是煞有介事地做做样子，或者他们只是依据谎报的情况和错误的数字进行判断。这些材料并不欺骗谁，但却能保住面子。因为真正准确地估量形势会阻止人们进行冒险，而这种冒险对人们却具有吸引力。甚至谈不上什么冒险……”他用喑哑的声音补充说，“也许有些时候人们像奔向一场火灾、一片混乱那样奔向未来，有些时候事态又像毒品一样使人中毒，这时一副虚弱的身体也就失去了抵御能力。”

“我知道，”我用有力的声音说道，“我看见马雷马患了这种病。或许我也得了这种病……幸好还有时间。您知道，办法就是让一切都重新入睡，这您可以办到。”

老人慢慢直起身，两眼直盯着我，态度冰冷，几乎缺乏人情味。

“你错了，阿尔多。现在太晚了。”

“太晚了？……”

我不由自主地站起身，脸色苍白。

“太晚了，阿尔多。不再是由我决定一切了。奥尔塞纳已经粉墨登场了。奥尔塞纳再没有后退的余地了。”

“原来您指望……”

“我指望并愿意接受将要发生的一切。是的，愿上帝保佑我们，因为我们非常需要上帝。”

“您疯了。”

达尼尔洛慢慢抬起眼看着我，既没有惊讶也没有怨恨。他的眼睛似乎仅仅由于眼皮的眨动而沉浸在不可名状的一种又深又冷的冰水里。这双眼睛突然变得出奇的冷漠。

“阿尔多，你对我的地位的作用的看法似乎是大错特错。”他的语气冷淡而平静。“我在这里并非偶然。你以为奥尔塞纳还处在玩那种**无谓的游戏**的阶段吗？”

“我想，现在我可以清楚地看到您的游戏会引向哪里。这种游戏，在世界上任何地方，都有一个名称。”

“那你说出来好了……”老人的语调依然是出奇的平静，“你不敢吗？”

他把桌上的几张纸往远处推了推，动作有些生硬。

“你要好好理解我，阿尔多。我在这里跟你说的话，任何人再不会听到。有些时候我觉得十分孤独，这很可怕——除了和自己最为亲密的人，和去了彼岸世界的人而外，我还能跟谁讲话呢？事情的全部过程将得到解释，事实将被塑造得十分完美——无可辩驳地完美——戴着护壁板装饰画般的高贵假发的那些参议员一个个在读过我的报告后将会表决同意，仿佛他们一生中无须再做别的事情：难道当**祖国的声音**响起时，人们还能回避它吗？祖国的声音？……一旦她感到自己面临危险时，这种声音就会格外慷慨激昂，尽管实际情况并非如此紧迫。至于它所用的语言，我可以毫不费力地让你明白，这种语言可以让死人说话，并且说得合乎情理，不乏辨识力，这就是统治艺术的诀窍；奥尔塞纳一直认为用**直陈式现在时**对她说话多少是一种失敬行为，而对此洗耳恭听便成了它的一种极小**过失**。形势所迫可能指事关奥尔塞纳的荣誉……不忠者的无礼挑衅……这是几个世纪末上帝开创的一项事业，我们一直认为唤醒它与己无关……西尔特的开拓者日益增长的不安情绪……还有我们的实力，它们有正当权利要求得到各种各样稳定的保证（我们的力量确实需要这一点）。还有那些如此遥远的南方各省分裂的危险，如果其他十个理由都不足以使形势变得更为急迫的话，那么这后一个理由便能激励我们采取坚定的行动。”

他又从喉咙里发出奇特的笑声，这种僵硬而凄凉的笑声接着便戛然而止。

“请不要以为我玩世不恭。所有这一切，将要说出的一切，几乎只有一半是真实的。事情从来都是如此。从来没有一场战争未经交手就告失利的。一个国家在处于不利地位时便俯首认输，其后果肯定更加不堪设想。正是由于这些一半有理的理由，政府机构——人们只不过要求他们做做摆设——才能从中渔利，起到填补漏洞的作用，甚至可以说这些理由是虚假的。在这里，主要原因在于它们是**代用品**，这些理由更不可能具有真实性。”

“就是说它们代替那些无法接受的理由？”

“代替那些未被接受的理由。阿尔多，没有一种现成的语言可以被一个踉踉跄跄的国家用来表述它隐藏的苦楚，如同病人找不出一种语言对医生陈述其痛楚一般。没有这种语言，这很遗憾。古老城邦的领袖们被人们当作天生的行骗者和伪君子，就像人们要求一个行将就木的老人身子**干净利落**，这是极其荒唐和虚伪的，就像所有人——特别是他的亲朋好友——不会结成联盟阻止他讲他的**些微不适**，而他不久就会死于这些不适。他希望人们听他诉说这种不适。有时他真的需要诉说这种不适。人们常在他的周围若无其事地谈论遗产、家庭、纷争、股息、婚姻、诉讼和日常琐事。有时——应该说这种情况屡见不鲜——在纷乱的事物中会出现一种暂时的平静。现在他的耳朵只能听到一种声音：水波拍打河岸的声音，这些水波会在驶向大海的轮船后面飞速地遁逝。我对你说这些事情是因为我老了，我了解事情的原委才对你说这些事情，因为会变老的绝不是我一个。”

“穷途末路的想法？”我不由自主地耸耸肩，“真蠢！”

“这不是一种想法，阿尔多，你懂得很多事情，不过，你太年轻了难以了解这一点。这甚至不是什么固定的念头。它是**最后的意志**。”

“您难道想说……”

他的自信的口吻使我非常冲动，尽管我不愿承认这一点。

“……在奥尔塞纳没有人喜欢自杀，我可以断言，我所认识的人无一例外。这一场太荒谬了。”

“你对自己说的话缺乏深思熟虑，阿尔多。‘自杀’这个字眼你说得太快了。一个国家不会死亡，有的只是某种形式的逐渐解体，就像一个线团在散开。合必分。当这一时刻来临时，我会把它视作期望中的一件好事。这叫**死得其所**。”

“奥尔塞纳解体？谁能驱使它做到这一点？”

“是孤独，”达尼尔洛沉思着，“如果自我约束历时太久，过于排他，就会自我厌倦。在其边界形成的虚空——一种在其麻木的外表下产生的迟钝，就像失去了触觉——失去了联络：奥尔塞纳四周一片荒芜。世界就像一面镜子，它在其中寻找自己的形象，但从中再也无法发现自我。多少年来，阿尔多，我谛听它的心声：只有死亡的奔腾和将会淹没它的惊涛骇浪。有好久奥尔塞纳不再冒险，有好久奥尔塞纳不再拼搏。一个有生机的躯体，需要有感触呼吸的表皮；国家年深日久，它迟钝的表皮便成为一堵墙壁，一座长城：接着时候到了，号角吹响，城墙倒塌，岁月侵蚀了它，缺口处冲入眼神怪异、战袍飘飘的骑士，来自荒野风餐露宿的彪汉。”

“也许是这样，”我神经质地说道，“过不了多久，脑袋就会开花。这种事情还是离远一点好。”

达尼尔洛沉默了一阵，高傲地望着我。

“我的血液为这座城市而流淌。”他语气冰冷坚定，声音中带着颤抖，“我所做的一切就是为它服务——不可明言地为它服务。事情如果到了这种地步，在城市被毁灭的情况下，你以为我还能幸免于难吗？”

“那种地步！可谁在逼你？”我绝望地对他狂吼，“一个举动，只需要一个举动，它甚至无损于您的骄傲，一切便会平息下来。这个举动您做得到。您的确做得到，因为这儿的一切都服从于您。”

老人像是犹豫了片刻，打开抽屉，递给我一卷文件。

“读读这个吧。”他的声音简短而有力。

这是份来自昂加迪警方的报告。昂加迪是西尔特极南地区一个供商队歇脚的穷困小镇。报告简明扼要。它反映昂加迪刚来了一个商队，它在萨尔普塔水池边与没有坐骑的加扎尼德游牧部族的武装匪帮有过接触，通常他们极少在好季节来临之前在这一带出没——这儿名义上有个弯弯曲曲的边界。为了扩充兵马，法尔盖斯坦的武装队伍不久前劫掠了他们远在东部的冬季牧场。目击者的大量情报证实，数目不详，但“为数甚多”的法尔盖斯坦武装人员在好几个地段追击他们，这些人从东面绕过西尔特海，正在朝边界挺进。当人们询问加扎尼德人什么时候能重返他们的牧场时，先遣部队指挥官笑着说，役畜和战马不会在那里停留很长时间，并且还说所有人都知道上好的冬季牧场是在边界的另一边。听到这番话，昂加迪的居民无不惊恐万状；为了平息这种乱哄哄的局面，警方必须把妇女和儿童迅速疏散到马雷马，并且给健壮的男子分发武器。警察局长请求尽快发出**应付局面**的指示。

“这么说，他们来了！”我的满腔怒气顿时消失，代之而起的是出奇的镇定：就像是麻木的沙子突然被刺穿，奔涌出千万道泉流；就像是在神秘军队成千上万铁蹄的践踏下，在我的四周，荒漠到处盛开着鲜花。

“是的。”老达尼尔洛的脸像是一下布满光辉。他全神贯注地站起身，走向窗户。同样的那片夜光投射在黑魆魆的矩形窗框上，同样的星星在静静地闪烁。夜深沉宁谧，紧揪人心，静得似乎可以听到某个人的脚步声。

我很晚才离开督察委员会。老达尼尔洛派人把负责监视活动的联络官叫到他的办公室，我们对海军指挥所急需采取的军事措施讨论了很长时间，并且决定每天派出巡逻队，今后不再坚持那些只沿海岸线进行巡查的例行**路线**；在似乎日趋紧张的形势下依然墨守谨小慎微的做法显然是可笑的，因为这会使海军措手不及，付出沉重代价。维扎诺岛应特别严密监视。必须在马雷马宣布无限期戒严令，不安情绪正在蔓延，而从昂加迪逃来的人则有可能引起可怕的骚乱，需要从海军指挥所派出部队维持秩序。非战船一律不得离港。海军指挥所尚能使用的炮队要紧急补充兵源。备战船只——由于增援已达四艘——应能在两小时内整装待发。撰写并签署了戒严令以后，达尼尔洛打发走联络官，留住我又单独交谈了一阵子。

“好了，阿尔多，我们分手吧。明天一大早，你就启程回西尔特。只有上帝才知道我们能否再相见，什么时候和怎样会面。”

“上帝知道。”我握着他那已在轻轻颤抖的枯干的手。深夜的凉意仿佛一下子从敞开的窗户里涌入房间……“局势还不明朗，”我用没有把握的声音接着说，“对方的军队还没有越过界线——或许他们会停下来……”

“不会的，阿尔多。”

老人重重地摇摇头。

“……就像现在，星辰不会停止运转，就像两个开始做爱的身体不会停止亲热的行为，对方的军队同样不会驻足不前。恐惧、愤怒、乞怜、逃遁，这一切现在都拯救不了奥尔塞纳，在众目睽睽之下它已经成为慷然允诺、拱手让出的礼物。它甚至也不愿得到拯救。我死后可能声名狼藉，如果我还有名声可言的话……”

达尼尔洛沉重地晃动着双肩。

“……沙滩上有一艘正在腐烂的小船，有人把它重新抛入波涛……船的沉没可以说无足轻重，但是对它要达到的目的地至少不能这么说。……对什么都不要后悔。”他突然变得激动起来，又握住了我的手。“我自己就从不后悔。不要理会他人的评论。政治的好坏也无关紧要。重要的是回答一个问题——一个令人不胜惊恐的问题——这个问题世界上从来没有人能避而不答，直至其生命的最后一息。”

“什么问题？”

“通行口令？”老人一边说，一边用一动不动的锐利的目光直盯着我。

我走出空无一人的宫邸时，天高云淡，夜色朗朗。一缕冰冷的、矿物质般的弱光使坚硬石块砌成的建筑物尖脊的轮廓显现出来，在地面墨色栅栏的倒影上映射出古老水井复杂的铁饰品，而这些水井在高城区的那些小广场上正贴着地平面张着大口。在光秃秃的城墙那边，静夜中低城区不时传来轻微的声响，流水的声音和远方车辆迟缓的滚动声——它们清晰而诡秘，如同受惊梦人的动作和叹息，或是静夜寒冷中荒凉的岩礁挛缩时发出的没有规律的咔嚓声。而在干燥的高城区，墙面被青蓝和乳白色的光线强行截割，没有一丝闪动，就像紧贴在石壁上的图画。我走着，心儿狂跳，口干舌燥，我的脚步几乎不可觉察地悬浮在街面上，显得如此诡谲，我像是行走在空荡荡的剧院里，置身于怪异的装置与使人迷途的光照中；而一个坚硬的回声不断地弹起来跳向那些建筑物的正面，并且长时间地伴随着我的行程。这脚步声终于填满了这个虚幻之夜的期待，我明白从此以后布景已为它而竖起。

后 记

朱利安·格拉克一直被法国文坛誉为最为隐秘的作家之一。2007年12月22日，97岁高龄的格拉克去世，留下了充满诗意而又玄妙无穷的文字和作品。作家出版社此次推出格拉克的四部完整的叙事体小说，《阿尔戈古堡》《阴郁的美男子》《沙岸风云》和《林中阳台》无疑对推动格拉克作品在中国的接受有着积极的作用。但是《沙岸风云》的重译却让众多译者驻足。格拉克的语言和写作风格晦涩隐秘，的确给翻译带来很大的挑战。之所以说是重译，是因为早在1992年8月，长江文艺出版社就出版了《沙岸风云》的中译本。该版本由武汉大学张泽乾老师负责翻译，其中邀请了1990级中法合作博士预备班学员一起参与，我有幸也是其中的一员，而当时我的论文研究方向正好就是这本小说，因此，此书的翻译于我是最大的受益者，翻译的过程、校对和审阅都是严谨认真的。那时，每个月都会有法国专家来做短期讲学，张泽乾老师与法国专家一起给我们分析和讨论小说中的各个片段，帮助我们理解小说的内涵，一次又一次地修改译稿，最后的定稿是经过张泽乾老师和外教的多次讨论和润色才得以确定。令人欣慰的是，我们的翻译得到了格拉克本人的鼓励。他曾于 1990 年 12 月 15 日给我们来信，信中指出，“《沙岸风云》也许不会让众多的中国读者感兴趣，但经过你们的翻译，会引起一部分学者和研究者的关注。”而 25 年后的今天，当我再重拾这本译著，仍然感受到格拉克文字的温婉与流畅，隐晦与意在言外的回味，这正是格拉克的语言风格。我们也希望这本译著的再版如格拉克本人所希望的，能够得到更多的中国学者和研究人员青睐和关注。

本译著的版权仍然归于张泽乾老师及带领的翻译团队，再版事宜由王静全权负责。

王静

2018 年 9 月

附 录

格拉克写给本书译者之一王静的信

信件背景：1994 年 7 月 27 日是格拉克 84 岁生日，王静给他寄去了生日祝福并简单介绍了自己在法国攻读博士学位，论文的方向就是研究他的作品中的地平线意象。这是格拉克的回信。半年后的 1995 年元月，王静接受了格拉克的邀请，去圣 – 弗洛朗他家中拜访了他。

St Florent le Vieil , 6 août

Madame,

Je vous remercie de vos bons souhaits, et j'espère que ce travail que vous entreprenez à mon sujet pour l'obtention du doctorat ne vous causera pas de difficultés excéssives, car je comprends bien celles que doit engendrer, à lui seul, l'usage d'une langue si étrangère! Votre choix pour une aussi longue études me fait honneur, et je suis touché de l'ardeur que vous semblez y apporter.

Je vous recevrai vonlontiers à Saint Florent, si vous avez un jour l'occasion d'y passer. Nous pourrons alors parler de votre travail en cours et de vos projets, qui ne pouvait que rencontrer ma sympathie. Je sais que le Rivage des Syrtes a été traduit en chinois à l'Université de Wou Han, je crois, et j'en ai reçu des exemplaires, mais je ne suis malheureusement pas en mesure de juger de la qualité de cette traduction.

Merci encore de vos bons voeux et de votre chaleureux témoignage d'intérêt. Je vous adresse en retour, madame, mes voeux de succès les meilleurs dans votre travail.

Julien Gracq

尊敬的女士，

非常感谢您的祝福，我希望您目前正在进行的关于我的作品研究的工作没有给您带来太多的困难，因为我完全理解仅仅使用一门（完全与母语不同的）外国语来进行这项研究是多么艰难！您选择这样一个长期的研究让我感到很荣幸，我也很感动您投入其中的热情。

如果您有时间来圣－弗洛朗，我很高兴接待您。我们能够谈谈您的论文及计划，对此我是非常乐意的，我知道《沙岸风云》已翻译成中文，好像是在武汉大学，我收到几本样书，但可惜我个人无法判断翻译的质量。

再一次感谢您的祝福以及您对我的作品极大的兴趣。我也向您表达我的祝福，祝您论文写作取得成功！

朱利安·格拉克